Das Buch
Ein rührend normaler, leider zu dicker Gutmensch, der nie wild, aufregend und hemmungslos gelebt hat, erhält die furchtbare Diagnose: noch maximal drei Jahre Lebenserwartung bei weiter zunehmendem Bluthochdruck und Bewegungslosigkeit. Der frühpensionierte TV-Redakteur Stephan Braum faßt einen verzweifelten Entschluß, als er erfährt, daß nur harte Drogen gegen seine monströse Fettsucht helfen: Er beginnt eine »Kokain-Diät«.
Der geborene Spießer protokolliert penibel Dosis und Wirkung, doch bald schon wird er immer rauschhafter, wilder, offener – und dünner! Sein Charakter löst sich auf. Er lügt, fälscht, betrügt, hat plötzlich Sex im Übermaß und steigt mit jedem verlorenen Pfund auf zur schrulligen Kultfigur der Wiener und schließlich auch der Berliner Kunstboheme. Nur ein Zufall kann ihn vor seinem naiven Optimismus und vor dem sicheren Drogenende retten.
Joachim Lottmanns Roman ist die eindrückliche Seelenstudie eines Mannes, der in einen Strudel dekadenter Abenteuer gerät. Ein furioser Anti-Entwicklungsroman, der zugleich das Porträt einer lebensgierigen Kunst- und Medienszene abseits der »normalen« krisenbesessenen Jammergesellschaft zeichnet.

Der Autor
Joachim Lottmann, geboren in Hamburg-Hochkamp, Kindheit in Belgisch-Kongo. Studium der Theatergeschichte (bei Diedrich Diederichsen) und Literaturwissenschaft (mit Maxim Biller) in Hamburg. 1986 Übersiedlung nach Köln, Romanerstling »Mai, Juni, Juli« (KiWi 767). Freundschaft mit Martin Kippenberger, der nach »Die Frauen, die Kunst und der Staat« mit dem Autor bricht und dafür sorgt, daß er in Ungnade fällt. 13 Jahre schlägt Lottmann sich als Straßenbahnschaffner in Oslo und als Leibwächter von Rainer Langhans durch, bis ihn der Literaturchef der FAS wiederentdeckt. 2004 Comeback mit dem Roman »Die Jugend von heute« (KiWi 843), danach »Zombie Nation« (KiWi 930, 2006) und der Reportageband »Auf der Borderline nachts um halb eins« (KiWi 1002, 2007). 2009 der gefeierte Roman zur Krise: »Der Geldkomplex« (KiWi 1116), 2011 »Unter Ärzten« (KiWi 1053). Lottmann erhielt 2010 den Wolfgang-Koeppen-Preis und lebt in W

Kiepenheuer & Witsch

Verlag Kiepenheuer & Witsch, FSC® N001512

1. Auflage 2014

© 2014, Verlag Kiepenheuer & Witsch, Köln
Alle Rechte vorbehalten. Kein Teil des Werkes darf in
irgendeiner Form (durch Fotografie, Mikrofilm oder ein
anderes Verfahren) ohne schriftliche Genehmigung des
Verlages reproduziert oder unter Verwendung elektronischer
Systeme verarbeitet, vervielfältigt oder verbreitet werden.
Umschlaggestaltung: Barbara Thoben, Köln
Umschlagmotiv: © plainpicture/OJO
Gesetzt aus der Aldus
Satz: Buch-Werkstatt GmbH, Bad Aibling
Druck und Bindearbeiten: CPI books GmbH, Leck
ISBN 978-3-462-04635-9

Für Christa Zöchling

1

Es war der zweite Frühlingstag des Jahres, der 4. März 2013, als Stephan Braum einen jungen Mann traf, der sein Leben – wenn das, was er bis dahin würgend dahingestottert hatte, Leben genannt werden kann – auf den Kopf stellte. Und der dennoch bald keine Rolle mehr spielte in Stephan Braums befremdlicher Biographie.

Dieser junge Mann saß in dem Kaffeehaus Aida in der Praterstraße in Wien, ganz in der Nähe des Riesenrads. Man konnte es durch die Schaufensterscheibe sehen, dieses berühmte Riesenrad. Jetzt, um 17 Uhr 15, in der blauen Stunde, war es bereits beleuchtet und funkelte verheißungsvoll im klaren tiefdunkelblauen Abendhimmel. Braum betrat das Lokal und erkannte den jungen Mann sofort, obwohl er ihn zum erstenmal sah. Es war nämlich der kleine Bruder eines Freundes von ihm, und der sah ihm ähnlich.

Er studierte wohl Geschichte. Auch war er irgendwie Künstler. Vor allem aber galt er als wenig erfolgreich. Eine Freundin hatte ihn Stephan Braum folgendermaßen angekündigt: »Das ist der bekiffte kleine Loser-Bruder.«

Der junge Mann sprang vom Stühlchen auf. Das Kaffeehaus Aida war wie eine Puppenstube möbliert. Die sehr alten Menschen, die dort verkehrten, waren entweder von Geburt an klein oder waren es im Greisenalter geworden. Man stellte einander vor – Stefan hieß auch der andere. Man kam darüber ein, sich zu duzen. Österreichern fällt das schwer, aber es war besser so. Nur in der Politik wurde ständig geduzt, das war in Mode gekommen, seitdem ein gewisser Jörg Haider damit bei allen Journalisten viel Anklang gefunden hatte.

Man duzte sich also und redete sich mit demselben Vornamen an, Stephan und Stefan. Es ging um eine Steuersache. Stefan war Student und mußte keine Steuern zahlen. Stephan Braum konnte ein paar tausend Euro verdienen, indem er ein hohes Honorar über das Konto des Studenten laufen ließ. Man war sich sofort einig. Der völlig mittellose »Loser-Kiffer« bekam selbst tausend Euro für sein Entgegenkommen.

So hatte man alles geregelt, schon in den ersten Minuten, und mußte doch sitzen bleiben, aus Höflichkeit. Braum fand sein Gegenüber sympathisch, wußte aber nichts zu fragen, und da es kein Entkommen gab, wurde er ehrlich:

»Ich weiß leider von dir nur, daß du der Bruder vom Thomas bist ... in der Interviewsituation würde man jetzt fragen: ›Was war das bemerkenswerteste Ereignis in deinem Leben?‹ Du weißt, daß ich Journalist war.«

Ja, er hatte von seinem Bruder so etwas Ähnliches gehört. Der hatte ihm einen Artikel genannt, aus der FAZ, den er im Internet aber nicht finden konnte. Das Gespräch stockte, und so griff er die ironische Frage einfach auf:

»Das Bemerkenswerteste in meinem Leben war eine Sache, die du nicht weitererzählen darfst: Du kennst doch Elmex, die Zahnpasta?«

»Äh, ja! Natürlich!«

»Der Gründer und Erfinder war mein Großvater. Dessen Neffe und Erbe ist vor zehn Jahren gestorben, in der Schweiz. Wir sind damals hingefahren und haben in seinem Labor historisches synthetisches Kokain gefunden. Du mußt wissen, daß Kokain seit 1932 verboten ist und seitdem nicht mehr hergestellt wird. Die versiegelten Ampullen, die wir fanden, waren aus dem Jahr 1928 und vollkommen unberührt ...«

Kokain wurde nicht mehr hergestellt? Der Stoff von 1928 war immer noch funktionsfähig? Braum glaubte es nicht. Aber der nette junge Typ begann nun, immer überzeugender und beseelter zu erzählen. Die Geschichte mit dem historischen Kokain war nur der gewollt sensationelle Anfang. Bald redete er auch über normalen Stoff, über Erlebnisse in Mexiko, Frankreich, Italien und Ost-Berlin. Braum war froh, daß der andere ein Thema hatte. Und auch, daß er so spektakulär damit eingestiegen war. Denn normalerweise interessierte sich Braum nicht für solche Drogenstorys. Er gehörte ja selbst einer Generation an, die mit genau solchen Erlebnissen aufgewachsen war wie mit der sprichwörtlichen Muttermilch. Schon seine Eltern hatten ihn mit ihren LSD-Angebergeschichten gelangweilt. In Wahrheit und genaugenommen gehörte Stephan Braum dieser seiner Post-Hippie-Generation eben gerade nicht an. Er war immer der einzige gewesen, der nicht mitgemacht hatte beim Kiffen, beim Pilzeessen, beim Tantrasex und beim Komasaufen. Man konnte ihn fast schon dadurch definieren: der Stephan ohne Drogenerfahrung. Braum liebte es zwar, Alkohol zu trinken, betrunken zu sein, aber er schaffte es fast nie. In neun von zehn Fällen blieb er nüchtern. Die Spirituose wirkte einfach nicht. Meist mußte er viele verschiedene an einem Abend ausprobieren, und nur wenn er Glück hatte, wirkte zufällig und nur an dem Tag ein spezielles Getränk. Dabei blieb er dann und trank sich glücklich in einen Rausch. Aber das kam nur ein paarmal im Jahr vor, und selbst im ärgsten Rausch blieb er vollkommen kontrolliert und fuhr sogar im eigenen Auto nach Hause. Polizisten, die ihn manchmal stoppten und wegen der Schlangenlinien zur Rede stellten, hielten ihn sofort für stocknüchtern. Und das war er irgendwie auch.

Irgendwann wollte er sich für die freimütige Offenheit seines Gesprächspartners revanchieren und erzählte seinerseits von Dingen, die ihm nahegingen. Das waren Krankheiten, das Alter, das gefährliche Übergewicht, die dunklen Andeutungen seines Arztes über die geringe verbleibende Lebenszeit. Er verschwieg, daß er schon seit elf Jahren keinen Sex mehr gehabt hatte. Er verschwieg erst recht – da er sich das selbst kaum eingestehen konnte –, daß er eigentlich auch vorher schon skandalös wenig Sex gehabt hatte. Er wollte andererseits den anderen nicht langweilen und konzentrierte sich so auf den ihm prognostizierten baldigen Tod. Das war ja schön dramatisch. Stefan Draschan hörte aufmerksam zu. Er war kein exzentrischer Vielredner und wußte es zu schätzen, wenn jemand beichtete.

»Sicher hast du alles versucht, das Übergewicht wegzukriegen?« fragte er mitfühlend und musterte ihn. Ein massiger, fast furchteinflößender Körper. Es war klar, daß keine Frau mehr auf so etwas stand. Stephan Braum ließ den Kopf hängen und sagte nur seufzend ja.

»Aber du hast doch sicher schon hier und da gehört, daß es nur ein todsicheres Mittel gegen Übergewicht gibt. Nämlich harte Drogen. Kokain, um genau zu sein.«

»Ach, bei mir kommen noch viel schlimmere Sachen hinzu. Es ist nicht nur das viele Fett, das Cholesterin, die ganzen Symptome, die mit Diabetes zu tun haben, sondern ...«

Er machte eine Handbewegung, die Fülle ausdrücken sollte. Draschan hakte aber nach:

»Also du bist Diabetiker?«

»Noch nicht, nein. Aber das Herz schlägt so unregelmäßig, daß ich jeden Moment tot umfallen könnte. Das hat mir ein zweiter Arzt gesagt, mit dem ich sogar befreundet bin.«

»Du hast also Herzrhythmusstörungen? Hast du einen Herzschrittmacher?«

»Nein, offiziell ist das alles noch nicht. Ich bin noch zu jung für so was. Der ganze Körper ist im Eimer, trotzdem. Glaub mir, ich weiß oft nicht mehr, wie ich die Treppe hochkommen soll. Ich stehe auf der untersten Stufe und denke: Heute schaffe ich es nicht mehr. Deswegen bin ich ja auch pensioniert worden. Ich bin Invalide.«

»Wie alt bist du denn?«

»Ich ... äh ...«

»Sechzig?«

»Nein, oh Gott! Doch keine Sechzig! Hm, ich rede nicht gern darüber ...«

»Fünfundsechzig!?« scherzte Draschan.

»Ich bin am 6. Dezember 1959 geboren.«

»Aha, also ... 53 Jahre alt.«

»Ja. Würde man nicht denken, nicht?«

»Rauchst du viel? Warst du Kettenraucher?«

Braum gab an, nie geraucht und sehr selten getrunken zu haben. Draschan wollte wissen, wie das in der Jugend mit ihm war.

»Genauso! Ich habe gelesen, Briefe geschrieben, das Studium abgeschlossen und so weiter. Dann geheiratet, und während der Ehe ging das dann los mit dem Übergewicht ...«

»Was hast du gemacht, während die anderen gekifft haben oder geknutscht?«

»Manchmal mitgekifft, aber es wirkte nicht. Mir wurde jedesmal schlecht.«

»Aha. Sehr gut. Du hast also keine Erfahrungen mit Kokain?«

»Doch, auch, klar. Dreimal habe ich es genommen.«

»Und?«

»Es wirkte nicht.«

»Nie?«

»Na, vielleicht ein halbes Mal. Aber nur recht lau.«

»Wahrscheinlich war es kein reines Kokain. Du mußt reines Kokain nehmen.«

»Aber warum? Ich bin ein Wrack! Weißt du, welche Tabletten ich jetzt schon jeden Tag in mich hineinstopfen muß? Ich habe Schweißausbrüche ...«

»Halt! Du hast einfach nur Übergewicht, und das kriegst du nur mit harten Drogen weg. Vergiß alles andere!«

»Stefan, du meinst es gut und ich danke dir. Leider liegen die Dinge nicht so, wie du meinst.«

Sie wechselten das Thema. Als die Höflichkeitsspanne abgelaufen war, verabschiedeten sie sich.

Stephan Braum war ein ehemaliger Beamter. Er war immer ernst und kontrolliert. Das soeben Gehörte konnte ihn unmöglich kaltlassen. Was der junge Mann gesagt hatte, bedurfte unbedingt einer Veri- oder Falsifizierung, also einer genauesten Untersuchung. Immerhin galt es eine Information zu überprüfen, die nicht weniger aussagte als die Behauptung: Er konnte gerettet werden!

Zu Hause wollte er ins Internet gehen, um über Kokain, Opium und Heroin zu recherchieren. Ihm fiel aber als erstes eine Mail einer alten Freundin auf, die ihm ein Buch empfahl. Auch sie wollte offenbar auf seine mißliche Lage Bezug nehmen, denn das Buch hatte den Titel »Was sterbende Menschen am meisten bereuen«. Es gab gleich einen Link zu einem Interview dazu, in dem der Verfasser breit über das letzte Stündlein der Menschen berichtete. Er war nämlich Sterbebegleiter, seit 18 Jahren schon. Demnach bereuten die Leute allesamt und übereinstimmend, zu wenig *wirklich* gelebt zu haben. Sie hätten zu selten das getan, was sie wollten, und statt dessen das getan, was andere wollten. Um es ins Konkrete zu übersetzen: Sie hätten zu wenig wilden Sex, hemmungslose Partys, ohrenbetäubende Musik, abenteuerliche Szenen und gehirnsprengende Drogen gehabt. Natürlich drückten sie es anders aus, sprachen von der zu kurzen Jugend, den nicht gepflegten Freundschaften, dem verpaßten Rockkonzert der Lieblings-Heavy-Metal-Band und so weiter. Aber Stephan Braum spürte: Diese Leute bereuten, so gelebt zu haben wie er, und genau deswegen mußten sie nun sterben. Der Tod holte sich die Leute, die das Leben ignorierten, und die intensivste Form des Lebens war der durch Drogen induzierte Exzess – so ließe es sich vielleicht verkürzen, das depperte Buch von dem verlogenen Sterbebegleiter. Braum konnte es jedenfalls in seine Recherche einfließen lassen und bestellte es online. Und er faßte nun ganz formell den Beschluß, die Drogenthese zu prüfen und dabei für seine Verhältnisse sehr weit zu gehen. Er wollte alles dafür tun und zulassen – bis auf eines: die exakte, hundertprozentige, verstandesmäßige Kontrolle über sein Verhalten aufgeben. Das würde er niemals tun. Und daran hielt er sich in der Zukunft auch auf meisterliche Weise. Zunächst jedenfalls.

Die ersten belastbaren Informationen über die in Erwägung gezogene neue Medizin bekam er sehr rasch bei Wikipedia. Dieses Unternehmen war eine Art Lexikon der Neuzeit und jeder benutzte es. Es hatte 150 angestellte Mitarbeiter und 450 Millionen User. Somit kamen auf einen Angestellten 30 Millionen Kunden. Stephan Braum, als altmodischer, schrullenhafter Knacker, verließ sich immer noch lieber auf den Großen Brockhaus, also auf sein 25-bändiges tonnenschweres Konversationslexikon. In diesem Fall aber wollte er plötzlich ganz up to date sein. Als erstes las er einen Bericht des blutjungen Sigmund Freud, der 1884 Kokain genommen und dabei ähnlich gewissenhaft die Wirkung bei sich beobachtet hatte, wie Braum das demnächst zu tun gedachte:

> »*Die psychische Wirkung des Cocainum mur. in Dosen von 0,05 bis 0,10 Gramm besteht in einer Aufheiterung und anhaltenden Euphorie, die sich von der normalen Euphorie des gesunden Menschen in gar nichts unterscheidet. Es fehlt gänzlich das Alterationsgefühl, das die Aufheiterung durch Alkohol begleitet, es fehlt auch*

der für die Alkoholwirkung charakteristische Drang zur sofortigen Betätigung. Man fühlt eine Zunahme der Selbstbeherrschung, fühlt sich lebenskräftiger und arbeitsfähiger; aber wenn man arbeitet, vermisst man auch die durch Alkohol, Tee oder Kaffee hervorgerufene edle Excitation und Steigerung der geistigen Kräfte. Man ist eben einfach normal und hat bald Mühe, sich zu glauben, dass man unter irgendwelcher Einwirkung steht.«

Aha! Stephan Draschan hatte anscheinend recht gehabt. Doktor Freud nahm sicher reines Kokain, und in dem Fall gab es nur Gutes zu berichten. Herr Braum las gierig weiter, verhedderte sich bald in den nun folgenden chemischen und medizinischen Analysen. Schnell wurde aber klar, daß Kokain das Hungergefühl betäubte:

»Kokain bewirkt eine Stimmungsaufhellung, ein Gefühl gesteigerter Leistungsfähigkeit sowie das Verschwinden von Hunger- und Müdigkeitsgefühlen.«

Schade, daß er die Katze nicht mehr hatte. Seine geschiedene Frau und er hatten keine Kinder gehabt, dafür eine Katze, die sie abgöttisch liebten. Sie waren ihretwegen sogar in die Nähe von Östersund in Nordschweden gezogen, da Kirstin, seine Ex, gemeint hatte, die Katze habe nach fünf Jahren Großstadt und am Ende ihrer Tage endlich die ganze Herrlichkeit der Natur verdient. Tatsächlich lebte Nelly, so hieß sie, noch eine Ewigkeit, bestimmt wegen der herrlichen Natur, und hielt ihn und Kirstin ein volles Jahrzehnt im menschenleeren Schweden fest. Er war Auslandskorrespondent für ganz Skandinavien geworden, für den NDR und die restlichen öffentlich-rechtlichen Sender des deutschen Sprachraums. Erst als Nelly starb, waren sie wieder frei, zogen zurück in die Zivilisation und ließen sich scheiden. Wie gesagt, gäbe es Nelly noch, hätte Braum an ihr die neuen Drogen ausprobieren können. Aber so wie die Dinge lagen, mußte und wollte er dafür seinen eigenen zerstörten Körper einspannen.

Er tat es schon bald. Noch ehe er seine Lektüre richtig aufgenommen und sich die Fachliteratur besorgt hatte, zum Beispiel den Roman von Pitigrilli, aber auch andere, die Stefan Draschan ihm genannt hatte, nahm er zum ersten Mal seit seiner verkorksten, weil freudlosen Jugendzeit tatsächlich wieder Kokain. Draschan hatte ihm ein Lokal genannt und einen Mittelsmann, der mit ihm auf die Toilette gehen sollte. Angeblich war der Mittelsmann zuverlässig und bestens beleumundet.

Ein Mann wie Stephan Braum wollte das natürlich genau wissen und sich absichern. Wer war dieser Vermittler? Hatte der ein Suchtproblem? Handelte es sich um einen wurzellosen, verantwortungsscheuen Jugendlichen, dem bald die Polizei auf der Spur war? Konnte er, Braum, ausgenutzt, betrogen, ausgeraubt werden?

Nein, es war ein durchaus erwachsener, überhaupt nicht mehr junger Mitbürger, den Braum sogar kannte. Und zwar aus der Zeitung. Es handelte sich um den ziemlich erfolgreichen Feuilletonisten Ludwig Fachinger, dessen Kolumne Braum manchmal las. Wenn dieser ihm eine illegale Droge gab, war das nicht für Braum gefährlich, sondern für Fachinger. Der ganze Vorgang war eigentlich verwunderlich, aber Braum wußte, daß in Österreich die Uhren anders tickten als in Deutschland. In Wien hatte der Rausch eine unerhört tiefe und gesunde Tradition und war fast niemals negativ konnotiert. Die Polizei hatte etwas gegen großkriminelle Dealer, aber nichts gegen die Leute, die sich ein paar schöne Stunden machten. Da war es egal, ob sie Bier, Wein oder eben ein bißchen Koks verwendeten.

Nur: Wie sollte er in das Lokal kommen? Wie es dort aushalten? Er bekam ja kaum noch Luft, wenn er in seinem Büro saß und die Fenster geschlossen waren. An zwei von drei Tagen plagte ihn eine mörderische Migräne. Das Laufen fiel ihm derartig schwer, daß er bei jedem Schritt anhalten und sich hinsetzen wollte. Er benutzte auch einen Stock, und das sah bestimmt peinlich aus, in einem Koks-Schuppen. In geschlossenen Räumen, in denen geraucht wurde und in denen sich viele Menschen befanden, wurde ihm schlagartig schlecht, und Minuten später setzten seine gefürchteten Schweißausbrüche ein, die ihn bald aussehen ließen, als habe er gerade in voller Montur geduscht. Jedenfalls kam es ihm so vor. Ging er dann nach draußen, holte er sich garantiert die nächste lebensgefährliche Erkältung. In den zurückliegenden Jahren hatte er nichts so sehr gefürchtet wie eine Erkältung. Sein Körper pfiff ohnehin auf dem letzten Loch, wie sollte er da noch solch einen Angriff abwehren können? Beim letzten und vorletzten Mal war es auch so. Er erholte sich nicht mehr. Einmal hatte er nach vierzehn Tagen die Nerven verloren, das Fenster mitten im Winter weit aufgerissen, das Fieber auf über 42 Grad ansteigen lassen und auf den Tod gewartet. Und jetzt das alles noch mal, die ganze aufgezählte Gefahrenlage, plus Kokain? Das wollte wohlbedacht sein.

Die Treppe runter schaffte er noch. Unten wartete das bestellte Taxi. Der Fahrer erschrak fast, als er die 135 Kilo Lebendgewicht auf sein Auto zukommen sah, sprang heraus, half dem Kerl, dem armen Fettsack. Am Innenspiegel baumelte ein schmuckloses kleines hölzernes Jesuskreuz. Braum registrierte es und hätte es dem Taxler am liebsten abgekauft. Heute konnte ihm nur noch der liebe Gott helfen.

Sollte er das Experiment bestehen, wollte er alles genau aufschreiben und vielleicht sogar einem seiner Ärzte zeigen. Er hatte sich dafür das schönste und teuerste Tagebuch gekauft, lederbezogen, mit Schloß, für 42 Euro. Das war für ihn die eigentliche Lust, auf die er sich freute. Der Rausch selbst war ihm gleichgültig, er erwartete ihn nicht, bestenfalls erhoffte er sich irgendwelche Veränderungen in der Wahrnehmung und im Körpergefühl. Vor allem fieberte er auf das Verschwinden des Hungergefühls hin. Schon beim Gedanken daran überkam Braum ein Anfall von Heißhunger, und er ließ das Taxi vor einem McDonald's halten. Auf sein Bitten hin holte ihm der Fahrer zwei Big Burger Royal de Luxe aus dem Laden, die Braum sofort aufaß, sozusagen als kräftemäßige Grundlage für das anstrengende Vorhaben.

Das Lokal hieß wie ausgedacht »Alles wird gut« und lag im Ersten Bezirk. Der Taxifahrer bekam vier Euro Trinkgeld und zeigte sich erkenntlich, indem er Braum die schwere Glastür der Drogenhölle aufriß. Zumindest sein Eintreffen war geglückt, dachte sich Braum in dem Moment.

Wie immer in solchen Situationen fiel ihm die Orientierung recht schwer. Er konnte die fremden Menschen nicht erkennen, einordnen, unterscheiden. Er fürchtete sich vor ihnen. Warum hatte er nicht Stefan Draschan mitgenommen? Nun, weil ihn das noch mehr angestrengt hätte. Sein Herz begann zu rasen. Aber er hatte Glück: Fachinger stand gleich neben der Tür an einem kleinen Stehtisch und schien ihn zu erkennen. Braum war zwar kein Prominenter, aber in Wiener Journalistenkreisen auch nicht völlig unbekannt. Immerhin hatte er für den ORF vor einigen Jahren noch eine vielbeachtete 120-minütige Dokumentation über deutsche Überlebende im russisch besetzten Ostpreußen gedreht.

Fachinger duzte ihn, auch er also, und das war schon ungewöhnlich. Anscheinend, merkte sich Braum, ist in festen Drogenkreisen das »Du« die übliche Ansprechform. Man sprach über gemeinsame Bekannte. Als Fachinger merkte, daß Braum einen Schweißausbruch bekam, zog er den verabredeten Deal schnell durch. Er verschwand in Richtung Toilette, Braum sollte bald folgen.

Der tappte unsicher auf die offenen Toilettentüren zu. Am Waschbecken stand ein Fremder, doch das schien Fachinger nicht zu stören. Aus der letzten Toilette heraus rief er mit tiefer Stimme:

»Hierher!«

Braum zögerte. Er war zu dick, um dort mit Fachinger hineinzupassen. Aber der hatte das schon bedacht. Er stellte sich etwas schräge hin, damit Braum zusehen konnte, wie er vom Spülkasten weg das weiße Pulver in die Nase zog. Er benutzte dafür einen simplen Zehneuroschein. Dann verließ er die Zelle und verfolgte, wie Braum es ihm nachtat.

Sie gingen in den Barraum und fühlten sich prächtig. Braum war froh, daß er alles richtig gemacht hatte. Auf der eiskalten Toilette war auch sein Schweißausbruch ein bißchen gestoppt worden. Jetzt legte er sein Jackett ab und zog sogar den Pullover aus, um nicht erneut mit diesem ihm peinlichen Totalschwitzen zu beginnen. Das war die erste unbedingte Voraussetzung dafür, sich nicht vollends unwohl zu fühlen. Normalerweise wäre es ihm unmöglich gewesen, sein Jackett auszuziehen, weil dann jeder seinen Bauch sehen konnte, aber diesmal war es ihm weniger wichtig. Es war erst eine Minute oder zwei vergangen, seit der Einnahme, und schon war eine Veränderung da.

Fachinger stellte ihm nun den Besitzer des Lokals vor. Er tat dies recht großspurig, indem er sagte:

»Darf ich dir Stephan Braum vorstellen: Er ist einer der bekanntesten und angesehensten Journalisten Deutschlands!«

»So? Das war er einmal.«

Das entgegnete der Besitzer des Drogenlokals, so brutal wie unhöflich. Braum, der in seinem bisherigen Leben die Taktik verfolgt hatte, derartiges wegzulächeln und sich dadurch unangreifbar zu machen, fühlte auf einmal eine neue, ganz andersartige Kraft in sich. Er sah dem Luden angriffslustig und selbstsicher ins Gesicht, sagte:

»Dafür wirst du dich entschuldigen. Du kannst schon einmal überlegen, wie.«

Der andere starrte Braum sekundenlang an. Braum hielt dem Blick nicht nur stand, sondern begann dabei, immer mehr zu strahlen. Schließlich stotterte der Besitzer:

»Ich geb' dir einen Wodka aus.«

»Das reicht nicht.«

»W-was denn dann?«

»Gib mir, was du selbst am liebsten trinkst!«

»Ah, ach so, ja ... äh, ich weiß was! Ich gebe dir den Petronsnaja, der ... das ist das Beste, was wir haben. Kriegt normalerweise nur der Chef!«

Er gab Order, es wurde eine Flasche von weit her geholt, und Braum stieß mit dem Mann an, mit echtem Petronsnaja. Nun war alles wieder eitel Sonnenschein. Man war befreundet. Ja, Braum gehörte nun dazu, wenn der Schein nicht trog. Was für ein Erfolg, nur zehn Minuten nach der Einnahme des Kokains! Das war sensationell. In Gedanken schrieb es Stephan schon in sein wissenschaftliches Tagebuch.

Kam nun der Rückschlag? Das Herzrasen, der Infarkt, der Schlaganfall? Die Panikattacke? Zunächst nicht. Braum fühlte sich auch weiter wohl. Er stand mit Fachinger an einem der Stehtische und war sehr gesprächig. Sein Gegenüber leider noch mehr. Ja, der hatte jetzt einen Laberflash. Eine Stunde lang ließ er Braum praktisch nicht zu Wort kommen. Es ging um journalistische Heldentaten, die Ludwig Fachinger für sich in Anspruch nahm. Auch er hatte früher für den Staatssender gearbeitet, diesen ORF, den alle in Österreich so wichtig nahmen. Er war sogar zwei Jahre lang Kulturchef gewesen. In seiner Zeit hatte er den Intendanten, einen üblen Frauenfeind, so couragiert bekämpft, ja offen bekriegt, daß der seinen Hut nehmen mußte. So und ähnlich sprach Fachinger, der große Frauenversteher. Der Intendant, den Braum nicht einmal dem Namen nach kannte, mußte demnach eine Art Super-Brüderle gewesen sein, der gutaussehenden Frauen dreist ins Gesicht sagte, ihr Hintern passe vortrefflich in die enge Hose, oder so ähnlich. Ein schönes Thema, aber bei Braum schwanden jetzt doch die Kräfte. Aufmerksam achtete er auf alle Zeichen einer möglichen Überanstrengung. Gerade am Anfang seiner Diät wollte er extrem behutsam vorgehen. Er analysierte die augenblickliche Lage: Vor sich hatte er einen Gesprächspartner, der sich im Laberflash befand und diesen womöglich bis zum nächsten Morgen nicht mehr loswurde. Andere Gesprächspartner waren offenbar nicht vorhanden. Der Körper fühlte sich stark an, was auch an den Petronsnaja liegen konnte, die nun immer nachgeschenkt wurden. Braum konnte mühelos eine weitere Stunde diesen Zustand aushalten, aber die Vergiftung danach war dann doppelt so groß, ohne für die Untersuchung weiteren Erkenntnisgewinn abzuwerfen. Schließlich war zu berücksichtigen, daß zu vorgerückter Stunde womöglich die Toilettensache wiederholt werden würde. Das war doch so üblich bei Junkies. Fachinger hatte sicher noch mehr bei sich, und der Ladenbesitzer erst recht. Nein, es war besser, das wissenschaftlich Erreichte zu sichern und das Experiment für diesen Abend abzubrechen.

Braum nahm seine Sachen. Er hatte sogar noch die Kraft, sich von seinen neuen Freunden vollmundig-leutselig zu verabschieden. Er war nun ganz Mensch. Das beinhaltete, daß Fachinger ihm leid tat. Er stellte sich vor, wie der Typ nachts mitten im Laberflash verröchelte, ohne Zuhörer, weil natürlich alle im Lokal seine journalistischen Heldentaten schon kannten. So überredete er ihn, mit ihm die Gaststätte zu fliehen. Tatsächlich war er einverstanden. Ein Taxi wurde gerufen, und Braum wartete auf den Freund, der noch einmal »kurz aufs Klo« gegangen war.

Erstaunlicherweise machte es Braum nichts mehr aus, allein in dem Lokal zu stehen. Er kam sogar mit einer Frau ins Gespräch, die Literaturwissenschaft studierte. Offenbar hatte er in dieser besonderen Stunde eine Art, so charmant auf andere einzugehen, daß sie sein monströses Aussehen für einige Minuten vergaßen. Aber er wollte dieses Glück nicht überstrapazieren. Als Fachinger nach zehn Minuten nicht zurückgekehrt war, tauschte Braum mit der Studentin die Handynummern aus – und federte zum immer noch wartenden Taxi. Unter Braums Gewicht schien die Erde zu beben, aber es fühlte sich diesmal fast lustig an, so schwer zu sein, auch auf der Treppe, die er problemlos hochstiefelte. In der Nacht dann bekam er natürlich die vorhergesehenen Probleme.

Er fand nicht in den Schlaf. Darauf war er vorbereitet. Er hatte Milch und Honig im Haus, interessantes Lesematerial, einfache Zeitschriften, beruhigende Filme auf DVD, die er extra ausgeliehen hatte. Schokolade. Obst. Fruchtsäfte. Kamillentee. Als letztes Mittel Xanor-Tabletten und Relpax. Er horchte in sich hinein, ob ihm etwas weh tat, zum Beispiel sein schwaches Herz. Doch nur der Kopf selbst fühlte sich mitgenommen an. In Braums Hirn schien eine bleihaltige, säuerliche, zermürbende und gasartige Substanz zu wüten, vergleichbar mit Viren bei Mittelohrentzündung, aber feiner ... wie früher, in der Kindheit, bei langen Autofahrten. Mit einem Wort: Er hatte leichtes oder beginnendes Kopfweh. Wenn es nicht schlimmer wurde, konnte er damit leben. Er trank Multivitaminsäfte. Die Schokolade ließ er liegen. Hunger hatte er keinen. Gegen halb sechs Uhr morgens wurde es hell. Da fiel er, etwas überraschend, doch in den Schlaf.

Am nächsten Tag zwang er sich mit äußerster Disziplin dazu, das Tagebuch zu beginnen.

»Liebes geschätztes wissenschaftliches Tagebuch (fortan W. T. geheißen), wie beginnen? Mit dem Datum natürlich. Es war der 10. März 2013. Der Ort: das Lokal ›Alles wird gut‹ in der Rotensterngasse im Ersten Wiener Bezirk. Uhrzeit: kurz nach 23 Uhr. Ich kam nüchtern in das Lokal, und zwar mit dem Taxi. Der Taxifahrer hielt mir die Tür auf, da ich ihm ein unverschämt hohes Trinkgeld gegeben hatte. Ich fühlte mich besser als sonst in vergleichbaren Situationen. Soziale Ansammlungen in geschlossenen Räumen ängstigen mich normalerweise sehr. Diesmal eher nicht.

Hammondorgel-Musik aus den 60er Jahren empfing mich. Ich tippte auf Brian Auger and the Trinity, mit Julie Driscoll. Mein Bruder hatte das gehört, als ich zehn war und er vierzehn. Kein schlechter Beginn. Sonst fällt mir Musik in Lokalen kaum auf, doch diesmal achtete ich aus guten Gründen auf alles. Ich sah auf einen langen, schmalen, schlauchförmigen Gang, an dessen rechter Seite gerade einmal Platz für kleine, viereckige Tischchen war, die eine erstaunliche Höhe aufwiesen, wie auch die Barhocker, sodaß die Leute wie auf Stelzen zu sitzen schienen.

Gleich am ersten Tisch saß mein Mittelsmann, mit Namen Ludwig Fachinger, den ich schon seit Jahren aus der Ferne kenne. Ich lese seine Kolumne im ›Freitag‹ und kann mir ein Bild von ihm machen. Reicher Sohn, lag dem Vater früher auf der Tasche, vielleicht sogar heute noch. Alter schwer zu sagen, 40? 50? Dem Rotlichtmilieu zugetan. Politisch eher links als rechts. Später erzählte er mir, daß er Drogen am liebsten von Hurenbrüsten schnieft. Er erzählte auch viel von Kämpfen, die er in dem Staatssender ›ORF‹ ausgefochten haben will. Da war er einmal, sagte er, Kulturchef gewesen. Ich kann das nicht nachprüfen, will es auch nicht. Meine eigene Zeit beim Fernsehen reicht mir.

An der Bar standen virile, dennoch ausgemergelte 40jährige Männer, gefährlich, potent, böse, vielleicht Werber oder eben sogenannte Kreative. Oberhalb der Flaschenregale hing sehr schlechte Kunst, also wertlose abstrakte Möchtegernkunst, ockerfarbene Farbkleckse. Die Bar war indirekt beleuchtet. Fachinger machte mir frühzeitig ein Zeichen und ging durch den langen Gang nach hinten. Dort geht es eine Treppe hinunter zu den Toiletten. Er verteilte zwei Linien Kokain auf einen Handspiegel und schnupfte eine davon. Sie war etwa zwei Millimeter dünn und drei Zentimeter lang. Ich schnupfte die zweite. Die Toilettentür war dabei offen. Wir gingen zurück. Ich fühlte mich gut. Soweit ich mich erinnere, hatte ich zu dem Zeitpunkt noch keine körperlichen Reaktionen, auch keinen Schweißausbruch.

Es waren nicht viele Leute in dem Lokal. Eine Frau lachte kehlig, als ich mich an ihr vorbeizwänge. Ich hörte Wortfetzen des amerikanischen Idioms. Eine abgehärmte, im Alter schwer zu schätzende Blondine mit krummem Rücken und schwarzer Weste auf nackter Haut blies den Rauch ihrer Zigarette aus, die sie weit oben hält, etwa in Stirnhöhe. Sie lümmelte auf einem der Barhocker und unterhielt einen jungen Mann, der sehr glatt und rosig rasiert war und eine H.-C.-Strache-Frisur trug. Ich saß wieder mit Fachinger am Eingang des Lokals und hörte mir seine ›ORF‹-Geschichten an. Er redete sehr schnell, schneller als vor der Drogeneinnahme. Ich kam nicht mehr zum Entgegnen.

Er stand auf, holte den Barbesitzer und stellte ihn mir vor. Dabei kam es zu einem feindseligen Wortwechsel. Danach gab mir der Mann teure Getränke aus.

Erst durch diese Getränke begann ich mich wohl zu fühlen. Sie sind wirklich sehr gut, irgendein seltener Wodka aus Rußland. Das Kokain machte mich selbstbewußt, der Wodka erzeugte nun eine Art Glücksgefühl. Vielleicht war es die Mischung aus beidem? Leider traute ich mich nicht, nach der Herkunft und der genauen Zusammensetzung des Kokains zu fragen. Wie rein war es? Mit was genau war es gestreckt worden? Mir war Fachinger zu fremd, als daß ich ihn hätte fragen können. Außerdem überließ er mir nie das Wort. Trotzdem hegte ich in dieser Situation freundschaftliche Gefühle ihm gegenüber. Sehr seltsam. Er erzählte weitere ›ORF‹-Geschichten, weitere Kämpfe, wem er was und wann gesagt hatte, sein ganzer Kampf gegen den schwarzen Muff, sein Eintreten für die Frauen und gegen den Sexismus und den damaligen Intendanten. Er war wohl doch eher ein Art nachgeborener Altlinker und daher so froh, mich kennenzulernen. Er erzählte, daß er sich das Trinken abgewöhnt hätte, jetzt aber wieder angefangen hätte, da er lieber etwas vom Leben haben wollte und von der Erotik. Er sei ein lieber, zärtlicher Mensch und sehr verletzlich. Er redete ununterbrochen.

Später verschwand er wieder auf der Toilette, nun ohne mich. Ich wartete auf ihn, ziemlich lange, wie ich fand. Vielleicht war mein Zeitgefühl auch gestört. Das Lokal kam mir nun ganz normal vor. Also natürlicher, als man es von einer Opiumhöhle erwarten würde. Es kamen nun immer mehr Menschen. Da ich allein war, hätte nun meine Soziophobie ausbrechen müssen, was aber nicht der Fall war. Leider wurde die Musik schlechter. Sie spielten nichtssagende 80er-Jahre-Bluesmusik mit großem Orchester, also richtige Scheiße. Danach steigerte sich das noch durch Gospelsongs in derselben Besetzung. Ich stellte mir vor, wie die Koksnasen sich an diesen quasireligiösen Gospelreimen delektierten, während sie im Klo neue Lines auflegten. Direkt vor mir stand nun so ein Verbrecher fordernd an der Bar, das eine Bein obszön abgespreizt, das andere am Boden. Ein anderer Kerl, ein Mittdreißiger mit Thermojacke, Segeltuchhose und Wolfskin-Bergschuhen, stand sebstsicher-dumpf daneben – vielleicht selbst ein Gastronom oder Bordell-Betreiber. Die Bedienung gefiel mir. Sie trug eine weit offene, gut sitzende, petrolfarbene Bluse, und ich nahm sogar den dünnen, teuren Stoff wahr, aus dem diese Bluse gemacht war. Vor der herrlichen Brust baumelte ein silbernes Amulett und sollte wohl die Blicke von derselben ablenken. In meinem Fall gelang das nicht. Ich spürte nun, daß ich gegen meinen Willen hinsah. Offenbar hatte mich die Einnahme der Droge ein Stück weit hemmungslos gemacht.

Eine Frau mit enganliegendem Leibchen und viel Haut setzte sich irgendwann auf Fachingers Platz. Große Augen, volle rote Lippen, dunkle Haare, gute Figur. Es war mir recht, denn gerade wurde die Musik um einen weiteren Grad scheußlicher. Die Mega-Arschgeige Frank Sinatra sülzte sein ›My way‹, live, am Ende seiner Karriere, mit Big Band, aber ohne Stimme. Die Frau kam mit mir ins Gespräch. Sie war noch Studentin. Ich bekam noch immer keinen Schweißausbruch, merkte aber, daß mein Glück nun überhandnahm. Die vor mir befindlichen Flaschenregale der Bar enthielten wohl alle nur denkbaren Spirituosen der Erde. Aber was hätte ich mit so einer schönen Person anfangen sollen? Es konnte nur peinlich enden, wenn ich mit Hilfe von Alkohol die Stimmung künstlich verlängerte. Und so geriet ich in die Defensive. Obwohl meine Euphorie noch immer anhielt und ich sogar die Handynumer der Studentin eroberte – junge Leute sind heutzutage immer bereit, erfolgreichen Älteren ihre Daten zu überlassen –, trat ich den Rückzug an. Gegen 0.45 Uhr brachte mich ein Taxi nach Hause. Dort begann für mich die Kehrseite des Rausches. Ich war erst aufgeregt und glücklich, dann schlaflos und nervös, dann ungeduldig und unzufrieden. Verzweifelt war ich aber nicht. Und auch kein bißchen depressiv, nicht in der Nacht. Und nach ungefähr fünf Stunden des Hin- und Herwälzens schlief ich sogar ein. Das war vor siebeneinhalb Stunden.«

Stephan Braums erster Bericht im »geschätzten wissenschaftlichen Tagebuch, fortan W. T. geheißen«, war ihm noch etwas schwergefallen, und er ahnte nicht, wieviel Spaß und Lebenslust er gerade aus diesen Aufzeichnungen eines Tages ziehen würde. Nein, es kam ihm holprig vor, was er da verfaßt hatte.

Dafür hielten die nächsten Tage ein paar Besserungen für ihn bereit. Wenn er sich nicht täuschte und wenn das ungewohnte extreme Selbstbeobachten ihn nicht in die Irre führte, fiel ihm das Gehen nun etwas leichter. Die übliche Morgendepression, die er mit einem verschreibungspflichtigen Psychopharmakon sowie einem harmlosen Biomittel bekämpfte, verschwand schneller als sonst, nämlich schon nach einer Dreiviertelstunde. Das notierte er sofort. Die Kopfhaut juckte weniger stark, und er hatte fast Lust, zum Friseur zu gehen – normalerweise eine unangenehme Vorstellung. Er schien sich insgesamt weniger vor der Außenwelt zu fürchten, obwohl, und auch das muß erwähnt werden, der Tag nach dem ersten Kokainschnupfen nicht leicht war. Er fühlte sich schwach und gereizt. Wie nach einer Nacht ohne Schlaf. Er mußte sich zusammennehmen, was jedoch, da er alleine lebte, ohne Folgen blieb. Auf jeden Fall überwand er diese kritische Phase und wurde danach, für seine Verhältnisse, ein bißchen weniger introvertiert, fast könnte man sagen: gesellig. Er traf Freunde von früher, wobei er stets mehr oder weniger geschickt das Thema Drogen ansteuerte. Er merkte, daß – außer ihm selbst – alle Menschen seines Kulturkreises massive Erfahrungen mit Drogen hatten, und zwar nicht nur mit Gras und Shit, wie Marihuana und Haschisch oft genannt wurden. Praktisch jeder hatte einmal eine Drogenphase gehabt, und jeder kannte mindestens einen, der sich gerade mit harten Drogen zugrunde richtete.

Für genau diese Fälle interessierte sich Stephan Braum besonders. Er wollte wissen, was ihm blühte, wenn er das vermeintliche Teufelszeug länger nahm, oder besser gesagt: was ihm *genau* blühte. Denn daß ein furchtbarer Preis zu zahlen war für die Freuden des Rausches, daß es sozusagen ein Pakt mit dem Teufel war und man dafür in die Hölle kam, wußte doch jedes Kind. Nur wie sah die Hölle ganz konkret aus, und war sie schlimmer und unangenehmer als der Zustand, in dem Braum bislang gelebt hatte? Zudem hatte er gar nicht vor, im Rausch zu leben. Er wollte nur abnehmen. Er wollte nicht in wenigen Jahren sterben. Und wenn doch, dann nicht als ekliger, gemiedener Elefantenmensch. Also noch mal: Was geschah mit den Kokainisten und Morphinisten genau? Die

Erzählungen, die er nun hörte, übertrafen leider alle unangenehmen Erwartungen.

Da war zum Beispiel der Hölzl, ein stadtbekannter, sogar landesweit bekannter Künstler, Braum kannte ihn gut, ja *alle* kannten ihn gut. Man wußte auch, daß er exzessiv viel trank, und das liebten alle sogar an ihm. Er war der originellste, lustigste, liebenswerteste Mensch weit und breit, immer zu schrägen Scherzen aufgelegt. Im Alleingang unterhielt er die ganze Clique, zu der in besseren Zeiten auch Braum einmal ein bißchen gehört hatte. Daß er auch kokste, war bekannt und völlig normal. Nun aber erfuhr Braum, daß Hölzl längst am Ende war, heillos überschuldet, ausgebrannt, kreativ ausgehöhlt, emotional erkaltet, impotent, trotzdem sexsüchtig, körperlich ein Wrack, mit 100 000 Euro im Minus bei der Bank, vom Dealer gerade noch geduldet. Selbst der bestochene Apotheker überlegte sich, dem Freund die Überdosen Xanor weiter ins Haus zu liefern. Ein Stop der Lieferung hätte den Absturz ins Nichts bedeutet, in die Hölle eben, die vielbeschworene. Nun liefen seltsamerweise Hölzls Geschäfte in der Kunst immer noch gut, ja blendend. Er stand sogar vor einem weiteren großen Sprung nach oben. Denn in der Kunstwelt wurde es honoriert, wenn jemand sozusagen sein Leben für das Werk aufs Spiel setzte. So sah es nämlich für viele aus, auch wenn der Zusammenhang kaum stimmte. Wenn Hölzl bald das Doppelte verdiente, konnte er auch ein weiteres Jahr Kokain nehmen. Oder? Die alten Freunde winkten ab. Der Körper sei schon zu geschwächt, Hölzl blute ständig aus der Nase. Es ging das Gerücht, er habe bereits eine Leberzirrhose. Er sei zudem Lichtjahre von einer Einsicht in seine Lage entfernt. Er müsse jahrelang in eine Klinik, wäre aber noch nicht einmal bereit, über seinen Zustand auch nur zu reden. Nein, das werde nichts mehr mit dem. Statt dessen lasse er sich fast jede Nacht Nutten aufs Zimmer kommen, die dann Furchtbares zu erleiden hätten …

So so, dachte sich Stephan Braum. So sah also die Hölle aus. Darüber mußte er unbedingt noch einmal gesondert nachdenken, zum Beispiel in seinem wissenschaftlichen Tagebuch. Hölzl führte dieses Leben, das zur Hölle führte, seit einem Vierteljahrhundert. Vielleicht brauchte es so lange, bis man an der Pforte zur Ewigen Verdammtheit anlangte? Dann wäre Braum erst mit 78 soweit. Zudem: War es wirklich nötig, derartig den Kopf zu verlieren wie Hölzl? Er, Stephan Braum, war ein vollkommen anderer Typ Mensch. Immer schon. Von Kindesbeinen an. Kontrolliert, vernünftig, maßvoll. Hölzl dagegen war sicher schon als Schüler ein Rabauke, ein Schläger, ein hemmungsloser Angeber – warum sollten Drogen diese Züge nicht verstärkt haben, bis hin zum Desaster? Wenn man diese Züge aber gar nicht hatte, konnten sie auch nicht hochgeputscht werden. Vielleicht hatte Braum deshalb nie eine Wirkung verspürt, damals, als Jugendlicher, bei den ersten Drogenerlebnissen. Auch jetzt, in dem Lokal »Alles wird gut«, war die Wirkung kaum stärker als die von Sekt gewesen. Wenn ein junges Vorstadtmädel zum erstenmal Champagner trinkt, war es sicher eher high als Braum mit Kokain.

Der zweite Grund, gesellig zu werden, lag in der Notwendigkeit, den Stoff endlich zu erwerben. Stephan wollte kein zweites Mal auf der Toilette eines fremden Lokals mit einem fremden Mann eine nicht weiter untersuchte harte Droge zu sich nehmen. Er wollte das Zeug zu Hause haben und genau kennen. Er wollte die Dosierung selbst bestimmen. Er wollte vorher entscheiden, welche Situationen er im Rausch durchleben würde. Um zu erfahren, an welchen Orten gedealt wurde, traf er sich mit Thomas Draschan, dem großen und erfolgreichen Bruder des kleinen verkifften Stefan Draschan.

Diesmal benutzte Braum den eigenen Wagen. Er besaß einen neuwertigen japanischen Hybrid-Toyota, den er aber seit Beginn des letzten Winters in der Garage gelassen hatte. Das Auto war geräumig, aber, wie Braum dachte, nicht mehr geräumig genug für seinen stets anschwellenden Körper, und außerdem war seine Fahrtüchtigkeit durch die vielen Tabletten nicht mehr gewährleistet. Die Bullen hätten ein armes Schwein wie ihn natürlich nie in die Mangel genommen, aber bei einem Unfall eben schon. Die Tabletten bewirkten auch eine gravierende Nachtblindheit, so daß er manchmal noch ein Ziel anfahren, Stunden später aber nicht mehr zurückfahren konnte. Jetzt aber war es ihm egal. Er wollte schnell zu Thomas Draschans Vernissage. Dort wollte er ihn unauffällig zur Seite ziehen und befragen. Dieser Mann war außerordentlich intelligent und allwissend. Es gab keine Frage, die er nicht sofort beantworten konnte. Er war das Gegenteil seines kleinen Bruders.

Braum parkte den Toyota Prius direkt vor der angesagten Edelgalerie in der Neustiftgasse, im strengen Halteverbot. Er durfte das, denn auf der Heckscheibe klebte deutlich sichtbar das Behindertenzeichen. Er griff nach der Gehhilfe, zwängte sich aus der Limousine und streckte seinen Körper, auf den Stock gestützt, langsam nach oben. Jetzt raste doch wieder sein Herz. Aber die Vorfreude war stärker.

»Professor Braum!« rief Thomas schmetternd durch die Halle. Sie waren früher echte Freunde gewesen, ohne sich jemals wirklich nahegekommen zu sein. Ganz offenbar freute sich der Künstler über den Besuch des spröden Norddeutschen. Er hatte ihn vielleicht schon aufgegeben gehabt.

»Du auf einer Vernissage? Das hat es doch Jahre nicht mehr gegeben! Geht es dir jetzt besser?«

»Danke, ja.«

Er humpelte an den Bildern vorbei, die er dennoch genau musterte. Es war eine alte Angewohnheit von ihm, erst die Werke und dann erst den Meister zu würdigen. Später suchte Draschan immer wieder seine Nähe, plapperte vergnügt auf ihn ein. Braum kam das fast verdächtig vor. Warum redete sein alter Freund soviel? Warum ließ er ihn nie zu Wort kommen? War auch er Kokainist? Er glaubte es nicht, denn gerade dieser Künstler hatte die geistige Klarheit zu seinem Markenkern erkoren. Draschan trank noch nicht einmal Bier oder Kaffee. In seiner Studentenzeit hatte er allerdings alles genommen, was der Drogenmarkt hergab. Deshalb wollte Braum ihn sprechen. Da er aber nicht zu Wort kam, gab er das Vorhaben auf. Er wurde einer berühmten Kulturredakteurin vorgestellt, der gutaussehenden Ann-Kathrin Grotkasten. Schon wieder brach seine alte Krankheit auf, die Soziophobie.

»Ann-Kathrin kommt aus Frankfurt, das kennst du doch auch? Bist du nicht in Frankfurt gewesen? Ann-Kathrin mag Frankfurt *überhaupt nicht!*«

So verwickelte der Hausherr die beiden in ein Gespräch. Die Kulturredakteurin sah der neuen Chefredakteurin der deutschen ›taz‹ verblüffend ähnlich, war dazu noch deutlich jünger und wirklich äußerst attraktiv. Braum mußte sofort daran denken, wie häßlich er selbst war, jedenfalls wie fett und aufgedunsen, und er schämte sich und bekam augenblicklich einen Schweißausbruch. Die Frau sprach ganz reizend und menschlich nett mit ihm, was die Sache verschlimmerte. Sie erzählte von ihren Erlebnissen in Frankfurt und sah ihn dabei freundlich und interessiert an. Vor allem schien sie eigentlich selbst schüchtern zu sein und hätte ein beherztfreundliches Entgegenkommen verdient gehabt. Braum gab sich natürlich alle Mühe, erkannte aber den entscheidenden Unterschied zu seinem Gespräch mit der Studentin im »Alles wird gut« wenige Tage zuvor. Damals hatte er sich frei gefühlt. Das Kokain, obwohl in der Wirkung schwach, hatte ihm die Angst vor der jungen Frau genommen. Wie gern hätte er sich nun wieder so gefühlt! Er kannte die Redakteurin aus der Zeitung, denn er las den STANDARD regelmäßig. Sein einziger Zugang zur Außenwelt war ja seit Jahren das Zeitunglesen in seinem Kaffeehaus »Prückel« jeden Vormittag von elf Uhr bis kurz vor zwölf. Die Artikel von Frau Grotkasten gefielen ihm. Nun stand sie vor ihm, und er konnte es nicht genießen. Nein, das war einfach zu schade. So beschloß er, Thomas doch noch um die begehrte Auskunft anzugehen.

Beim Verlassen der Veranstaltung rückte er damit heraus. Der Angesprochene war kein bißchen irritiert, sondern klärte den Sachverhalt auf der Stelle. Den Stoff gab es im »Nagel« in der Faymann-Straße sowie im schon bekannten »Alles wird gut«. Fremde konnten dort nichts kaufen. Nicht einmal bekannte Künstler wie Draschan hatten eine Chance. Man mußte bereits ein gut eingeführter Kunde sein. Der einzige Kunde, den Thomas kannte und der regelmäßig und zuverlässig beim Dealer kaufte, war der Hölzl. Daher gab es nur einen Weg: Er, Hölzl, mußte mit Braum in eines der beiden Drogencafés gehen und für seinen Bekannten bürgen. Am besten ins »Roxy's Music«, denn dort kaufe Hölzl ohnehin ein.

Warum stellte Draschan keine Fragen? Er reagierte so sachlich, als wäre das Thema völlig normal. Oder hatte sein Bruder ihm von seiner Begegnung mit Braum erzählt? Vielleicht war die Gesellschaft auch einfach vertrauter mit dem Thema. Für Braum gab es nur noch ein Problem: Er mußte sich mit Hölzl anfreunden!

Es war leichter, als er gedacht hatte. Tatsächlich hatte er ihn ja früher schon ganz gut gekannt. Man vergißt solche Bekanntschaften, die einem unangenehm sind, recht schnell. Hölzl dagegen erinnerte sich gern an Braum. Trotz seines aufgedunsenen, vermeintlich abstoßenden Äußeren schien Braum bei den meisten Leuten, die ihn sahen, eine gewisse Beliebtheit zu haben, was vielleicht an seinem schüchternen Wesen lag. Als er also Hölzl anrief und um ein Treffen bat, war der sofort einverstanden. Braum sollte einfach eine Vernissage besuchen, die neue Hölzl-Werke zeigte. Im Anschluß wollte man sich in ein Café setzen.

Braum wußte, daß er es nicht lange im öffentlichen Raum aushielt, und kam daher erst, als die Vernissage praktisch schon zu Ende war. Hölzl verhielt sich ruhig und verbindlich, was in Stephan Braum sogleich Vertrauen schuf. Dieser Künstler mochte körperlich zerstört sein, aber er war dabei ein Ehrenmann und bedeutender Zeitgenosse geblieben. Wie tröstlich! Braum wurde die Droge noch sympathischer.

Dann war da erneut diese Studentin, die er im »Alles wird gut« kennengelernt hatte. Es klingt völlig unwahrscheinlich, und es gibt auch keinerlei logische Herleitung oder semantische Brücke dafür, aber es war so: Die war schon wieder da! Das hatte für Braum leider nichts zu bedeuten, denn selbstverständlich hatte er bei ihr nicht den Hauch einer Chance, nicht in tausend Jahren, nicht einmal als guter Onkel oder schwuler Freund, und doch belebte ihn ihre Gegenwart, zumal Hölzl sie mit ins Café nahm. Es stellte sich schnell heraus, daß sie einmal seine Geliebte gewesen war. Unfaßbar, dachte Braum, der alte Hölzl hatte etwas mit dieser wunderschönen jungen Frau gehabt! Der Künstlerberuf war schon eine feine Sache!

Später erfuhr Braum, daß Hölzl dem liebenswerten Kind sogar das Herz gebrochen hatte. In diesen Kreisen redete man sehr offen. Auch sein delikates Anliegen in Bezug auf Kokain konnte Braum relativ problemlos besprechen. Man war im Café »Europa«, nicht weit vom »Roxy's Music« entfernt, eingekehrt und konnte das Drogenlokal zu Fuß erreichen. Erst einmal aber wollte Hölzl rustikal essen. Er bestellte Gulasch, Kartoffeln und Salat, ließ aber fast alles wieder zurückgehen. Aha, dachte Braum, der Appetit ist noch da, beim Junkie, aber der Hunger ist klein. Daher Hölzls gute Figur. Kein Gramm Fett zuviel am Körper, und die Hasen laufen ihm nach. Nicht das Alter ist unansehnlich, sondern die Wampe.

Braum erfuhr an diesem Abend einiges über Hölzl und über die Studentin. Sie saß ihm genau gegenüber, er rechts von ihm. Beziehungsunfähig waren sie beide. Hölzl sowieso, aber auch sie war erschreckend labil. Angeblich hatte er ihr immer abwegige sexuelle Wünsche erfüllen müssen, was mehrmals im Krankenhaus endete. Das konnte Braum gar nicht glauben, zumal der Künstler gleichzeitig von körperlichen Gebrechen erzählte, die er habe und die ihn eigentlich daran hätten hindern müssen, die Studentin zu schlagen: Er besaß einen teilweise lahmen linken Arm und eine Rückgratverkrümmung. Auch konnte er ohne seine dickglasige Sartre-Brille praktisch nichts mehr erkennen – ein Handicap im sexuellen *infight,* fand Braum. Bekanntermaßen war Hölzl recht großzügig im Verteilen seiner pulvrigen Gaben an alle möglichen Mädels, und sein Herumstreunen im Rotlichtmilieu gehörte sowieso zum Berufsprofil seit dem vorvorigen Jahrhundert, seit Toulouse-Lautrec und Monet. Das machte solche Erlebnisse wohl plausibel. Braum war trotzdem irritiert. Was stimmte wirklich? Wo war der Mensch hinter all dem Blödsinn? Die Studentin – ihr Name fiel nun manchmal und Braum merkte ihn sich, Xenia – lebte inzwischen in einer lockeren Fernbeziehung mit einem 64jährigen Millionär aus Frankreich.

»Millionär oder Milliardär?« fragte Braum ernsthaft. Ein einfacher Millionär *in dem Alter* schien ihm zu wenig für das attraktive Mädchen.

»Er ist Architekt und schon verdammt wohlhabend. Er lebt sehr zurückgezogen. Eine Fernbeziehung ist ideal für uns ...«

Sie sahen sich nur alle sechs Wochen für ein paar intensive Tage. Sie fuhr immer zu ihm.

»Ich habe ihm am Anfang einen Deal vorgeschlagen: Ich mache es nur, wenn man sich treu ist, wenn es keine dritten Personen gibt. Er ist darauf eingegangen! Er ist wirklich toll! Nicht wahr?«

Braum runzelte die Stirn. Was sollte daran toll sein? Mit so einer Superbraut, die auf Knopfdruck zum Vögeln einfliegt, wahrscheinlich im eigenen Helikopter gebracht wird, war der Knacker doch vollends befriedigt. Wozu da noch etwas Drittes am Köcheln halten? Umgekehrt war für das Mädchen das Treuegelübde hinderlich. Für sie war das ein schlechter Deal. Aber Stephan sagte nur:

»Ja, super, ein guter Mann ist das. Glückwunsch!«

Er war einfach froh, immer noch nicht zu schwitzen und anscheinend mehr Kräfte zu haben als sonst. Er fühlte sich sogar wohl in seiner Haut! Und das lag an dem Mädchen, in dessen Maria-Schell-Gesicht er geradezu badete. Sie hatte wirklich dieselben viel zu großen Augen und den Gesichtsausdruck von Schmerz, Kitsch, Tränen und Schicksal, den die junge Nachkriegs-Schauspielerin immer aufsetzen mußte. Irgend etwas zitterte immer in diesem Gesicht. Hölzl raunte ihm beim Verlassen des Lokals, als sie es nicht hören konnte, wieder zu, sie sei sehr, sehr labil. Was er bloß immer damit meinte?

Sie verabschiedeten sich von Xenia und gingen zu dem Drogenlokal. Mehrere hundert Meter. Normalerweise hätte Braum die nur mit dem Taxi geschafft. Es war kalt, immer noch März und offiziell Winter. Hölzl zog sich eine Rapper-Wollmütze über die gelbblond gefärbten Haare. Braum wunderte sich etwas, da Hölzl sonst stilsicherer auftrat. Die Rapper-Mütze war etwas für Verlierer, die irgendwann nach Berlin übersiedelten. Und ihm fiel das Großspurige an Hölzl auf. In Xenias Anwesenheit hatte er weniger angegeben.

Das Lokal war winzig und extrem bedrückend. Schlagartig war Braum klar, daß es sich einfach um eine Kokainverkaufsstätte handeln *mußte*. Es spielte grauenhafte Spätsiebzigerjahre-Musik, Queen, Mainstream Hardrock, David Bowie. Leute liefen herum, die er eher auf einem Campingplatz vermutet hätte. Oder in einer schlechten Comedysendung, Billigkanal, aus England eingekauft, 20 Jahre alt, mit Toupets, Koteletten, Ringelhemden, Lederjacken. Scheußlich. Braum merkte, daß er augenblicklich keine Luft mehr bekam. Aber er mußte aushalten. Sonst wäre der ganze lange Abend umsonst gewesen. Man bestellte zwei Redbull-Wodka. Um Zeit zu gewinnen, verzog sich Braum auf die Toilette.

Hölzl sprach ein paar Minuten unverbindlich mit einem Gast. Dann ging er endlich in einen Nebenraum und kam mit der Ware zurück. Braum quälte sich, den Redbull-Wodka langsam leerzutrinken. Es war jetzt etwas leichter, da Hölzl ihm signalisiert hatte, die Sache abgewickelt zu haben. Braum versuchte, nichts mehr von dem Laden wahrzunehmen. Er wollte sich später an nichts erinnern können.

Der Rest ging schnell. Ein kleines weißes Papiertütchen, niedlich und kompliziert zusammengefaltet wie von Kinderhand, wechselte, hundert Meter später, schon am Taxistand, den Besitzer. Braum tat es in sein Portemonnaie, wollte auch bezahlen, aber Hölzl ließ es nicht zu. 150 Euro wären es gewesen. Man verabschiedete sich neutral. Also herzlich und cool zugleich.

Am nächsten Tag startete Stephan Braum seine Drogenkarriere erneut, nämlich endlich unter Laborbedingungen. Nun konnte er also die Dinge so steuern, wie er es wollte. Dieses kleine Tütchen sah so süß aus. Es lag auf seinem weißen Tisch im Badezimmer. Er hatte eine starke Lampe darauf gerichtet. Man brauchte jetzt einen Spiegel, richtig? Er nahm aber einfach ein neues, unverschmutztes Buch. Wie bekam man das Tütchen auf und wie wieder zu? Er machte alles ganz vorsichtig und protokollierte jeden Schritt in seinem wissenschaftlichen Tagebuch, das ebenfalls auf dem Tisch lag.

Es durfte nur ein winziger Bruchteil entnommen werden. Mit einem Frühstücksmesser halbierte er die Menge, dann viertelte und dann achtelte er sie. Ein Achtel mußte reichen.

Braum war stolz auf sich. Er berechnete sofort den genauen Wert dieses Achtelgramms. Es war eigentlich doch eine ziemliche Menge. Der gesamte Inhalt des Tütchens würde ihn killen. Er sah auf die Uhr, sog das Kokain mittels eines zusammengerollten Zehneuroscheins ein und notierte im W. T. die exakte Uhrzeit.

Er hatte als erstes den Gedanken, daß nun das Leben spät, aber tatsächlich nicht zu spät, die Wende zum Guten genommen hatte. Abnehmen, leicht werden, gesund und glücklich werden – es war doch noch möglich! Die nie erlebte Jugendzeit – sie konnte kommen! Natürlich nur unter größtmöglicher Kontrolle.

Es war alles so schön im Zimmer. Braum dachte an seine Kindheit und fand, daß wenigstens diese etwas Schönes, Leuchtendes gehabt habe und daß ihm dies doch bleiben würde. Wirklich ein Schatz. Nur wenige Jahre, vielleicht drei oder vier, aber immerhin.

Das Herz schlug nun schneller, ohne daß es unangenehm gewesen wäre. Gab es eigentlich Vorsichtsmaßnahmen gegen Herzüberlastung? Konnte etwas, das sich so ruhig und zufrieden anfühlte, überhaupt ungesund und belastend sein? Gab es eine besondere, nicht wahrnehmbare Gefahr? Konnte er noch Auto fahren? Konnte die Polizei feststellen, daß er Kokain genommen hatte, und wie? War die Menge dazu nicht zu klein?

Braum ging zum Wandspiegel und prüfte den Zustand der Augen. Leider sahen sie sehr verändert aus. Um die Iris hatte sich ein unheimlich dunkler Rand gebildet, der seinem Blick etwas Stechendes und dem gesamten Gesichtsausdruck etwas Kaltes gab. Um Himmels willen, dachte Braum, man sah ihm die Droge an! Jetzt verstand er, warum Junkies immer Sonnenbrillen trugen. Er notierte es sofort im W. T. und ging dann im Zimmer auf und ab.

Keine Gleichgewichtsstörungen. Das Laufen fiel im Gegenteil leichter als sonst. Das Telefon klingelte. Sollte er abnehmen? Es handelte sich um einen Lokalpolitiker, den er kürzlich kennengelernt hatte. Eine ungefährliche Sache also. Braum wollte in seinem Zustand keine engen Freunde treffen. Es sollte sich nicht unbedingt herumsprechen, was er tat. Der Politiker aber würde keinen Unterschied feststellen, man war sich nur beruflich begegnet. Braum hatte ein Porträt über ihn geschrieben. Das war eine seiner Tätigkeiten, die er sich seit der Frühpensionierung noch zumutete: ab und zu einen Beitrag für den ›Standard‹ verfassen. Porträts gingen am leichtesten: Er holte alles Wesentliche aus Wikipedia, traf dann zum Schein den Porträtierten noch zum Essen, meistens, wenn der Text schon fertig war. So war es auch diesmal gewesen. Der Politiker, einflußreich und erst Anfang Dreißig, hatte aber prompt ein wenig Feuer gefangen und legte nun offenbar nach. Der Text war ja noch nicht erschienen.

Braum wollte testen, ob er unter Einfluß noch normal telefonieren konnte, und nahm ab. Der Politiker fragte, ob Braum nicht Lust habe, heute noch auszugehen. Sozusagen zum Abrunden der Impressionen für das Porträt: der Politiker privat, quasi als Mensch, irgendwie mal von einer anderen Seite, jung und authentisch, und so weiter?

Man plauderte etwas, und Braum merkte, daß es zwar ging, aber anders als vermutet: Das Gerede des Mannes störte ihn, es belastete ihn regelrecht. Dabei hatte er ihn tagsüber beim Tischinterview eloquent und interessant gefunden. Jetzt jedoch taten ihm die kostbaren Minuten leid, die er auf diese Weise verlor. Dennoch sagte er ihm bedingt zu. Er fände die Idee großartig, ein Politiker im Nachtleben, super. Wahrscheinlich würde er hinkommen. Wenn nicht, sei etwas dazwischengekommen. Dann bitte nicht bös sein. Alles Liebe, Bussi Bussi. So sprach man in Österreich, es war keineswegs ironisch oder unpassend.

Die nächste halbe Stunde versank der selbstgesteuerte Probant in fruchtlosen Grübeleien. Er dachte an seine alte Freundin Juliane, die seit elf Jahren Krebs und furchtbare Schmerzen hatte, die aber gleichzeitig einer fernöstlichen Sekte angehörte, die ihr Gehirn vollkommen zerstört und unbrauchbar gemacht hatte, so daß diese Freundin von einer

Hölle in die andere fiel, nein, eigentlich in der Hölle des zerstörten Gehirns lebte, während die Hölle der Schmerzen und des Krebsleidens dagegen sekundär war, eigentlich, und daß man vielleicht sagen konnte, daß die wahre und einzige Aufgabe, die Gott den Menschen stellte, die sei, solche Besessenheiten, die ja in der einen oder anderen Form – meistens in Form der Verliebtheit und sexuellen Hörigkeit – jeden treffe, in einem Akt schier übermenschlicher Courage abzustreifen und die erhabene Freiheit des Denkens wiederherzustellen ...

Und so weiter. Er dachte an früher, an seine erste Liebe, zum Glück auch an Xenia, und das brachte ihn zurück in die Gegenwart. Lieber etwas erleben, dachte er, schon ganz eingesunken im Sessel, und bestellte ein Taxi. Er sah auf die Uhr. Gut 57 Minuten waren seit der Einnahme vergangen, die allermeisten durch fruchtloses Grübeln.

So verbrachte er die restlichen Stunden der Drogenwirkung in größtmöglicher Geselligkeit, unter hunderten von Menschen. Er überlebte diesen waghalsigen Test erstaunlich locker und schrieb am nächsten Tag darüber. Nach den gewissenhaften W. T.-Eintragungen über Einnahme, Wirkung, Grübeln und Examinieren der Körperfunktionen kam er in einem schönen, ausführlichen Bericht schließlich auf den Abend mit dem Politiker zu sprechen. Der trug den allen Landsleuten geläufigen Namen Joseph Maria Landbauer. Braum schilderte anfangs sogar, wie er in das verabredete Lokal gelangte, einen Club namens »Passage«, von dem er nie zuvor gehört hatte. Man merkt, daß Braum im Laufe der Nacht mit dem Politiker eine Art Freundschaft geschlossen haben muß, denn er duzt ihn nun:

»... Wie bei allen jungen Leuten wird das Zusammentreffen im Zehn-Minuten-Takt per Handy-SMS koordiniert. Man weiß immer haargenau, wo sich der andere gerade befindet. Am Eingang des Clubs – man könnte ausnahmsweise das alte

Wort ›Disco‹ dafür verwenden – kommt eine letzte SMS. Ich soll die Treppe nach dem Eingang nach unten gehen. Vier seriös wirkende schwergewichtige Herren in dunklen Anzügen nehmen einen in Empfang. Das sind die Security-Leute der Disco. Hier kommen keine Rabauken herein, keine Linken und gewaltbereiten Ausländer. Unten wartet Joseph M. Landbauer. Wie im Fernsehen wirkt er etwas hibbelig, flatterhaft und rührend. Mit seinem lieben Gesicht und den braunen Knopfaugen hat er etwas von dem Teddybär, den man als Kind so gern gehabt hat.

Nach einer überschaubar kleinen Garderobe – ein zwei Meter langer Tresen mit zwei Mädels – betritt man den Tanzsaal. Die Garderobe kostet zwei Euro, der Eintritt zwölf und das harte Getränk nur sechs Euro. Kurz vor Mitternacht sind hundert Leute da, das ist wenig und doch nicht unangenehm. Ich kann noch mit allen reden und mich umsehen. Der Raum ist kreisrund und majestätisch groß, wirkt unverschachtelt und demokratisch offen. Mehrere Bars sind gut zugänglich, jeder wird sofort bedient, es entstehen keine Schlangen, auch eine Stunde später nicht, als schon 250 Menschen ausgelassen feiern. Die indirekte Beleuchtung ist sehr zurückhaltend, das heißt, es ist dunkel, aber keinesfalls so finster wie in manchen Nachtbars. Es läuft nicht die anspruchsvolle, aber stimmungsarme electronic- oder house music, oder auch hip hop music oder gar techno, sondern lupenreine chart music, auf deutsch: Hitparadenmusik. Die Top 100 des Fernsehsenders Viva werden schamlos runtergefetzt, was einen phantastischen Gute-Laune-Effekt bewirkt: Man kennt alle Stücke, kann fast mitsingen, und es geht sofort in die Beine. Jeder will am liebsten gleich lostanzen. Auch ich spüre auf einmal die Gicht nicht mehr. In der Berliner Clubszene, wo solche Musik verpönt ist, erklärt mir Landbauer, erlebt man das bestenfalls um sechs Uhr morgens, wenn sich der DJ augenzwinkernd ein altes Marianne-Rosenberg-Stück erlaubt.

Maria, wie ich ihn am Ende nennen darf, stellt mir augenblicklich Leute vor. Wie durch ein Wunder fällt es mir ganz leicht, mit den jungen Leuten zu reden. Es muß das Kokain sein. Marias erster Assistent ist bereits vor ihm da. Er entpuppt sich als ein ungemein informierter und leidenschaftlich am neuesten kulturellen und politischen Geschehen interessierter junger Mensch. Sehr sympathisch. Landbauer erklärt, dieser Assistent habe insgesamt eine Million Aktenseiten für ihn gelesen und sei der Grund für Landbauers erfolgreiches Wirken im Korruptions-Untersuchungsausschuß.

Auch andere junge Männer werden mir vorgestellt. Alle vollkommen sympathisch, das heißt offen, integer, freundlich und ohne jede Verschlagenheit. Hier scheint keiner ressentimentgesteuert zu sein. Einmal sieht man einen jungen Nazibuben – so wird er bezeichnet – mit einem jungen Funktionär der israelitischen Kultusgemeinde hocherfreut im Gespräch. Ist hier eine Parallelwelt zu beobachten? Ständig füllt Landbauers Assistent mein Glas nach – ich hatte gleich am Anfang Wodka/Redbull gewählt.

Überall junge Männer, die aber nicht wie Schwule aussehen. Es könnte sich auch um ein modernes Phänomen handeln, wie man es aus Arabien kennt: Um diese Zeit haben die Töchter und Jungfrauen der heutigen Familien nichts mehr auf der Straße zu suchen. Tatsächlich haben viele der Besucher einen Migrationshintergrund. Landbauer stellt seinen liebsten Freund vor, der aus Afghanistan kommt und nur gebrochen Deutsch spricht. Ein anderer kommt aus Tschetschenien. Auch diese Leute verhalten sich aber so liebenswürdig, daß man innerhalb von Sekunden gut mit ihnen ins Gespräch kommt. Die wenigen Frauen sind zwar jung, aber definitiv häßlich. Nur zwei Tänzerinnen stechen hervor, die so schöne Körper haben, daß es einem (hier paßt der Ausdruck einmal) den Atem raubt. Sie sind leider nur von der Disco angestellt, zur Verbesserung der erotischen Atmosphäre.

Der Politiker beginnt mit der ersten ›Tour‹: Er nimmt ein Bad in der Menge und umrundet einmal die gesamte Tanzfläche, was gute zehn bis zwanzig Minuten in Anspruch nimmt. Er könnte dafür ein Papamobil gebrauchen, wie der Papst auf dem überfüllten Petersplatz. Der jugendlich wirkende Landbauer läßt sich von den noch einmal zehn Jahre Jüngeren feiern. Pausenlos flammen die Blitzlichter von Handykameras auf. Hände werden nicht geschüttelt, sondern im Rapper-Stil in Kopfhöhe zusammengeklatscht. Die Kumpels werden umarmt, geknufft, geherzt, Getränke werden ausgegeben, Scherze gemacht. Es herrscht Euphorie pur. Das Seltsame ist, daß ich mich gar nicht deplatziert fühle! Ich bin der einzige Mensch über 40 in dem Laden, aber keiner scheint es zu merken. Zu meiner Zeit war die Jugend anders. Sie mochte keine Alten, keine Dicken und nicht mich.

Die ›Tour‹ wird stündlich wiederholt. Um zwei Uhr sind schon 400 Leute im Club, da wird der Rundgang zu einem Spektakel, als wäre Barack Obama unterwegs. Überall hört man auch die seltsamen Zurufe: ›Du bist super, ich wähle dich‹, ›Bist leiwand, Maria, meine Stimme hast du!‹ Spätestens hier würde auch der Betrunkenste merken, nicht in Berlin zu sein. Dort haben Politiker keinen Zutritt zu den Clubs. Denn Politiker sind doch *die Bösen*.

In Wien kann einer wie J. M. Landbauer noch überleben, mitten in der Jugendszene. Den Zugriff auf die jungen Männer hatte ja auch sein Mentor Schwindelacker. Der hat das quasi vorgemacht. Er hat mit ihnen den gesamten Parteiapparat gesprengt. So gesehen ist Landbauer sein Nachfolger. Wenn man sieht, wie glücklich er in diesen Stunden ist, gesteht man ihm gern zu, daß es ihm nicht um die Macht geht. Landbauer lebt für diese Stunden, für die nächtlichen ›Touren‹, für das schier endlose, zeitlose Baden in der kollektiven Emotion. Er ist dann angekommen in der Menge, in der Gesellschaft, bei den anderen. Er ist nicht mehr der Alien, als der er sich so lange fühlen mußte, er, der Bauernbub vom abgeschiedenen Almhof, der seine erste Stadt erst im fortgeschrittenen Alter von 15 kennenlernte, Klagenfurt. Für ihn damals eine Art New York. Wenn ich ihn richtig verstanden habe, hatte er als Jugendlicher so wenig zu lachen wie ich. Jetzt ist er aufgewacht, irgendwann jenseits der 30. Das geht offenbar, wenn man sich dazu entscheidet. War es auch bei ihm eine Entscheidung für die Droge?«

Braum war mit dem Abend sehr zufrieden. Trotz seines Leibesumfanges hatte er die diversen Runden durch die glücklichen jungen Menschen komplikationsfreier durchlebt als früher in seiner eigenen Jugend. Damals waren die Discos auch unangenehmer gewesen: verraucht, verschwitzt, laut und eng. Die »Passage« dagegen hatte die Kühle und Sterilität einer klassischen *cocain location*. Da wollte er gern wiederkommen. Andererseits hatte das für ihn keine wirkliche Perspektive. Was sollte er mit den vielen jungen Männern anfangen? Sein vordringliches Anliegen, nämlich abzunehmen, konnte er dort nur verfolgen, wenn er auch tanzte. In Worten: t a n z t e . Das aber war undenkbar. Er hatte niemals getanzt, schon gar nicht in jungen Jahren. Er hatte sich nie elegant bewegen können, fand er.

Als er das seinem neuen Bekannten Stefan Draschan erzählte, wußte der einen Rat. Braum solle sich das Kokain mit Hilfe von Bodylotion auf den ganzen Körper reiben. Das würde zu einer nie gekannten Tanzlust führen.

»Aber ich bin ja schon froh, daß ich den Abend auf diese Weise ohne Herzinfarkt überstanden habe. Zusätzlich tanzen wäre doch schlicht lebensgefährlich.«

»Nicht, wenn du Spaß hast. Der Mensch stirbt immer nur am Kummer.«

Aber es könne nicht schaden, als Vorbereitung schon einmal regelmäßige Spaziergänge einzuführen.

Spaziergänge! Wo sollte er die denn machen? Auf der Straße war er ein Verkehrshindernis. Im Park hatte er Angst, gleich umzufallen. Er nahm dann zwei Regenschirme mit, auf die er sich stützte, und lief seine ersten fünfzig Meter auf der Praterallee, sein Auto immer in Sichtweite. Später kaufte er sich Nordic-Walking-Stöcke. Das sah gar nicht so deppert aus, denn auch andere Senioren liefen damit durch den Prater-Park. Leider war das Wetter auch im April nicht besser geworden. Ein besonders langer Winter belastete die Bevölkerung. Braum dachte sich, daß sein sportlicher Einsatz umso bemerkenswerter sei und daß er später, wenn der Frühling ausbrach, richtig Spaß beim Herumhumpeln haben könnte. Fürs erste war es nicht schlecht, relativ allein und unbemerkt diese Gehversuche zu unternehmen. Die Leute hatten schlechte Laune und achteten nicht auf das Unikum, das ihnen in Gestalt Stephan Braums entgegenkam.

Die neue Bodylotion-Methode wollte er auf einer Geburtstagsparty ausprobieren. Ja, man hatte ihn eingeladen, und das war bereits die Frucht seiner jüngsten Aktivitäten. Sein Freund Hölzl wurde 41 Jahre alt. Allein diese Zahl war eine Sensation, da er den großen Künstler als eher gleich alt eingeschätzt hatte. Erst 41, und das bedeutete, es waren keine Senioren auf der Party zu erwarten, sondern Leute zwischen 35 und 45 Jahren. Braum war wieder der Älteste, aber er störte nicht. Er war auch hier nicht ganz unbekannt, und man war froh, ihn in so guter Verfassung zu sehen. Hölzl selbst erlaubte sich den Scherz, dabei zu sagen, einige hätten geglaubt, er wäre bereits seit Jahren unter der Erde.

»Bist du eigentlich dünner geworden?« fragte Rebecca Winter, eine Bekannte aus der Journalismusszene. Er nickte stolz. Zu Hause hatte er den von Stefan Draschan empfohlenen Cocktail angerührt: zehn cl Mineralwasser, prickelnd, ein Viertelgramm Kokain und fünf cl Kokosmilch Lotion. Das hatte er in die Haut eingerieben. Nun stand er im Raum und mochte sich gar nicht mehr setzen. Er ging von einem Gast zum anderen, blieb ewig neben den Leuten stehen, ohne daß ihn seine Knochen schmerzten. Wunderbar.

Natürlich war auch die kleine Maria Schell wieder zugegen. Er sprach aber nicht sofort mit ihr. Erst wurde ihm der jugendliche Liebhaber der Rebecca Winter vorgestellt. Er kannte ihn aus der Ferne, da dieses Verhältnis stadtbekannt war. Der junge Mann, 15 Jahre jünger als Rebecca, zeigte erstaunlicherweise Hochachtung gegenüber Braum, sodaß dieser ganz väterlich wurde und einfach fragte, was los sei.

Ach, jammerte der Arme, er sei in Therapie, habe aber die letzten Sitzungen geschwänzt. Er habe einen schweren Unfall gehabt, und dadurch sei er bettlägerig und schwach geworden, und dies wiederum habe seine Frau nicht ausgehalten und sei mitsamt dem dreijährigen Kind davongelaufen.

»Eine Schauergeschichte, junger Mann! Die kann man ja kaum glauben!«

»Ja, sie sagte, meine Schwäche sei ihr so unmännlich vorgekommen. Und da ist sie mit einem anderen gegangen.«

Als Braum sich später bei Rebecca erkundigte, erfuhr er die Wahrheit. In Wirklichkeit hatte der blasse Knabe ein großes Drogenproblem, und deswegen hatte er auch den Unfall gehabt. Für die Frau wiederum war der Unfall nur der Tropfen, der das Faß zum Überlaufen brachte. Sonst stimmte alles: Die Alte, eine Burgschauspielerin, war tatsächlich mit Kind und Lover getürmt. Entsetzlich.

Braum ging weiter. Eine andere Bekannte aus ORF-Tagen sprach ihn auf seine offenbar ruchbar gewordene neue Freundschaft mit Joseph M. Landbauer an, dem angeblich rechten Politiker. Diese Bekannte war für ihr hyänenhaftes Lachen gefürchtet. Sie kreischte also, während sie Braum am Unterarm faßte und durch den Salon führte:

»Und? Hast dich schon pudern lassen vom Maria? Ha ha ha ha!«

»Was?«

»Von deinem neuen Freund MARIA LANDBAUER?!«

Stephan ärgerte sich. Er verstand dieses Ressentiment nicht. Was war so schrecklich an dem Mann? Andere Schwule wurden nicht so gehaßt, abgesehen davon, daß der Verdacht wahrscheinlich sogar falsch war. Braum fragte also nach.

»Warum wird der Maria eigentlich so gehaßt?«

»Also! Ich bitte dich, Stephan!!«

»Nein, im Ernst, was hat er Böses getan?«

»Bist du narrisch? Das meinst du nicht wirklich, oder?«

»Doch, doch! Was genau ist sein Verbrechen?«

»Herrgott, er hat mit 'm Schwindelacker gschlofn!!«

»Hat er nicht!«

Sie drehte sich entsetzt weg. Braum war wahnsinnig geworden in ihren Augen. Alle wußten es, daß da ›wos woa‹. Allerdings hatte Braum mit einem Reporter Kontakt, der zwei Jahre lang nur darauf angesetzt war, dieses Verhältnis auszuspionieren. Sein Ergebnis: da woa nix. Alle großsprecherischen Zeugen aus der Schwulenszene wurden weich, wenn es ernst wurde. Sie mußten zugeben, aus reiner Angeberei entsprechende Lügen verbreitet zu haben.

Beschwingt ging er weiter. Nun kam er zur hübschen Studentin Xenia. Inzwischen waren sie schon ein wenig vertraut miteinander. Braum horchte noch einmal in sich hinein, ob die Wirkung der Kokain-Kokosmischung noch andauerte. Stefan Draschan hatte von zwei bis drei Stunden gesprochen. Dann beugte er sich breit lächelnd zu ihr. Sie war etwas schüchtern, man mußte ihr helfen.

»Wollen Sie sich wirklich mit mir unterhalten, Herr Braum? Mit mir will doch keiner länger als zehn Minuten reden.«

»Doch, ganz im Gegenteil! Und wir sind außerdem per du!«

»Oh, danke ...«

Sie sprachen über den 64jährigen Millionär, der angeblich ihr Freund und Mann war.

»Es ist so ruhig da. Ich kann nur dort lesen und ganz konzentriert sein. Nur wenn ich wirklich bei mir bin, kann ich auch gute Bücher lesen. Die Tage dort sind ausgefüllt mit Lesen, Reden, Lieben ... und auf die Natur schauen.«

Stephan stellte sich vor, wie der alte Multimillionär mit der zierlichen Person redete und Liebe machte. Ob der Typ so häßlich war, wie er ihn sich vorstellte? Er bat um ein Foto. Das Mädchen hatte natürlich unzählige im iPhone. Sie zeigte ihm eines. Ein respektabler braungebrannter Mann mit viel weißem Brusthaar und einem Gesicht wie der alte Albert Speer. Gegen den hatte Braum keine Chance. Dennoch charmierte er weiter. Es war ein Spaß, die zarte, beseelte Frau zum Sprechen zu bringen. O. W. Fischer hätte es nicht besser gekonnt. Sie erzählte sogar eine gefährliche Geschichte: Ein befreundeter Drogendealer versuchte gerade, sie zum Mitmachen zu überreden. Sie, die zierliche Maria Schell, sollte selbst Dealerin werden, und sie wußte sich kaum dagegen zu wehren. Braum erkannte an dieser Story, daß anscheinend alle in diesem Freundeskreis auf irgendeine Weise mit Drogen zu tun hatten. Vielleicht sogar alle, die in Wien kreative Berufe ausübten? Oder überhaupt ALLE in der Stadt, im ganzen Land, auf der ganzen WELT? Hatte nur er, Stephan Braum, bisher in einer drogenfreien Traumwelt gelebt? Er bot dem attraktiven Mädchen seinen Schutz an. Wenn der Dealer ihn sah, würde ihn garantiert die Angst packen. Braum hatte Gewicht, in jeder Hinsicht.

Xenia sah ihn überaus dankbar an. Ihre Augen leuchteten noch durchdringender als ohnehin schon, was er sehr genau registrierte. Er hörte ihr nun noch lieber zu. Das artige, samtene Stimmchen war ihm nun schon wie Musik. Eine schöne Mischung war das, so ein liebes Wesen vor sich und die weiche Kokainmilch in den Poren ...

Nach drei Stunden ließ die Wirkung nach. In dem Moment machte Hölzl ihm ein Zeichen. Ziemlich ruppig bedeutete er ihm, zur Toilette zu kommen. Stephan wußte natürlich, was das hieß. Er sollte wieder Koks schnupfen.

Warum nicht. Es lag durchaus im Plansoll. Der letzte Einsatz lag relativ lange zurück, die selbstgesetzte Erholpause von sieben Tagen war eingehalten und überschritten worden, und das Bodylotion-Zeug zählte ja kaum. So folgte er dem prominenten User aufs Klo und nahm zwei Lines. Sie waren dünner und kürzer als beim letztenmal.

»Ist das derselbe Stoff wie zuletzt? Hölzl, reines Kokain ist das bestimmt nicht.«

Hölzl sah ihn brummig an. Dann nahm er sofort einen anderen Klumpen aus einem anderen Versteck, zerkleinerte ihn und ließ Stephan noch einmal schniefen. Gleich war die Wirkung viel stärker. Aha, dachte der, so sind also die Unterschiede. Darauf muß ich demnächst achten, wenn ich Nachschub aufstelle.

Hölzls Plan war, und das konnte Braum nicht ahnen, ihm ein paar Bordelle zu zeigen. Das Geburtstagskind wollte die Nacht durchvögeln. Braum war herzlich eingeladen, daran teilzunehmen. Das Koksen in der Wohnung sollte dazu der Beginn sein. Hölzl bestellte ein Taxi, ließ Braum und Xenia einsteigen. Die erste Station war das Lokal »Anzengruber«, wo es zu Irritationen kam. Xenia bettelte, nach Hause fahren zu dürfen. Sie sei endlich clean geworden und wolle nicht rückfällig werden. Die Süße wußte, was ihr bevorstand. In dem Lokal bat Hölzl schon wieder zum Gang aufs Klo. Die Ereignisse überschlugen sich. Xenia fuhr nach Hause, und in dem Moment merkte Braum, daß ihm nun die entscheidende Kraft fehlte. Sein untrainierter Helmut-Kohl-Körper meldete sich zurück. Schlagartig spürte er ihn wieder. Offenbar war der Einfluß, der von einer leichten Verliebtheit ausging, stärker als der der Droge. Es schien Braum verantwortungslos zu sein, ein weiteres Mal zu schnupfen. Sein Kontrollwahn meldete sich also genau rechtzeitig zurück. Bravo!

Er folgte dem Künstler diesmal nicht in den dunklen Gang, der zur Toilette des Lokals führte. Hölzl war darüber nicht erfreut. Dieses Verhalten diskreditierte Braum. Der jedoch sah nun in Hölzl Veränderungen, die ein weiteres Miteinander in dieser Nacht sowieso unangenehm hätten werden lassen: der Mann sprach nun ununterbrochen, hatte den forcierten Laberflash, könnte auf nichts mehr eingehen. Ein Segen also, daß er nun allein von Bordell zu Bordell tingelte. Braum dagegen kämpfte gegen einen überfallartigen Verfall aller Kräfte. Der Wirt des »Anzengruber« bestellte ihm unaufgefordert ein Großraum-Taxi, bugsierte den reglosen, elefantösen Körper dort hinein und schaffte es gerade noch, Braum die Wohnungsadresse zu entlocken.

Der Taxifahrer war Mensch genug, den fast Ohnmächtigen nicht dem Treppenhaus und der Kälte auszuliefern. Mit vereinten Kräften schafften sie es in die Wohnung und aufs Bett. Dort fand Braum sogar noch Geld, um den Taxler zu bezahlen, und dort lagen auch seine Tabletten. Der brave Fahrer brachte ihm ein Wasserglas.

So ging die Nacht durchaus glimpflich aus, gewissermaßen mit einem Happy-End. Für Braum hatte der jüngste Drogen-Einsatz jedenfalls viele neue Erkenntnisse gebracht, die er bald umsetzen wollte.

Manchmal hing der schwergewichtige ehemalige Leiter des Kleinen Fernsehspiels beim öffentlich-rechtlichen Fernsehsender des deutschen Bundeslandes Baden-Württemberg in seinem durchgesessenen Ohrensessel und murmelte:

»Ich habe jetzt richtige Freunde.«

Dann stand er auf, tappte durch die Wohnung und wiederholte den Satz. Ich habe jetzt richtige Freunde. Er schlurfte zur Küche, sah aus dem Fenster, sah den Bauarbeitern am ge-

genüberliegenden Haus und im Hof zu. Das Gehen fiel ihm gar nicht mehr so schwer. Er mußte sich zurückhalten, nicht nach unten zu gehen und dort weiterzulaufen. Es war ja Frühling geworden, Mitte April, 20 Grad. Die Bauarbeiter bauten Aufzüge in die alten Gebäude ein. Ewig hatte er sich darauf gefreut. Er hatte diese Maßnahme für seine Rettung gehalten, zumindest als einen kleinen Trost für seine letzten Tage angesehen. Jetzt erschien es ihm weniger wichtig. Mit Hilfe seiner starken Arme und Hände, die das Geländer umkrallten, schaffte er die abgezählt 76 Stufen nun schon in knapp zehn Minuten. Ja, er hatte etwas abgenommen. Zum ersten Mal seit Jahrzehnten nicht zu-, sondern abgenommen. Verblüffend, daß sich diese vier Kilo, nur drei Prozent seines Gesamtgewichts, bereits so sehr bemerkbar machten. Vor allem aber, und das war die viel wichtigere Nachricht, die wahre Sensation: Er hatte richtige Freunde gewonnen. Leute, die mit ihm die Droge nahmen. Oder sie früher genommen hatten, wie Rebecca. Oder ihn verstanden, wie Stefan Draschan. Die Menschen, die er früher für seine Freunde gehalten hatte, waren es nie gewesen. Die wollten, daß er ihnen beruflich weiterhalf. Als er frühpensioniert wurde und seinen Beruf aufgab, verschwanden sie alle. Nahegekommen waren sie ihm nie. Nein, die Leute hatten ihn nicht gemocht, nicht in der Jugend, nicht in seinen Ehejahren, nicht beim Rundfunk. Er war nicht lustig gewesen. Nicht locker.

Er wollte wirklich gern nach draußen. Aber vorher galt es, die Drogenerfahrungen des Vortags in sein wissenschaftliches Tagebuch einzutragen. Er hatte zum ersten Mal Rebecca in ihrer Wohnung besucht. Zu diesem Zweck war er von seiner bisherigen Dosierung – jeweils um Punkt zwölf Uhr mittags und sieben Uhr dreißig abends ein sechzehntel Gramm Kokain – abgewichen. Er hatte nichts genommen und war clean zu ihr gefahren. Nun schrieb er:

»Gestern war Mittwoch, der 16. April 2013. Morgens extra nichts genommen, wg. Treffen mit Rebecca. Gegen 18 Uhr fuhr ich clean mit dem Daihatsu Hybrid und einem halben Gramm K. zu Rebecca in die Kupkagasse. Ich stellte das Auto neben einem Kinderspielplatz ab, der sich inmitten des Platzes vor dem hochherrschaftlichen Gebäude befand. Ich fragte eine Frau, die gerade wegfuhr, ob man dort parken dürfe, und sie bejahte. Das Haustor stand offen, ich ging hinein. Per Lift fuhr ich in den dritten Stock. Rebecca erschrak, als sie mich in der ebenfalls offenstehenden Tür sah, denn sie hatte mich nicht so früh erwartet. Ein richtiger spitzer Schrei, wie im Horrorfilm, hallte durchs Treppenhaus. Dann lachte sie darüber, genauso echt und fast genauso laut. Sie fragte mich mitfühlend, wie es mir mit dem Sport gehe, ob ich Fortschritte machte. Die Formulierung ›Sport machen‹ war in diesen Kreisen eine Umschreibung für Kokain nehmen. Ich berichtete, daß es aufwärts gehe, daß ich an dem Tag aber nichts genommen hätte. Ich wolle es bei ihr nehmen.

Rebecca hatte Erdbeertorte mit Glasur und Schlagobers besorgt. Sie bestand darauf, es sofort zu essen. Nach dem Sport hätte ich doch keinen Appetit mehr. Ich glaubte ihr nicht. Die Torte sah dermaßen lecker aus, daß ich sie auch nach der Mitteleinnahme gern gegessen hätte. Aber sie war sich ganz sicher: Mit Kokain im Blut könne man nichts essen, genauer gesagt schmecken.

Ich aß die Torte, dann zerteilte ich ein Achtelgramm auf der Schutzhülle einer CD, die mir Rebecca reichte. Zwei Lines wollte ich machen, beide für mich. Die Tagesdosis. Rebecca meinte, das sei zuviel. Mit einem ganzen Gramm Kokain müsse man länger auskommen als acht Tage. Richtig gesund sei ein Gramm pro Monat, nicht vier. Ich überlegte. Das Gramm bekam ich bei Roxy's Music für 120 Euro, sodaß im Monat exakt 443 Euro an Festkosten für mich anfielen. Auf das Jahr gerechnet waren das fast 5000 Euro. Sollte sich mit Hilfe des Mittels meine Lebenserwartung um zwanzig Jahre verlängern, entstanden Mehrkosten in sechsstelliger Höhe. Aber das war es mir wert, wenn ich diese Jahre mit so netten Menschen wie Rebecca verbrachte. Sie führte mich durch die Wohnung. Alles war hell und kinderzimmerbunt, dennoch geschmackvoll. Es gab auch einen Balkon mit Aussicht, auf den ich mich aber nicht stellte, aus der alten Angst heraus, zu schwer dafür zu sein. Sie goß mir einen Cointreau ein, auf Eis. Das Eis dampfte noch vor Kälte.

Da wir gemeinsame Freunde besaßen, sprachen wir über sie. Die sexuellen Eskapaden von Hölzl, das affige Treiben von Rebeccas inoffiziellem Freund, einem talentierten Burgschauspieler, der in zwölf verschiedenen Stücken der Welttheaterliteratur als jugendlicher Liebhaber glänzte und von den etwas reiferen Frauen im Publikum begehrt, vergöttert und später buchstäblich verschlungen wurde. Dieser Mann war sehr interessant, nämlich modern, und es machte mir immer Spaß, über ihn zu reden. Er war ein Sexualobjekt und litt darunter genauso wie einst Marylin Monroe. Andererseits konnte er nicht anders und setzte seine bemerkenswerte Gabe überall ein, wo er konnte. Er drückte auf die Tube, wieder wie Marylin. Die hatte ihr eigenes Klischee ja auch selbst erfunden und mit viel Geschick durchgesetzt.

Die Wirkung wurde nun bei mir stärker. Aber nicht so stark, wie ich es bei einer doppelten Dosis erwartet hatte. Rebecca las ein Interview vor, das ihr heimlicher Freund – er trug übrigens den zum Lachen reizenden, absurd selbstbeleidigenden Namen Sebastian Windbeutel – einer großen Tageszeitung gegeben hatte. Um sie besser zu verstehen und auch weil ich die Droge im Blut hatte, setzte ich mich so nahe an sie dran, daß ihre dunkelroten Lippen fast mein rechtes Ohr berührten. Im normalen Leben wäre das nicht gegangen. Man hätte das ›übergriffig‹ gefunden. Aber das war ja das Schöne im neuen Junkieleben, daß alle kleinbürgerlichen

Verbote aufgehoben waren. Vielleicht ging es auch andersherum: Weil man wußte, daß solche Aufdringlichkeiten nicht in dem sattsam bekannten Gesamtzusammenhang von Anmache, Liebesspiel und Geschlechtsverkehr standen, konnte man sie ertragen. Ich konzentrierte mich nun auf Rebeccas Hals und Gesicht. Es war mir erstmals möglich, ihre genaue Oberflächenbeschaffenheit zu erkunden. Wie eine Mondsonde aus nächster Nähe kartographierte ich die Flächen und Gestaltungen ihres Kopfes, natürlich vor allem die Bereiche Augen, Stirn, Nase und Ohren. Auch eine Landung irgendwo in der Nähe der Lachfältchen oder auf der Wange wäre schön gewesen, aber Rebecca sagte auf einmal:

›Also jetzt merk' ich scho, daß du a ziemliche Wirkung hast.‹

›Echt? Was denn für eine?‹

›Also du schaust scho arg aus.‹

›Arg? Was ... was meinst du damit?‹

›Du hast so einen wilden Blick. Die Augen sind trüb und verschleiert, rotunterlaufen, und irgendwie ...‹

Das reichte. So wollte ich nicht wahrgenommen werden. Rebeccas Gesichtsausdruck war hart und stählern, stellte ich schnell fest, das heißt, unverändert, zum Glück. Sie sah ja immer so beherrscht aus, abgesehen davon, daß sie gern lachte und dabei jedes Maß verlor. Sie war eben beides in extremer Weise, ausgelassen und kontrolliert. Kokain nahm sie schon seit zehn Jahren nicht mehr. Dennoch konnte ich mir vorstellen, daß es genau dieses Mittel war, das zu ihrer jetzigen Persönlichkeit der extremen Pole geführt hatte. Sie kannte keine Mittellage, kein ›vielleicht‹, kein ›schaun mer mal‹, keinen Flirt, was konkret bedeutete: keine Langeweile. Mit ihr war es immer interessant. Immer geistig und vergeistigt. Körpersprache gab es nicht, was für mich natürlich nur gut sein konnte. Ich rückte von ihr ab und nichts war geschehen. Wir diskutierten einfach weiter.

Einfach weiter? Dieses *einfach* war ja so neu für mich. Ich hatte es früher nicht gekannt. Über Bücher zu reden, obwohl es keinen beruflichen Zusammenhang gab – undenkbar. Wer wollte je wissen, was ich einfach so dachte? Meine Frau bestimmt nicht. Die hatte mich ›klug‹ gefunden, ohne je wissen zu wollen, was das konkret bedeutete. Die Jahre mit ihr waren ein stetes, zähes, gottergebenes Hinaufrollen des Steines zum Berg hin gewesen, bis er wieder herunterfiel. Immer hatte ich mich mehr belastet, als ich Kraft hatte. Immer hatte ich mehr an Substanz verbraucht, als ich zurückerhielt. Wo war der Lohn? Ja, ganz im Ernst, womit wurde ich *belohnt*? Wann war es einmal schön?

Jetzt war es das. Rebecca fand zu ihren Lachsalven zurück, und sie steckte mich sogar an. Sie konnte so herrlich dreckig lachen, so vital, daß man glaubte, die ganze Bourgeoisie zusammenkrachen zu sehen beziehungsweise zu hören. Sie kam ja aus einer der ersten Familien des Landes. Mit 16 war sie von zu Hause weggelaufen. Mit 18 hatte sie ihr erstes Kind bekommen, irgendwo in Marokko. Alles war kaputt und anarchisch verlaufen, bis sie langsam zu sich selbst fand, besser gesagt, sich selbst qua Eigenschöpfung herstellte. Ohne die zehnjährige Koksphase wäre das nicht möglich gewesen, und sie dachte gern daran zurück. Erzählte sie von der Zeit, kamen die Lachsalven im Minutentakt.

Ich hörte mir ein paar Geschichten aus Paris an, denn dort hatte sie besonders prägende Jahre erlebt. Sie sprach seither besser Französisch als Deutsch. Leider konnte ich nichts Entsprechendes liefern, was aber dazu führte, auf der Stelle eine Paris-Reise zu beschließen. Noch einmal vier Kilo weniger, und ich könnte an der Seine entlanglaufen, und sei es mit Nordic-Walking-Stäben. Paris! Zuletzt war ich als Schüler dort, mit 17, noch ganz schlank und verliebt in die Tochter eines Restaurant-Wirtes in Puteau, nahe Neuilly. Immer hatte ich davon geträumt, dorthin zurückzukehren. Das Leben konnte jetzt endlich weitergehen!

Ich verabschiedete mich von Rebecca, die mich besorgt ansah. Es sei sehr gefährlich, in meinem überdrehten, euphorischen Zustand mit dem Auto zu fahren. Sie wußte wohl immer noch nicht, daß ich genauso kontrolliert war wie sie. Ich würde extrem supervorsichtig fahren. Ich bedankte mich für den schönen Abend, sie sich für meinen Besuch. Ich ging nach unten, und als ich aus dem Haus trat, merkte ich erst, daß immer noch Frühling war, genauso wie zweieinhalb Stunden zuvor. Es war ein berauschend wunderbares Wetter. Die Bäume blühten, und zwar erst seit heute. Sie hatten schlagartig zu blühen begonnen. Man hätte zu zweit spazierengehen können. Ich bedauerte, es nicht getan zu haben. Stattdessen hatten wir den Abend in der Wohnung verbracht, wahrscheinlich deshalb, weil Rebecca dachte, das Laufen fiele mir schwer. Es würde beim nächsten Mal anders sein. Ich sah nach oben, zum Balkon, und Rebecca trat auf diesen Balkon und begann zu winken. Es war die tiefblaue Stunde, fast schon Nacht, aber noch nicht ganz, mit letzten Orangetönen im Himmel.

Ich erreichte meine Wohnung im Zweiten Bezirk unversehrt. Das Leben ist schön.«

Das war Braums gewissenhafter Bericht, ehrlich, wahrhaftig und in einer Weise persönlich, die ihn selbst überraschte. Eigentlich hatte er sein Tagebuch viel wissenschaftlicher geplant gehabt. Es hatte Daten, Mengen, Umstände, Zahlen und Wirkungen enthalten sollen. Was er genau aß, Kalorientabellen, die Zusammensetzung der Droge und eventueller anderer Medikamente. Nun erwähnte er noch nicht einmal, daß er inzwischen auf seinen Tablettencocktail weitgehend verzichtete, seitdem er kokste. Um trotzdem die Illusion zu wahren, ganz »wissenschaftlich« vorzugehen, intensivierte er seine medizinischen Studien, las weiter Sigmund Freuds »Schriften über Kokain« und freundete sich sogar mit einem Arzt an, der ihm – so Braums heimliches Kalkül – eines

Tages unverpanschtes Kokain plus seriöse Beratung darüber geben sollte.

Er hatte extra einen ausländischen Arzt gewählt, der ihn und seine Kreise nicht kennen konnte, einen Iraker. Er wolle eine sogenannte *Zweite Meinung* zu seinem Zustand hören, begann Braum das Untersuchungsgespräch. Der Arzt bestätigte ihm, daß er jeden Moment tot umfallen könne, im Prinzip. Sein Herz schlage in besorgniserregender Weise unregelmäßig. Das Skelett, das einst einen Körper von 60 Kilogramm getragen hatte, müsse nun weit über das Doppelte stemmen – auf Dauer unmöglich. Blutwerte, Urin und Gewebeproben würden noch ein genaueres Bild seiner Lage ergeben, in ein paar Wochen.

So lange wollte Braum nicht warten. Schon am nächsten Tag saß er wieder im Wartezimmer, sogar ohne Anmeldung. Es handelte sich um einen Armenarzt, wie er jetzt wußte, und da waren Anmeldungen nicht nötig. Er kannte solche Ärzte nur aus der Literatur. Celine war ein Armenarzt gewesen, Gottfried Benn und Che Guevara.

Das Wartezimmer war rührend holzvertäfelt, mit 50er-Jahre-Stühlen möbliert, einem nierenförmigen Couchtisch, auf dem Gratis-Printmedien lagen, und erstaunlich klein. Unter dem Couchtisch lag ein kleiner Teppich, an der Decke hing ein Kunststoff-Kerzenleuchter. Die Armut war wohl ausgestorben im reichen Wien, jedenfalls war außer Braum nur noch ein Patient im Zimmer, ein Obdachloser. Gleich fühlte sich Braum weniger verfolgt. Er sah sich alles genau an. Die Welt interessierte ihn wieder, seitdem er Drogen nahm. Der Obdachlose ging auf Krücken und steckte in einem Adidas-Turnanzug, als wäre er schon im Krankenhaus. Er trug ein jugendliches Base Cap und einen langen weißgrauen Islamistenbart. Die ganze Zeit wartete unten ein Taxi mit laufendem Motor auf den Typ. War das vielleicht sogar ein Altjunkie? Das würde das Gespräch, das Braum zu führen vorhatte, erleichtern.

Aber der Iraker verstand ihn nicht. Er hatte kein Kokain, schon gar nicht als Arzt. So etwas gab es nicht für Praxen. Auch nicht in Krankenhäusern. Völlig unbekannt. Deshalb dachte der Iraker bald, Braum interessiere die sozialpolitische Seite des Themas. Er wolle sich engagieren, Leute von der Straße holen, Petitionen unterschreiben. Nichts lag dem ferner. Aber das Gespräch über Drogen war in unserer Gesellschaft nur von diesem Punkt aus zu führen. Langatmig erzählte der Arzt von den vielen Möglichkeiten, die es gebe, den armen jungen Leuten, den Süchtigen, zu helfen. Es gebe sogar einen Anti-Drogen-Bus, der durch Wien fahre, um den in Not geratenen Kreaturen Methadon zu verabreichen; ob Braum da einmal mitfahren wolle? Da könne er sich am besten ein Bild von der Lage machen. Er könne ihm auch ein Treffen mit dem Drogenbeauftragten der Stadt Wien arrangieren. Ob ihm das helfen würde?

»Herr Doktor, ich wollte einfach nur wissen, ob es *reines Kokain*, also klinisch reines hundertprozentiges Kokain, überhaupt gibt und ob Ärzte es bekommen.«

Davon hatte der Iraker noch nie gehört. Er wisse lediglich, daß es Meßgeräte gebe, die den Anteil der falschen und natürlich giftigen Zusatzstoffe angeben, die von den Dealern zum Strecken der Ware beigemengt würden. Diese Geräte seien aufwendig, und er besitze sie nicht.

Mit diesem Arzt kam Braum nicht weiter. Zu dem großen vertrauensvollen Gespräch von Mann zu Mann konnte es nicht kommen. Der Arzt war nett, bestimmt auch menschlich okay, aber unfähig, Braums Überlebensplan zu begreifen. Als er ging, sah er die deutsche, deutlich ältere Frau des Arztes, die zugleich seine Sprechstundenhilfe war, noch immer mit dem Obdachlosen sprechen. Sie hörte sich geduldig seine eingebildeten Wehwehchen an. Unten verpestete das wartende Taxi weiter die Luft der schmalen Gasse, in der – kein Scherz – abgerissene Kinder spielten.

Nein, der einzige Arzt, der das Thema begriff, war weiter Braums neuer Freund Sigmund Freud. Bei ihm las er immer wieder, was er am liebsten hören wollte: Daß Kokain das *Hungergefühl* dauerhaft minimiere und somit zu einer drastischen *Gewichtsabnahme* führe:

»*Während dieses an sich nicht weiter gekennzeichneten Cocainzustandes tritt das hervor, was man als die wunderbare stimulierende Wirkung der Coca bezeichnet hat. Langanhaltende, intensive geistige oder Muskelarbeit wird ohne Ermüdung verrichtet, das Nahrungsbedürfnis, das sonst zu bestimmten Tageszeiten gebieterisch auftritt, ist wie weggewischt. Man kann im Cocainzustande, wenn man aufgefordert wird, reichlich und ohne Widerwillen essen, aber man hat die deutliche Empfindung, daß man die Mahlzeit nicht bedurft hat. Ich habe diese gegen Hunger schützende und zur geistigen Arbeit stählende Wirkung der Coca etwa ein dutzendmal an mir selbst erprobt.*«

An anderer Stelle schreibt das wissenschaftliche Jahrhundert-Genie Interessantes zum Punkt Suchtgefährdung und sonstige Schädigungen:

»*Ganz übereinstimmend wird berichtet, daß der Coca-Euphorie kein Zustand von Ermattung oder anderwertiger Depression folgt. Daß Cocain bei längerem mäßigen Gebrauch keine Störung im Organismus setzt, ist nach später mitzuteilenden Beobachtungen wahrscheinlich. Prof. v. Anrep hat Tiere dreißig Tage lang mit mäßigen Cocaingaben behandelt, ohne dergleichen nachteilige Beeinflussungen der Körperfunktionen wahrzunehmen. Bemerkenswert erscheint mir, was ich an mir selbst und anderen urteilsfähigen Beobachtern*

*erfahren habe, daß nach der ersten oder wiederholten
Coca-Einnahme durchaus kein Verlangen nach weiterem Cocagebrauch eintritt.«*

Braum las es gern. Und er las erneut – auch wenn es ein alter Hippiegedanke war –, daß Alkohol angeblich viel schädlicher war als die Droge:

»Bei Kokain fehlt gänzlich das Alterationsgefühl, das die Aufheiterung durch Alkohol begleitet, es fehlt auch der für die Alkoholwirkung charakteristische Drang zur sofortigen Betätigung. Man fühlt eine Zunahme der Selbstbeherrschung, fühlt sich lebenskräftiger und arbeitsfähiger; aber wenn man arbeitet, vermisst man auch die durch Alkohol, Tee oder Kaffee hervorgerufene edle Excitation und Steigerung der geistigen Kräfte. Man ist eben einfach normal und hat bald Mühe, sich zu glauben, dass man unter irgendwelcher Einwirkung steht.«

Braum atmete tief durch. Er nahm sich vor, auf alle anderen Gifte zu verzichten. Manchmal, wenn er zufällig darauf stieß, nahm er noch die eine oder andere Substanz von früher, etwa Sibelium, Ibuprofen, Lexotanil oder Relpax, aber sie schienen alle wirkungslos geworden zu sein. Seiner Leber war das sicher recht. Ein Wunder, daß sie das überhaupt so lange ertragen hatte. Na ja, hatte sie ja auch nicht, auch deswegen war er ja zum Invaliden geworden.

Er frühstückte mit gesundem Appetit. Brötchen, Butter, zwei weichgekochte Eier, Gorgonzola, Schweizer Käse, Marmelade, dazu frischer Kaffee mit aufgeschäumter Milch. Bevor er loslegte, bestieg er immer vorsichtig die Waage und trug dann den Tageswert auf einer Liste ein, die an der Wand hing. 0,6 Kilogramm weniger diesmal. Er hatte eine gute

Phase, was vielleicht auch an dem fortgesetzten Bewegungsdrang lag, den das Kokain bei ihm auslöste. Wenn man es negativ ausdrückte, konnte man sagen, er sei hibbelig geworden. Andere hätten es wohl so gesehen. Es fiel ihm schwer, allzu lange ruhig auf einem Stuhl zu sitzen. Aber hatte er nicht viel zu lange, sein ganzes jämmerliches Leben lang, auf einem Stuhl gesessen? Nun zog es ihn ständig nach draußen. Zum Glück war er weniger verschämt geworden, sodaß er sich immer öfter traute, mit den peinlichen Nordic-Walking-Stöcken ins nächste Geschäft zu laufen. Ja, er war hemmungsloser geworden. Das Kokain im Blut baute ständig Hemmungen ab. Er merkte sogar, daß bestimmte gesellschaftliche Hemmungen, die er ganz selbstverständlich ein Leben lang gehabt hatte, etwa eine mittelschwere Homophobie, wie von selbst vor seinen Augen zerbröselten wie naßgewordenes Styropor. Stets hatte er es vermieden, sich Männer nackt vorzustellen. Jetzt aber fand er nichts mehr dabei. Manchmal lächelte er sogar aufmunternd, wenn ein junger Schwuler ihn nett an der Kasse behandelte. Er näherte sich dem Punkt, wo er mit dem jungen Mann direkt ein paar Worte wechseln würde. Die Entwicklung war auf seiner Seite, auch bei Xenia. Auch dort mußte er einfach nur weitermachen. Denn inzwischen hatte er etwas Sensationelles erfahren.

Xenia, mit der er sich mehrmals unverbindlich getroffen hatte, war gar nicht das, was sie von sich immer theatralisch behauptete: clean. Sie traf sich mit ihm, weil sie sich Stoff von ihm erhoffte. Einmal hatte er ihr etwas »für einen Freund« mitgeben müssen. Das hatte sie natürlich selbst geschnupft. Braum begriff nun schlagartig, daß sich ihm eine einzigartige Chance bot. Wie hätte er, der unappetitliche alte Fettsack, jemals an so eine Schönheit wie Xenia herankommen sollen? Eben dadurch! Xenia war eine verkrachte ewige Studentin, ohne Einkommen, ohne Geld und süchtig. Noch einmal diese herrlichen Rahmenbedingungen: Sie war 27 Jahre alt, wunderschön, im 18. Semester und gerade deswegen Lichtjahre vom Examen entfernt. Sie würde keineswegs den nehmen, der jung, stark, potent und attraktiv war, sondern den, der ihr Kokain gab! DER war für sie interessant, DEN würde sie lieben: Stephan Braum!

Er taumelte fast zu Boden. Wie gerecht das Leben doch sein konnte, wenn man die eingefahrenen Wege verließ. Er wußte nun, was er zu tun hatte.

Das war vor zwei Tagen gewesen, und er hatte sich inzwischen entsprechend vorbereitet. Heute wollte er sie anrufen und zu sich bitten. Der große Tag war da. Sicher kannte Xenia diese Lage bereits und würde von sich aus ein bißchen was von sich zeigen. Die eine oder andere kleine Gunst, da gab es ja viele Zwischenstufen. Sie konnte etwa harmlos sagen, sie sei vom vielen Herumlaufen so verschwitzt und wolle nur kurz duschen. Klar, bitte sehr, kein Problem …

Sie sagte zu. Um 14 Uhr wollte sie zu ihm kommen. So mußte er noch vier Stunden herumbringen. Seine Gedanken flogen wild hin und her. Plötzlich dachte er an früher. Er war mit Rezzo Schlauch befreundet. Das hatte ihm viel bedeutet. Weil er Rezzo Schlauch für einen Prominenten gehalten hatte. Wie erbärmlich. Endlose Abende lang hatte er mit Rezzo sogenannten guten Rotwein getrunken und über Formen der Energiegewinnung geredet.

»Energiegewinnung!«

Braum schrie das Kotzwort aus dem Fenster heraus. Das war sein Leben gewesen! Unfaßbar. Seine Lebensenergie war dabei auf Null gesunken, bei diesem Energiegewinnungsgelaber, und das ging sicher allen so. Wodurch man wirklich Energie bekam, wußte er jetzt.

Damals hatte er sogar zehn Jahre in Schweden gelebt. Damit Nelly einen »natürlichen Lebensraum« hatte, die Katze. Ja, er war verheiratet gewesen, mit einer unansehnlichen, komplett unattraktiven, dicken Person, wenn er ehrlich war.

Warum hatte er sich das nie eingestanden? Die Ofenrohrbeine, das Doppelkinn, die kleinen Augen, das dunkelbraune Kraushaar, die fehlende Taille, der beleidigte Gesichtsausdruck, die lebenslange Humorlosigkeit, der Quartalshintern – wieso hatte er sie früher nicht so gesehen? Welcher grausame Gott hatte ihm solch eine »Frau« zugeteilt, obwohl es doch auch solche wie Xenia gab? Und immer wieder: Warum sah er es nicht? Wie hatte er zu solchen Verdrängungen fähig sein können und warum? Er hatte diese »Frau« klaglos angenommen, geliebt und überhöht, weil sie die einzige war, die ihn gewollt hatte. Was für ein kapitaler Fehler!

Wenn er sich früher gefragt hatte, was er an ihr mochte, so hatte er stolz zu sich selbst gesagt: ihre Tugenden – also daß sie nie log, nie betrog, nie etwas anderes sagte, als sie dachte, daß sie geradeheraus war und zuverlässig, ihre Versprechen stets einlöste, ja sogar pünktlich, fleißig und ohne Larmoyanz war und nie über Sex sprach. In der Tat – solch einen Menschen mußte man bewundern und hochschätzen, nicht wahr? Doch auch das war ein Denkfehler gewesen. Denn mit all den Tugenden hätte man auch jenes KZ betreiben können, von dem Lafontaine immer sprach. Tugend allein war nichts wert. Es kam darauf an, ob man sie für oder gegen das Leben einsetzte.

Zum Beispiel hatte er mit seiner Frau jedes Wochenende die Wochenzeitung DIE ZEIT gelesen. In Schweden wurde sie erst am Freitag ausgeliefert. Dann breiteten sie die vielen großen Blätter im Zimmer aus. Obwohl das Landhaus, das sie bewohnten, riesig war, gab es praktisch nur einen Raum, da sie überall, wo es ging, Wände entfernt, Durchgänge geschaffen und Türen ausgehängt hatten. Man war immer in Hörweite und nie ganz für sich. Das Rascheln der großen ZEIT-Doppelseiten hörte man in jedem Winkel des Anwesens. Braum und sie lasen jede Zeile der schnarchlangweiligen Zeitung. Erst jetzt wurde ihm klar, daß jeder, der über Jahre hinweg die komplett unlustige, lebensverneinende ZEIT auf diese Weise gelesen hatte, nur mausetot sein konnte.

Jetzt dagegen kam er vielleicht sogar nach Paris. Er konnte Xenia sogar fragen und mitnehmen, theoretisch. Wenn die Wirkung nicht nachließ. In letzter Zeit schien das so zu sein. Irgend etwas stimmte nicht mit dem Pulver, das er zuletzt bekommen hatte. Der Schlaf war teilweise gestört oder unmöglich. Er rief Stefan Draschan an, seinen neuen Freund und Ratgeber.

»Kein Schlaf? Das heißt, daß Speed drin ist. Das ist schon mal schlecht. Ich könnte vorbeikommen und das Zeug testen!«

Braum winkte ab. Er wartete ja auf Xenia.

Als sie dann da war und er sie inständig bat, ihn nicht allein schnupfen zu lassen, kam es zu einer Überraschung. Xenia stellte nämlich fest, daß das Kokain hydrolisiert war. Braum war entsetzt.

»Hydrolisiert? Was ist denn das nun wieder?«

»Es muß hier mit Feuchtigkeit in Berührung gekommen sein. Dabei entsteht Wasser, und es wirkt nicht mehr.«

»Was?!«

»Wir könnten es höchstens noch als Crack rauchen.«

»Als Crack? Wirklich? So einfach geht das?«

»Nein, es ist nicht echtes Crack, aber so ähnlich. Du tust es auf ein Silberpapier, hältst ein Feuerzeug darunter. Und dann nimmst du ein Röhrchen und saugst den Dampf ein.«

»Einen Strohhalm?«

»Besser einen Kugelschreiber ohne Mine.«

»Das Zeug ist also ansonsten verloren?«

»Schon. Es ist ja schon ganz zerklumpt, siehst du.«

»Wollen wir alles auf einmal wegdampfen?«

»Gern.«

»Wie ist denn die Wirkung so?«

Xenia machte eine beruhigende Handbewegung. Braum

war es gewohnt, also im Idealfall, daß bei der ersten Line das Gehirn wie mit Druckluft weg- und durchgepustet wurde und er mit einem Mal ganz ruhig wurde. Zuletzt war das schon nicht mehr so gewesen, und er hatte Angst, es könne damit vorbei sein. Aber deshalb die *ganze* Ladung auf einmal nehmen? Er war bisher so besonnen vorgegangen. Er taxierte die genaue Menge, teilte sie in vier Teile, verstaute die anderen drei Viertel wieder im Geheimfach des Schreibtisches. Dann drehte er einen Kugelschreiber auf und holte das Silberpapier aus einer Zigarettenschachtel. Sie dampften los.

Das Mädchen sah hübscher aus als sonst, wirklich nett. Sie war zwar ein bißchen zu mädchenhaft, zu wenig fraulich, zu offensichtlich ein Typus für Halbpädophile, aber Braum mochte ihre helle Haut, ihre schlanken Arme, ihre markanten, wohlgeformten, gar nicht so kleinen Brüste und ihr herzförmiges, rührendes Maria-Schell-Gesicht, vor allem die darin schwimmenden, schier apfelgroßen, hellblauen Wasseraugen. Für eine richtige Frau blieb immer noch Zeit. Nun wollte er froh sein über das, was er hatte.

Große Freude überkam sie beide. Stephan erlebte erstmals einen Laberflash, den er interessant fand. Wenn Fachinger oder Hölzl in die gehetzte Rede übergegangen waren, hatte ihn das eher angestrengt. Jetzt hörte er begeistert zu, während seine Augen an den Brüsten der Kleinen klebten oder ihre gefühlt endlosen Gliedmaßen hoch- und runterfuhren. Was für ein Spaß das Leben doch war! Er legte sein Jackett ab. Es war warm im Zimmer. In der zweiten Aprilhälfte waren die Temperaturen auf 26 Grad geklettert. Xenia sah nun, wie dick er war, und das dämpfte die Stimmung. Ein Rückschlag! Aber Xenia konnte sowieso nicht mehr anders, als zu reden.

Ja, sie war nicht immer nur Studentin gewesen. Eigentlich interessierte sie sich mehr für Projekte. Das eine oder andere Projekt hatte sie schon durchgezogen, früher. Dabei war das mit dem Koks passiert. Denn wenn sie sich in so ein Projekt stürzte, wurde sie arbeitssüchtig. Da schrieb sie 70 E-Mails pro Tag und so weiter.

»Was für Projekte waren denn das?« wollte Braum wissen. Er hatte sich weit vorgebeugt und schnupperte an ihr. Er wollte tatsächlich wissen, wie sie roch. Solch eine ungeheuerliche Attacke hätte er sich sonst nie erlaubt. Aber das Mädchen plapperte mit aufgerissenen Augen weiter. Es trug keinen BH und roch nach Rosenduft.

»So Joseph-Cornell-mäßige Sachen. Mich hat Gegenwartskunst gelangweilt, gleich am Anfang, und ich wollte auch keine Künstlerin werden, also machte ich das.«

»Was?«

»Ausstellungskonzepte schreiben. Mir war von Anfang an klar, daß ich keine Kunst machen will.«

»Und was hast du dann studiert?«

»Kunstgeschichte, wieso?«

»Ach so, natürlich. Das hast du, glaube ich, gesagt. Ich hab es wieder vergessen, weil ... es so nichtssagend klingt.«

Aber sie hatte natürlich in New York gelebt. Eigentlich kam sie aus Augsburg. Nach dem Abitur hatte sie eine einjährige Weltreise gemacht, mit einer Freundin zusammen, die Heroin nahm. Die war immer noch ihre beste Freundin und lebte immer noch in New York, in einer Heroin-Wohngemeinschaft. Aber sie ist nicht süchtig und war es nie. Im Gegenteil. Cyntheria, eigentlich die Mia.

Jedenfalls war die dort geblieben, während Xenia in Wien mit dem Kunstgeschichtestudium begann. In New York hatte sie ja schon alle wichtigen Künstler kennengelernt. Im legendären PS1 hatte sie schon Projekte begleitet und zeitgenössische art work kuratiert. Einmal hatte sie sechs Monate durchgearbeitet, ein speed run, eine Dauereuphorie, ermöglicht durch Kokain. Eine tolle Zeit.

»Hast du die vielversprechenden jungen Künstler auch

sexuell kennengelernt?« fragte Stephan in seiner neuentdeckten Hemmungslosigkeit.

»Ach weißt du, Sex auf Kokain ist ja eine andere Art von Sex als die ohne Kokain. Die Männer sind unendlich leistungsstark, bleiben aber unbefriedigt. Also, das überlegt man sich schon, ob man das will.«

»Aha!«

»Ich habe dann Schaufensterdekorateure und Zuckerbäcker angesprochen und sie im MomA Stilleben ausstellen lassen, zum Beispiel. Sie mußten ihre Sachen vor künstlichen Schaufenstern aufbauen, sodaß für die Besucher eine direkte Rezeption nicht möglich war ...«

Sie redete über ihre Projekte. Braum starrte sie an. Es war wirklich heiß in seiner Wohnung. Er nötigte sie schließlich, ihre schwere dunkelblaue Denim Jeans auszuziehen. Dafür ließ er sie ein weiteres Viertel des hydrolisierten Pulvers einatmen. Diesmal nahm er selbst nichts, denn er wollte nicht mehr sich selbst, sondern nur noch das niedliche Versuchstier beobachten.

»... du nimmst das Zeug, und Tage und Wochen rasen dahin. So organisatorische Arbeitsprozesse laufen enorm gut dabei. Am Ende läuft es auf burn out hinaus, klar. Du bist irgendwann fertig, total am Arsch, aber aufhören kannst du nur, wenn du irgendwann einfach im Bett bleibst und alles hinwirfst.«

»Oder Urlaub machst.«

»Ich langweile mich im Urlaub. Ich habe noch nie Urlaub gemacht, glaube ich.«

»Aber du fährst doch immer zu deinem Liebhaber nach Südfrankreich. Ist das kein Urlaub?«

»Also, wir streiten viel. Eigentlich bin ich der Nichtstreiter-Typ, aber jetzt gefällt's mir. Da bricht etwas auf, da entsteht eine Intimität, die man sich erarbeitet hat.«

»Er ist viel älter als du, nicht wahr?«

»Ja, er ist 64. Aber ich habe viel von ihm.«
»Auch das Kokain?«
»Auch das Kokain.«
»Das kriegst du jetzt von mir.«
»Warum denn das? Das erklär mir mal bitte.«

Braum sagte, da gebe es nichts zu erklären. Sie solle sich darüber keine Gedanken machen. Das Leben sei eben so. Er würde sie mögen und ihr gern zuhören. Daraufhin redete sie weiter über ihre Projekte.

London, Berlin, Paris, Wien ... Schon früh sei sie in ihrem Leben mit Künstlern und Leuten, die Drogen nehmen, in Berührung gekommen. Der unkonventionelle Lebensstil der Leute habe sie gereizt. Auch habe sie die normale Zweierbeziehung nicht verstanden und nie haben wollen.

Ja, dachte nun Stephan, da hatte sie recht. Wie unerträglich war doch das jahrelange Zeittotschlagen mit einem einzigen zugeteilten Menschen! Er erzählte nun selbst ein wenig von sich und seinen Ehejahren. Xenia wollte wissen, ob er noch beruflich tätig sei. Er erzählte von einem Film, den er für eine Kultursendung des österreichischen Fernsehens mache, über einen Volksstamm in der Bukowina, dessen Kultur im Zuge der Umsiedlungen Stalins in den 30er Jahren fast ausgestorben sei.

»Was? Welche Kultur haben die denn gehabt?«
»Tja ...«
»Kenn ich die, muß ich die kennen?«
»Äh ...«
»Irgendwelche Filme? Bücher?«

Xenia war deutlich aufgekratzter als Stephan. Sie sprach und dachte schneller als er. Andererseits gab es auch nichts, was er ihr antworten konnte. Die »Kultur« des aufgelösten Stammes bestand aus ein paar Häkelmustern und Tanzschritten: nichts, womit man Xenia beeindrucken konnte. Als er dennoch geantwortet hatte, gab sie ihm einen Rat:

»Laß den Scheiß, Stephan. Arbeite etwas Anständiges. Das Leben ist zu kurz.«

Und da hatte sie recht! Warum sollte er diesen Film machen? Er war Teil eines Lebens, das er verachtete und das hinter ihm lag. Ein Film für Rezzo Schlauch. Für kleine drittrangige Feuilleton-Verwalter der ZEIT. Für Idioten, die Häkelmuster für Kultur hielten und nicht das neue iPhone 5s von Apple. Und er beschloß, den Auftrag rückwirkend abzulehnen. Dann erzählte er noch mehr von seiner Arbeit und seinem früheren Leben, sogar von seinem Bruder, der gerade zum dritten Mal heiratete. Der bewegte sich im selben Milieu und schrieb gerade einen Beitrag über Weinbauern irgendwo in Frankreich.

»Du bist Gold wert, Xenia«, sagte er ihr beim Abschied. Sie stand schon in der Tür, wirkte aber unentschlossen. Er selbst wollte auch die Wohnung verlassen, aber nicht unbedingt allein sein. Der gesteigerte kokainbedingte Bewegungsdrang war wieder übermächtig geworden, und so bot er ihr seine Begleitung beim Heimweg an.

Sie hatte einen Tretroller mitgebracht, wie er jetzt wieder sah. Er stand in der Wohnung, neben der Eingangstür. Ein kleines silbernes Ding, wodurch Xenia endgültig zum Kind wurde. Es war schon albern, wenn große Männer auf dem winzigen Roller standen; bei zierlichen Kindfrauen wurde es dann doch *zu* kokett. Um mitfahren zu können, mußte Braum sein altes Fahrrad in Dienst stellen. Normalerweise zu mühsam, machte es ihm heute nichts aus. Was ihm jahrelang nicht mehr möglich schien, bewerkstelligte er nun in Minuten. Das völlig verstaubte Rad wurde stramm aufgepumpt, und los ging's. Papa und Mariaschellchen machten eine Reise um den Ring. Braum war überrascht, wie leicht ihm das fiel. War das die Lösung seiner Gewichts- und Fortbewegungsprobleme? Das Laufen war ihm zuletzt wieder möglich gewesen, aber es gab auch Rückschläge. Bedenkliche Schmerzen, Bandscheibenvorfälle, bedrohliches Herzrasen. Er war noch lange nicht über den Berg.

Als rechts das Café Prückel auftauchte, kehrten sie kurzentschlossen ein. Sie scherzten mit dem Kellner. Braum gab seine Bestellung bewußt umständlich auf. Die Wiener Kellner waren seit alters her die größten Respektspersonen der Stadt. Um sie zum Lachen zu bringen, mußte man Schmäh haben.

Er erfuhr nun, daß Xenia eine Marathonläuferin war. Sie lief besessen, um den *runner's high* zu erfahren. Sie war auch Skirennen gefahren – oder sagte man gelaufen? Sie brauchte immer diesen Euphorie-Kick, und Kokain war für sie nur ein Element dieses ewigen Speed-Lebens. Es hörte sich ein bißchen wie der Hamster im Laufrad an, und sie tat ihm etwas leid. Die kleine Person kam also nie zur Ruhe? Fand nie den Frieden, das Glück, das Ich-Gefühl? Er sprach diesen Gedanken aus, und Xenia reagierte nicht mit Ja und nicht mit Nein. Es stimmte wohl und hatte doch nichts zu sagen. Es war, als würde man einem Sexsüchtigen vorhalten, der Orgasmus sei doch nicht alles. Und Braum stellte seine Weisheiten lieber zurück. Von Xenia konnte er mehr lernen als sie von ihm. Er ließ sie weiterreden.

»Mein Psychotherapeut meint immer, ich hätte das Zwangsdenken, ausgenutzt zu werden ...«

Sie war also in Therapie. Natürlich war sie das. Auch das kostete Geld, das vom Geliebten kam, wie sie sogleich erwähnte. Sie sagte das tatsächlich voller Dankbarkeit. Sie war ein gutes Mädchen. Braum dachte sich seinen Teil und machte heimlich Pläne. Dann hielt er es nicht mehr aus und fragte sie direkt:

»Hast du nicht Lust, einmal nach Paris zu fahren? Einfach so, ganz spontan? Nicht als Urlaub, sondern *nur so?*«

2

»Paris, den 3. Mai 2013, kurz nach 14 Uhr (MEZ).

Liebes wissenschaftliches Tagebuch,

mehrere Tage lang habe ich nichts mehr eingetragen, und das hatte natürlich Gründe. Ich bin mit Xenia in Paris! Das ist schon der Wahnsinn, auch wenn Paris selbst ganz anders ist, als ich es mir – aus meiner Erinnerung schöpfend – vorgestellt habe. Ich möchte nicht sagen, daß ich enttäuscht bin – dazu ist der Faktor ›XENIA‹, wenn ich einmal so sagen darf, einfach zu ... sensationell – aber die Fahrt durch die Banlieu oder wie diese Zonen heißen hatte es in sich. Ich hatte in dieser Situation nicht die Möglichkeit, meine vorgeschriebene Portion Kokain einzunehmen, jedenfalls nicht pünktlich. Ich bin nicht der Typ Mensch, der sich am Flughafen mit einer relativ großen Menge Rauschgift festnehmen läßt. Lieber riskiere ich ein paar Tage Entzug und die Gefahr, in der fremden Stadt nicht an das Mittel in der gewohnten Qualität heranzukommen. So hatte ich, ganz gegen meine eigenen Labor-Regeln, schon ganz in der Frühe noch im Dunkeln eine doppelte Portion genommen und dann den Rest in Wien gelassen.

Wir stiegen also am Flughafen in einen Vorortzug und waren bald von finsteren Gestalten umgeben. Wir hätten ein Taxi nehmen sollen, aber das hätte vielleicht hundert Euro gekostet. Der ganze Zug war zu wohl 90 Prozent mit Afrikanern besetzt, was ich zuerst gar nicht begreifen konnte. Wir waren in einem anderen Land. Das war nicht Frankreich. Nur

Beton, Rost, Neonlampen, nirgends Schönheit. Und dann die Menschen:

Das waren irgendwie gar keine Migranten mehr, sondern sozusagen Einheimische, ganz sie selbst, während die wenigen ›Weißen‹ wie Migranten, wie Eindringlinge wirkten.Wohlgemerkt: Wir näherten uns der Stadt der Liebe oder waren schon drinnen. Erst ganz am Ende erreichten wir Überbleibsel der einstigen Kultur, aber unfrisch, gammelig, irgendwie schlecht konserviert. Bei alldem gefiel mir Xenia immer besser. Sie trug einen wetterfesten Outdoor-Anzug, gepanzert, geschützt, versteckt, keine Begehrlichkeiten erweckend. Die alten, abblätternden Lackfarben erinnerten mich seltsamerweise an den Materialmangel in der ehemaligen ›DDR‹. Wir befanden uns nämlich inzwischen in Montmartre. Xenia sah umwerfend cool aus. Ich sah sie an, um nicht nach draußen blicken zu müssen. Ihre Augen, ihre gesunde Gesichtsfarbe, der feine dunkelblaue Ring um die hellblaue Iris, die kleine, aber sehr gerade Nase, die langen blonden ungekräuselten vitalen Haare, die dunklen Augenbrauen, der Mädchenkörper ... das war schon begeisternd. Ich hatte mich noch immer nicht an ihr vergangen, aber jetzt waren wir *in Paris* ...

In den Bistros lungerten keine Säufer, Zuhälter und Jean-Paul-Belmondo-Typen mehr herum. Es gab auch keine Telefonkabinen und Musikboxen mehr, also diese automatischen Schallplattenmaschinen, in die man eine Münze einwarf. Dagegen drehte sich inzwischen alles ums Essen, offenbar. Von hundert Geschäften in einer Straße waren 99 Restaurants. Man wartete wohl auf Touristen. Oder die Franzosen waren tatsächlich so heruntergekommen, daß sie nur noch daran denken konnten, wie sie sich den Bauch vollschlagen würden. Wir setzten uns in ein Bistro und sahen nach draußen. Ich war noch immer ziemlich berauscht von der Koks-Doppelladung, die ich noch in Wien zu mir genommen hatte.

Die Vorbeikommenden erschienen mir komplett reizlos. Gut, es waren nicht mehr diese feindseligen, geduckten Verbrechertypen aus der Vorstadt beziehungsweise Schwarzafrika – wobei ich gleich sagen muß, daß ich solche Vorurteile nur im Zustand des verschärften Drogenmißbrauchs entwickle beziehungsweise erlebe ... ich kann natürlich gar nicht wissen, was diese Menschen umtreibt und ob sie tatsächlich kriminell sind – aber diese Menschen hier gefielen mir trotzdem nicht.

Nur noch etwa jeder siebente Mann erinnerte an das Klischee vom unrasierten Liebhaber mit dem jungenhaften Wuschelkopf, den dunklen Augen, dem obligatorischen ›Knackarsch‹ und dem nachlässigen Outfit mit zu weiten Hosen und Hemden. Das waren die, die Xenia interessieren konnten. Die übrigen sahen unsexy aus, völlig ohne Stil, nichtssagend, verfettet. Sie steckten in billigen Thermojacken in gedeckten Farben, immerhin im Monat Mai. Bei den Frauen war es etwas besser. Aber war es das, was ich mir einmal unter Französinnen vorgestellt hatte? Bestimmt nicht. Breite Hintern, dicke Nasen, Proletenlook, in der Regel zu alt, insgesamt eher das Personal für eine Problem-Soap im Unterschichtsfernsehen. Ich bin ja in den 90er Jahren berufsbedingt ein paarmal in Paris gewesen, aber immer nur kurz, in teuren Hotels und in luxuriösen Zusammenhängen. Ich war in meiner Kaste geblieben, den verklemmten Weinkennern und graubärtigen Kulturredakteuren. Da sah eine Stadt wie die andere aus, besser gesagt: ein Abend wie der andere. Mit Xenia war nun alles ... ja, wie? Einfach das Gegenteil!

Sie sprach viel, redete fast so drauflos wie die Franzosen früher. Natürlich drehte sich manches um ihren Freund, der offenbar doch älter war als angegeben. Ich schätze ihn inzwischen auf knapp 70. Ihm verdankte sie auch ihre Wohnung, wie ich nun weiß. Und somit indirekt auch unsere kleine Pariser Bleibe in Montmartre, denn Xenia hatte extra einen sogenannten Wohnraumtausch organisiert, über das Internet. Alle jungen Leute machen das inzwischen so. Sie regeln das binnen Stunden, und angeblich klappt es immer. Auf diese Weise können sie praktisch umsonst auf der ganzen Welt wohnen. Auch die Fahrtkosten tendieren ja gegen Null bei diesen Leuten. Mit dem Bus geht es für wenige Euro überallhin.

Ich verstand nicht, warum Xenia, die so praktisch veranlagt, robust und zu allem fähig war, die Mätresse eines erbärmlichen Lustgreises geworden war. Aber ich fragte nicht direkt. Ich tat natürlich so, als würde ich Enrico, so hieß er, ebenso respektieren und bewundern wie sie. Die Wahrheit würde sicher von selbst herauskommen, in jeder Beziehung. Beim Abendessen in dem Lokal gleich gegenüber der Tauschwohnung verriet die schöne Studentin – sie selbst nannte sich Doktorandin, denn sie schrieb angeblich an einer Dissertation – einiges über sich und ihre Gefühle. Als sie sagte, sie hätte sich so über meine Ankündigung der Parisreise gefreut, sind ihr fast die Tränen rausgeschossen. Ich war außerordentlich überrascht.«

Hier stockte Braums Schreibhand. War seine Begleiterin ins Zimmer gekommen? Es war für ihn schon länger nicht mehr möglich, jeden Tag das Tagebuch zu führen, da er ganze Tage mit Xenia verbrachte. Sie war nicht seine Freundin, und vielleicht klappte es deswegen mit ihnen. Sie strengte ihn weit weniger an als die Frau, die er einmal geheiratet hatte, und noch einmal weniger als die, um die er sich in seinen besten Jahren bemüht hatte, natürlich vergeblich. Wahrscheinlich war er für Xenia nur deswegen ein angenehmer Umgang, weil er die erotische Bedrohlichkeit eines schwulen Eunuchen hatte. Sie konnte es sich sogar leisten, mit ihm in die Badewanne zu steigen – was sollte schon passieren? Sie tat es gern, weil sie Mitleid mit einem derart chancenlosen Menschen hatte, und sie wollte ihm eine Freude machen. Sie hätte ihm sogar gefahrlos einen runterholen können, denn selbst dabei würde er niemals irgendwelche Hoffnungen oder gar Erwartungen produzieren können. Er war das arme Schwein und alt genug, es zu wissen. Die Krümel, die vom Tisch der Erotik für ihn abfielen, konnte er nur artig annehmen und sich dafür gewissenhaft bedanken. Mit der kleinsten Unduldsamkeit oder gar herrischen Geste hätte er alles zerstört. Es machte ihm nichts aus. Eher fürchtete er, beim Ankauf von neuem Kokain zu versagen; das konnte die kleine Frau enttäuschen und ihr Wohlwollen zerstören.

Interessanterweise nahm Xenia ihre gemeinsame Reise und das bereiste Land ganz anders wahr. Ihre Vorfreude auf Paris war noch größer als seine. Sie hatte viele Bücher mitgenommen, allein drei Romane von Balzac. Braum hatte seine Lehrbücher dabei. Also die Fachliteratur über Kokain. Noch immer war er der Spießer, der eine Droge nur nehmen konnte, wenn er sie medizinisch analysierte. Er hatte sich durchaus auch verändert, war ungestümer und vulgärer geworden. Zum ersten Mal in seinem Leben hatte er sich unlängst dabei erlebt, in der Öffentlichkeit laut das Wort »Scheiße« zu schreien. Das war in der U-Bahn gewesen. Aber die Bücher interessierten ihn inzwischen auch literarisch. Pitigrillis Klassiker »Kokain« faszinierte ihn, weil er im Milieu der Pariser Journalisten spielte. Das war in gewisser Weise auch Stephan Braums Welt – und war doch so anders. Die Journalisten in dem Buch waren keine blasierten Gutmenschen und schnarchlangweilige Besserwisser weit jenseits der geschlechtsaktiven Lebensphase, sondern entstiegen direkt dem Leben selbst. Sie waren dreist, kühn, zynisch, brutal und geistreich. Solche Leute hatte er in keiner seiner beruflichen Stationen gesehen, nicht beim Hamburger Abendblatt, bei der ZEIT, beim Südwestfunk, bei Aftenposten in Stockholm und schließlich beim ORF. Nie waren ihm vorwärtsstürmende junge Männer begegnet, immer nur fistelstimmige Weichtiere, die etwas für

»die Umwelt« tun wollten, zum Beispiel für das Trinkwsser am Nordpol oder für »Gorleben«. Er sah das jetzt alles ganz klar. Früher hatte er selbst etwas »gegen Gorleben tun« wollen. Ja, so war er einmal gewesen. Pitigrilli lehrte ihn etwas anderes. Gierig sog er die neuen Ansichten ein. Auch Agejews »Roman mit Kokain« befand sich in seinem Koffer, ein Werk, das noch weit anspruchsvoller war als der reißerische Pitigrilli. Schließlich wollte er als letztes Jörg Fausers »Rohstoff« lesen. Diese Romane – 1922, 1936 und 1986 veröffentlicht – erzählten alle von Dekadenz, Wertezerstörung und Verfall der Gesellschaft. Braum fand jedoch, daß die beschriebenen und pausenlos denunzierten Gesellschaften jener Jahrzehnte viel reizvoller, homogener und humaner waren als jene Situation, die er nun in und um Paris vorfand. Was war eine Party, auf der gebildete und attraktive Bürger mit Hilfe von Kokain zu außergewöhnlichen Erfahrungen und Begegnungen gelangten, gegen eine Millionenarmee von ausgemergelten, enttäuschten schwarzen Zuwanderern, die ratlos in Mülltonnen stöberten? Da war die erste Lage weniger verkommen. Doch all diese Gedanken hatte Xenia nicht. Sie fand die Afrikaner sogar aufregend. Ihre Heimatstadt Wien kam ihr plötzlich wie ein behütetes Altersheim ohne Zukunft vor. In Paris spürte sie den Puls der neuen Zeit. Hier war etwas los. Hier herrschte der Gangsta-Rap und nicht das Burgtheater. Als sie es Stephan erzählte, zuckte er zusammen. Das Burgtheater! War es nicht Millionen Jahre weiter in der Menschheitsgeschichte als die rohe Gewalt der Rap-Schimpfgesänge? Doch bereits 24 Stunden später hatte er seine Meinung geändert. Denn in der Nacht passierte etwas Bedeutendes.

    Xenia gewährte ihm weit mehr als nur »eine Gunst«, wie Goethe es noch ausgedrückt hätte. In »Dichtung und Wahrheit« erzählt der Großmeister von seiner Liebe zu jener echten Gretchen, die er Jahrzehnte später im »Faust« verewigte. Diese Person gab es wirklich. Sie wohnte in der nahen Nachbarschaft, fast im selben Haus, und war die jüngere Schwester von ein paar Knaben, die der pubertierende Kindgoethe gerade für sich entdeckte. Es waren einfache Buben, und die Eltern werden nicht sehr erfreut gewesen sein über Wolfgangs neue Spielgefährten. Aber es ging natürlich alles überaus gesittet zu. Goethe beschreibt das sehr anschaulich.

Eines Tages legt dieses Gretchen, in das er seit Wochen und Monaten unsterblich verknallt ist, ohne es auch nur irgendwie zeigen zu können oder zu dürfen, das Köpfchen an seine Schulter und verharrt so eine Minute lang. Dem 14jährigen explodiert der Schädel dabei, ist ja klar. Sie erwies ihm somit »eine Gunst«, so nannte man das. Zurück zu Braum. Xenias Gunst bestand darin, daß sie ein bestimmtes Rauschgift durch die Kontrollen geschmuggelt hatte und nun ihrem Gefährten anbot. Es war nicht nur Kokain. Sie hatte auch noch Marihuana dazugepackt. Die Mengen waren gering, reichten nur für einen Einsatz. Sie hatte das Zeug in ihren Schuhabsätzen versteckt, und zwar rustikal. Die Absätze hatte sie abgeschlagen und dann wieder draufgenagelt. Das war schon mutig, fand Stephan.

Das Kokain war besonders rein und machte ihn noch euphorischer als sonst, während ihn – aber auch sie, was wichtiger war – das Gras in nie gesehener Art aufgeilte. Das war schon etwas. Hinzu kam die fremde Wohnung. Sehr klein, viel Holz, Taschenbücher, ein Hochbett. Alles sehr rührend. Da wohnte wohl sonst ein armes Fräulein. Vielleicht ein Mädchen aus sozial schwachen Verhältnissen, das von der großen Zeit Montmartres als Studentenparadies schwärmte, das es bis in die 70er Jahre des letzten Jahrhunderts gewesen war. In den selbstgezimmerten Regalen standen all die Klischee-Klassiker von Baudelaires »Blumen des Bösen« bis Henry Millers »Stille Tage in Clichy«. Xenia fühlte sich, wie sie später sagte, in dem Moment zu Hause, als sie auf das Hochbett geklettert war. Dort konnte man nur liegen, nicht einmal sitzen, weil gleich die Decke kam, und direkt über dem Kopf war ein schwenkbares Dachfenster. Man konnte es zur Hälfte aufklappen und die Sterne sehen.

Für Stephan Braum, geboren in Bremen, abgeschlossenes Hochschulstudium, war die Situation romantisch. Deshalb wurde er mehr als überrascht, sozusagen kalt erwischt, als der junge Mensch neben ihm nun das Thema Spanking anschlug. Er wußte nicht einmal, was das ist. Indem Xenia weiterredete, bekam er mal diese, mal jene Ahnung. Outete sich seine Drogenpartnerin gerade als Perverse? Hatte sie eine latente masochistische Veranlagung, über die sie nun reden wollte? Es klang leider gar nicht nach Leidensdruck und Geständnis, eher nach lustiger Alberei. Xenia wollte von Herrn Braum gefesselt, geschlagen und erniedrigt werden. Offenbar hatte ihr die Drogenmischung diese unsinnige Lust eingegeben. Stephan überlegte fieberhaft. Selbstverständlich wollte so eine bezaubernde junge Dame mit einem so ungleichen Sexualpartner wie ihm keinen Blümchensex mit zärtlichem Vorspiel, artig-zünftiger Missionarsstellung und späterem Händchenhalten bei geflüsterten Liebesworten. Sie erhoffte, nein verlangte gerade von ihm den gierigen Perversen, den versauten Alten, das unmoralische Monster. Sie wollte es schmutzig und böse. Guter Gott, dachte Braum, der eben noch auf Sternschnuppen geachtet hatte, um sich etwas zu wünschen, was sollte er da tun?

Er hatte nur eine Chance: rechtzeitig umschalten. Um Zeit zu gewinnen, stellte er noch ein paar technische Fragen. Er war ehrlich, was seine Unkenntnis anbetraf, aber er log in Hinsicht auf seine eigene Lust auf den kranken Quatsch. Er wußte, daß es darauf ankam, eigene Geilheit dabei zu heucheln. Er mußte die Rolle durchhalten. Zum Glück hatte ihn das Marihuana ja ursprünglich in diese Richtung getrieben, und so wagte er die Maskerade. Es wurde für ihn ein absurder Kinderfasching, und da es in seiner Ehe keine Kinder gegeben hatte, wußte er noch nicht einmal, wie man sie richtig versohlt. Auf Xenias Geheiß kettete er ihre Gliedmaßen an die vier Bettpfosten, damit begann es. Dann mußte er ihr mit batteriegetriebenem Sexspielzeug auf die Pelle rücken – die Geräusche erinnerten ihn an seine Märklin-Anlage im Keller –, bis schließlich der Hauptgang des Spankings eingeläutet wurde. Seinen Pyjama durfte er anbehalten, aber seinen Namen mußte er in Colonel Curtz ändern, angeblich eine Figur aus dem Film »Apocalyse Now«, gespielt von Marlon Brando.

Eine endlose, unerfreuliche Sache. Aber sie bewirkte auf geheimnisvolle Weise eine Änderung zum Guten bei den beiden. Vor allem bei dem Deutschen, dessen nächste Eintragung zum Thema Paris ganz anders ausfiel als zuvor. Der misanthropische Blick war verschwunden, als Braum, im Café de Flore draußen sitzend, hektisch Notizen und Eindrücke in sein Drogentagebuch schrieb.

»Paris, den 5. Mai 2013
Liebes Tagebuch!
Ich sehe hohe Gebäude, überall echte Franzosen, schöne Frauen. Nichts hat sich verändert seit meinen Jugendjahren hier. Es ist wie ein Robert-Bresson-Film von 1977. Peugeots und Citroëns rasen über den Boulevard St. Michel, biegen klappernd um die Kurve. Junge selbstbewußte Frauen, männlich-virile gutmütige Maghreb-Araber, kaum Alte, keine Rentner, Motorräder. Ich sitze an der Ecke zur Rue de l'Ancienne Comédie und sehe auf die großen Kinoplakate im Cinema Danton gegenüber. Junge Gymnasiasten überqueren aufgeregt redend den Zebrastreifen wie im ersten Truffaud-Film »Sie küßten und sie schlugen ihn«. Der nette Kellner lächelt einem so tief und gutmütig ins Herz hinein, daß man verlegen wegschauen muß. Ich liebe Xenia! Sie ist nicht ganz so schön, wie ich erwartet hatte, aber trotzdem. Ein tapferes Mädchen. Was haben erst die Franzosen für Frauen! Selbst-

bewußt, ehrgeizig, berufstätig, schön: das Gegenteil der dummen Medienopfer-Tussis in Deutschland, die Germany's Next Topmodel schauen. Die Französinnen brauchen bestimmt kein Sexspielzeug bei der Liebe. Die würden einem eine kleben, wenn man ihnen Handschellen aufs Lotterbett legte. Aber die arme Xenia ist mir trotzdem ans Herz gewachsen. Kleines, süßes, dummes Ding, heute Nacht geht es weiter!

Geht man durch die Straßen, streift man ein Restaurant nach dem anderen. Von zehn Geschäften sind neun Eßlokale. Statt Musik aus den Lautsprechern erklingt das feine, endlose, variantenreiche Geklingel des Geschirrs und Bestecks. Der Franzose ißt halt gern. Warum auch nicht? Ich war selbst einmal Gourmet, auch wenn ich mich dabei immer gequält habe. Es waren eben Arbeitsessen mit Redakteuren und nicht lustige Happenings mit Xenia. Ich esse, was ich will, jeden Blödsinn, und nehme trotzdem immer schneller ab. Schon wieder ein Loch enger im Gürtel.

Fußgängerzonen kennt der Franzmann nicht. Gut so! Unentwegt rollen die Autos vorbei. Da liegt wenigstens Dynamik in der Luft. Kein Mensch benutzt diese vielen öffentlichen Fahrräder, die überall zu mieten sind. Wäre vielleicht etwas für mich? Dann könnten wir den ganzen Tag durch Montmartre, Abesses, Pigalle, Quartier Latin radeln. Aber im Moment bin ich sogar zu Fuß gut unterwegs. Das Rheuma ist stundenweise ganz weg! Zum Glück hat Xenia Kokain mitgenommen. Es ist fast aufgebraucht, aber ich brauche ja nicht viel. Heute wieder vorschriftsmäßig um 10.00 Uhr die Ration genommen ($1/16$ Gramm). Ein Gramm pro Woche, dabei bleibt es, da bin ich eisern. Süchtig werde ich nicht von dem Zeug, eher von Xenia. Dieser Lippenstift heute morgen! Dieses Fast-Schulmädchen hat nicht nur einen viel zu großen Mund, sondern malt ihn auch noch dunkelviolett an! Wenn ich sie dafür prügeln soll, bitte sehr, meinetwegen. Hat irgendwie eine Logik. Das Menschliche war mir zu lange fremd. Zivildienst habe ich nicht gemacht, weil mir die Vorstellung unerträglich war, fremden Menschen im Krankenhaus den Hintern abzuwischen. In der Ehe haben wir immer sofort das Licht ausgemacht vor Beginn der heiklen Körperberührungen.

Diese vielen gestylten neuen Motorräder, wie in der Dritten Welt. In Indien habe ich so viele davon gesehen. Scheint eine Alternative zum im Stau steckenbleibenden Auto zu sein, jedenfalls für dynamische junge Männer, die keine Zeit zu verschenken haben und auf Statussymbole pfeifen. So ein junger Draufgänger müßte man sein. Ich war es nie, auch nicht vor 25 Jahren. Wenn es mit dem Abnehmen so weitergeht, werde ich es vielleicht noch. Im Alter werde ich jung!

Vielleicht gehe ich dann ganz nach Paris? Xenia gefällt es hier. Keine Hoodies-Kapuzenmänner und Rapperverbrecher, wenn ich das richtig sehe, sondern einfach nur aufstiegsbereite nette Ausländer überall. Keine Bushido-Gangster-Scheiß-Ideologie wie in Deutschland, sondern dunkle Haut und Freundlichkeit allerorten, super! Da wären meine Xenophobie und all meine blöden Ängste schnell Vergangenheit.

Xenia ist ja so ein Schatz. Läßt sich nachts verdreschen, aber wenn ich ihr beim Duschen zusehe, läßt sie es duldsam geschehen und schämt sich dabei. Der Wahnsinn. Und gut bestückt ist sie auch, das muß ich sagen.

Die Bäume blühen überall, mitten in der Stadt. Die Häuser sind alle anderthalb Jahrhunderte alt und trotzdem völlig unverschandelt. Im Gegensatz zu uns, wo alle Gebäude aus der Kaiserzeit wie Disneyland-Attrappen aussehen, bleibt hier alles original. Die schmiedeeisernen Balkone, die Fassaden, die Farben der Hauswände, die Schindeln und Schornsteine auf den Dächern und natürlich die hölzernen Fensterläden. Es ist eben die Stadt der Liebe. Man lächelt einfach jede schöne Frau an, und wenn zurückgelächelt wird, bedenkt man auch die unscheinbaren Frauen mit einem gefühlvollen Blick. So läßt es sich leben!«

Braum ließ es sich nicht nehmen, eines Tages den Maler Hölzl anzurufen, um seine neuen Drogenfreunde über die sagenhaften erotischen Erfolge in Paris zu informieren. Dabei bekam er eine Ahnung davon, wie wenig spektakulär sein Umgang mit Xenia wohl war. Hölzl und seine Spaßbrüder erwarteten nichts anderes, kannten anscheinend nichts anderes mehr als sexuelle Perversion, und der Malerfürst wunderte sich gar, was Stephan wohl vorher gemacht hatte. Dieser war nicht enttäuscht, sondern geistig angeregt. Es war ihm eine weitere intellektuelle Herausforderung, die Welt, die er ohnehin mit neuen Augen sah, zu erforschen. Hölzl hatte etwas von der Schwulenkultur erzählt, deren Verhalten auf die heterosexuelle Restgesellschaft übergeschwappt sei. Braum, der sein Leben lang für die Rechte sexueller und ethnischer Minderheiten eingetreten, diese aber kaum gemocht hatte, begann sich nun für diese Leute *wirklich* zu interessieren. Auch für die vielen Afrikaner. Er traf sie bei dem Versuch, neues Kokain zu kaufen.

Leider war die Drogenbeschaffung in Paris zu gefährlich für einen Mann wie ihn. Er sah ja aus wie der Hauptkommissar der deutschen Auslandspolizei. Xenia hatte es leichter. Sie bandelte mit einem großen, schwarzglänzenden Afrikaner namens Moisee an. Sie fragte Stephan, ob sie ihn mitnehmen dürfe. Braum, obwohl von Natur aus eifersüchtig, ließ es zu. Ja, er spürte, nach einer ersten Aufwallung von Zorn, keine Trauer mehr darüber. Er fand es eher interessant. Hätte er etwa noch einmal den Spanking-Clown geben sollen? Sie waren schon soweit, daß er sie mit einem Hundehalsband samt Leine am Kühlschrank hatte festbinden müssen, im Zustand der Nacktheit, während er im Bett weiter »Die verlorenen Illusionen« von Balsac las. Auf ihr weinerliches Wehklagen mußte er autoritär mit rigiden Sprüchen reagieren, was ihm Mühe bereitete. Er war zwar alt, aber kein alter Knacker aus der »Feuerzangenbowle«. Da war es erfolgversprechender, den Afrikaner einzuspannen. Xenia würde bei Laune bleiben und Stephan auch. Es würde weitergehen!

Leider wollte Xenia, die ja auch schüchtern war, nicht beim Liebesspiel beobachtet werden, und so ging Stephan währenddessen ins Kino. Er sah einen US-amerikanischen Mainstream-Film, »Der Große Gatsby«, der im Original lief. Die Hauptrolle spielte ein imponierender Mann namens Leonardo di Caprio, den er schon einmal gesehen hatte, vor langer Zeit, in einem politisch korrekten Film über behinderte Kinder. *Westwärts von Idaho* oder so ähnlich hatte der geheißen. Dieser später so prachtvolle große Gatsby hatte einen geistig Behinderten gespielt, und in Schweden, wo Braum damals lebte, kam das gut an. Er mußte daran denken, wie er mit seiner inzwischen geschiedenen Frau schweigend und tief betroffen nach dem Film nach Hause lief. Er hätte sagen können, daß der Schauspieler einfach großartig war. Aber das hätte zu oberflächlich geklungen. Statt dessen sagte er, daß er, wenn sie ein behindertes Kind erwarteten, es nicht abtreiben lassen wolle. Eine Lüge. In jeder Hinsicht. Denn die Frau hatte seit Urzeiten eine Spirale im Unterleib. Die ganze Geschichte da in Schweden war verlogen und abscheulich. Mit Xenia konnte er offener über alles reden. Und es gab keine Katze Nelly, um die sich alles drehte ...

Xenia besorgte tatsächlich noch einmal Kokain, verbrauchte es aber mit Moisee selbst. Nun stand Braum zum erstenmal vor dem Problem des Entzugs. Er wurde aggressiv, grantig, ungeduldig und nahm die Farben der Stadt nicht mehr wahr, bis auf die Signalfarbe der Frauenlippen. Ja, bei seinen Spaziergängen fielen ihm die kecken Pariserinnen mit diesem knallroten Lippenstift auf, *Rouge Allure* von Chanel, und wie sie ihn anschauten mit ihrer leuchtend roten Schnute. Ja, die Frauen schauten ihn an, das war etwas Neues, weiß Gott! Es mußte an seiner plötzlich so wilden Ausstrahlung liegen, die der Entzug bewirkte. Nun hatte ihm Fachinger drei Kapseln

Cialis geschenkt. Die hätte er nun nehmen können, um überhaupt irgend etwas zu nehmen. Er wußte ja inzwischen durch seine Studien, daß Junkies so etwas taten. Cialis-Tabletten waren ein Potenzmittel, vergleichbar mit Viagra, nur billiger. Braum tat etwas Widersinniges, das er sich selbst nicht erklären konnte: Auf der Pont Neuf stehend, allein, wütend, warf er mit großer Geste die Cialis-Pillen in die grüne Seine.

Im Café starrte er wieder auf die selbstbewußten Frauen der Stadt. Immer warfen sie ihre verwuschelten Haare von einer Seite auf die andere. Als wären sie frisch geduscht nach dem Sex gerade aus den Kissen gestiegen, wie Brigitte Bardot in Filmen wie »Das Laster«, »Et dieu cree la femme« (»Und ewig lockt das Weib«), »Sünde« und »Liebe am Nachmittag«. Diese verwuschelten Haare waren offenbar ganz wichtig. Je mehr ungezügelten Sex, desto verwuschelter die Frisur. Auch Xenia hatte sich dem schon angepaßt. Nach den Exzessen mit Moisee sah sie nicht mehr wie Maria Schell aus, sondern wie die Ober-Tussi von Flo Rida. Aber Stephan fand endlich ein Mittel gegen all das: Pernod. Er trank das Zeug fast literweise. Es war überall erhältlich, wie Bier in München oder Weißwein im schönen Wien.

So beruhigte er sich. Der Entzug wurde beherrschbar. Nur mit dem Abnehmen ging es nicht wie bisher weiter. Das war schade, denn nach wie vor war das sein einziges echtes Anliegen. So ermunterte er Xenia, sich weiter mit schwarzen Dealern zu treffen und ihm ausführlich von ihren sexuellen Erlebnissen zu erzählen. Eine schöne Zeit begann. Stephan bekam wieder Kokain, und Xenia war glücklich, einen so aufmerksamen Freund zu haben, dem sie alle Abenteuer anvertrauen konnte. Nachts lagen sie auf dem Hochbett, sahen auf den Sternenhimmel und hielten sich an den Händen. Zu der Zeit mußte der Dealer arbeiten.

In einer dieser Nächte erinnerte sich Stephan an George Moustaki. Also an sein Verhältnis zu dem Sänger, der an demselben Tag, wie das Radio berichtete, gestorben war. Wohl 30 oder 40 Jahre hatte er nicht mehr an ihn gedacht. Das war vielleicht allen so gegangen, er wußte es nicht. In Braums Leben nach der Pubertät hatte nichts so wenig Platz wie dieser langmähnige, vollbärtige Vagabund ägyptisch-jüdischer Abstammung. Nun wurden dessen Lieder im Radio gespielt, spät in der Nacht, in einer Sondersendung, und die Erinnerung kam zurück. La solitude ... le meteque ... Unfaßbar zärtlich. Braum hatte in der Schule Französisch gewählt und in der Sprache schnell Fortschritte gemacht, dank Moustaki. Ein sehr intelligenter Mann. Braum hatte sich in ihn verliebt, das dann später eisern verdrängt. Was für eine Geschichte! Um ein Haar wäre sie für immer verschüttet gewesen.

Er erinnerte sich nun, wie er sich damals die Liebe und das Leben vorgestellt hatte. So hatte er später einmal leben wollen ... Aufgewühlt berichtete er Xenia davon, die ihn aber »null verstand«. Ihr Französisch war auch nicht ausreichend, um die Texte zu verstehen, die Stephan noch auswendig rezitieren konnte. Der Radiosprecher erzählte Interessanteres: Moustaki habe seit den 70er Jahren Heroin genommen. Aha, dachte Braum und rechnete nach: Der Mann war mit der härtesten aller Drogen 80 Jahre alt geworden! Ein gutes Zeichen.

Xenia bestand darauf, daß man inzwischen andere Musik hören müsse, nämlich, wenn schon Frankreich, dann französischen Rap. Der sei besser als amerikanischer. Zum Beispiel von Noir Desir, Alain Bashung oder MC Solar. Da gehe es um die spontane Aktion, das sofortige Handeln. Man müsse sich auf der Stelle emanzipieren oder nie. Andererseits könne es auch zu krass werden, wie bei Noir Desir, wo der Bandleader seine Freundin totprügelte. Dummerweise war das die Tochter von Jean-Luis Trintignant.

Braum hatte von dem Fall gehört. Für die Franzosen war das ein Schock gewesen, da ihre großen Schauspieler Kultstatus genießen. Ob nun in berechtigter emanzipatorischer Wut oder nicht, es war Mord gewesen und somit fast so schlimm wie die Annahme der russischen Staatsbürgerschaft durch Gerard Depardieu. Braum hörte weiter den Liedern von Georges Moustaki zu. Sie spielten *Le vent nous portera* und er schmolz dahin. Es war berührend und, wie sollte er sagen, weich? Dabei war Moustaki alles andere als ein Weichei. Am Ende murmelte er, mehr für sich:

»Und bei uns spielen sie Tim Bendzko ...«

Xenia stieß einen spitzen Schrei aus. Tim Bendzko! Nie wieder durfte er dieses Wort aussprechen, das mußte er ihr versprechen. Dann ging sie nach unten, wo sie einen alten Plattenspieler entdeckt hatte, und legte »Sans plan pour moi« von Plastique Bertrand auf. Diese nostalgische Wohnung war konsequent auf dem Stand früherer Generationen gehalten worden – ein Rätsel. Hatte hier eine traurige Mutter die Studentenherrlichkeit ihres verschollenen Kindes, wahrscheinlich eines Mädchens, konserviert? Kein Buch war jünger als aus den 80er Jahren. Oder war Frankreich schlicht ein zurückgebliebenes Land? Der Bewußtseinsbruch, den Deutschland durch die Wiedervereinigung erlebt hatte, fehlte hier völlig. Man las noch immer Sartre und Beauvoir, als hätten sie eine Bedeutung. Das war, als würden die Kids in Berlin-Mitte immer noch in allen Lebenslagen Karl May zu Rate ziehen. Die junge Frau, die heute die Bude bewohnte und einmal vorbeischaute, wirkte seltsam nett, zeitlos und nichtssagend. Sie gehörte vielleicht zur vielbeschworenen verlorenen Generation: auf immer jung, sich weiterbildend, optimistisch und auf dem Arbeitsmarkt unvermittelbar. Um von den privilegierten Jobbesitzern älteren Jahrgangs überhaupt noch angehört zu werden, lasen sie deren verstaubte Bücher.

Xenia bewies Musikgeschmack, nicht nur indem sie Plastique Bertrand auflegte. Aber bis zu Georges Moustaki reichte sie natürlich nicht. Dafür war sie eine angenehme Reisefreundin. Morgens stand sie als erste auf und holte eines dieser meterlangen frischen Baguettes, mit denen alle Pariser zu dieser Zeit herumlaufen. Sie machte Frühstück und kochte Stephan ein Ei. Sie konnte toasten, die tückische alte Espressomaschine bedienen, ein Müsli zubereiten und hatte morgens gute Laune. Erst später, wenn der Afrikaner erwartet wurde, änderte sich das.

Manchmal reichte die Zeit noch für einen gemeinsamen Spaziergang. Einmal gingen sie die Rue Lepic hoch zu der Kirche Sacré-Cœur. Obwohl nur wenige hundert Meter entfernt, war es doch eine große Anstrengung für Braum, die starke Höhendistanz zu überwinden. Plötzlich merkte er, wie sehr er sich schon verändert hatte, nämlich durch die Tatsache, daß ihm seine Gebrechen schon tagelang nicht mehr aufgefallen waren. Solch eine Klettertour wäre ihm seit Jahren nicht mehr möglich gewesen, zudem auch die vielen Touristen sein seelisches Wohl beeinträchtigten. Hier, im nordöstlichen Teil von Abbesses, war Paris so unerträglich touristisch geworden wie München im Hofbräuhaus oder Hamburg auf der Reeperbahn. Überall kleine Tingeltangel-Geschäfte mit Eiffeltürmen und François-Hollande-T-Shirts, fotografierende Japaner, Cafés mit absurd hohen Preisen. Oben auf dem Berg konnten sie beide Seine-Seiten überblicken. Das war sehr schön, vor allem das Licht des übermächtigen Himmels über der ausgebreiteten Stadt, aber Braum hatte Herzrasen.

Zwei Tage später flog er allein zurück. Zuletzt hatte Xenia das Shoppen entdeckt, und Braum war nun einmal geizig. Warum sollte er sich von Geschäft zu Geschäft zerren lassen, es gab davon einfach zu viele in Paris. Immer mußte er warten, während die entzückte Freundin beim Stöbern und Anprobieren die Zeit vergaß. Nur zwischendurch kam die leicht euphorische Stimmung zurück, wenn sie draußen in einem Bistro saßen und die Leute anschauten. Zum letztenmal taten sie das im Café de Flore, dem Treffpunkt der Intellektuellen während des Zweiten Weltkrieges und danach. Es hatte sich wenig verändert seit Ernst Jüngers Wirken in der Stadt. Xenia wurde es bald zu langweilig, während Braum es genoß, unter nachgeborenen Geistesgrößen und intelligent wirkenden Menschen zu sitzen. Die Kellner servierten rasch und mit Verve. Kein Tourist hatte sich in das Lokal verirrt. Die Toilette befand sich im ersten Stock, den man mittels einer schmalen Wendeltreppe erreichte. Braum ging schnaufend nach oben. An der Treppenwand entdeckte er unter Glas eine Postkarte Sartres. Da er sich sowieso verschnaufen mußte, öffnete er die Vitrine und drückte seinen Daumen auf die Karte. Seitdem befinden sich Jean Paul Sartres und Stephan Braums Fingerabdrücke nebeneinander darauf.

3

Wieder in der Heimat, erfreute er sich eines verblüffend veränderten Selbst- und Körperbewußtseins. Es fühlte sich an, als habe er eine zweite Pubertät durchlaufen und sei nun erst und zum ersten Mal ein Mann. Natürlich nur in manchen seltenen kostbaren Momenten, aber immerhin. Er spürte manchmal, daß ihn der Blick einer Frau traf.

Unfaßbar! Er wurde tatsächlich wahrgenommen! Nun hatte er auch spektakulär abgenommen, fast fünf Kilogramm seit dem letzten Betreten der Waage vor der Parisreise. In Verbindung mit dem sexuellen und perversen Leben, das er begonnen hatte, war die kokainbedingte Gewichtsabnahme noch rasanter geworden. Er ging die Rotenturmstraße entlang, als sei er nie ein schwer behinderter Mensch gewesen. Seine Xenia vermißte er nicht. Er wußte sie in den Kreisen der schwarzen Dealer, und es störte ihn seltsamerweise überhaupt nicht. Sie war ihm innerhalb weniger Tage vollkommen egal geworden. Offenbar machte die weiße Droge – jedenfalls die, die er vom Pariser Dealer bekommen hatte – ziemlich gefühllos.

Was machte sie wohl gerade, die kleine Xenia? Er konnte den Gedanken nicht länger als eine Sekunde verfolgen. Sie ließ sich wahrscheinlich gerade demütigen und hielt das für eine Befreiung. Erstaunt stellte Braum fest, daß der befremdliche Vorgang in seinem Fall nicht etwa sie, sondern ihn befreit hatte. Dann dachte er schnell an Hölzl, den er nun täglich traf. Er tat das, weil in den Wiener Künstlerkreisen immer noch, nicht anders als vor hundert Jahren, abenteuersuchende Frauen verkehrten. Das war in Deutschland nicht so. Dort wollten die Frauen, die die Nähe von Malern suchten, selber welche sein. Und die, die mit Schriftstellern verkehrten, wollten selbst veröffentlichen. Und ohnehin waren beide Bereiche streng voneinander getrennt. In Wien changierten die betreffenden Frauen liebend gern von einem Schriftsteller zu einem Künstler, das war interessant und lehrreich, und sogar ein Zwischenstopp bei einem beschäftigungsarmen Millionär war noch möglich. Die handelnden männlichen Personen konnten jedes Alter und jedes Aussehen haben, solange sie Humor besaßen. Die weiblichen Personen mußten alle jung sein. Das waren die ewigen Gesetze der Wiener Boheme. Stephan Braum hatte Jahre in dieser Stadt gelebt, ohne sie zu kennen. Nun holte er alles nach, und er hatte es eilig.

Eine Frau, die mit ihm kokste, natürlich auf seine Kosten, erzählte von ihren Kontakten zu Popstars. Sie meinte, diese armen Jungs würden sich ja auch nicht gern langweilen, wenn sie ein Konzert in einer fremden Stadt hätten. Kokain sei da der Türöffner. Es sei unwichtig, wer man sei, solange man hübsche Mädchen und fünf Gramm bei sich hätte – ob Stephan es nicht einmal versuchen wolle? Er sagte zu.

Bei Hölzl konnte er nun richtig punkten, seit seiner Parisreise. Er erzählte dem guten Freund immer neue Details seiner bizarren Sexpraktiken mit der schönen Xenia. Die meisten hatte er sich inzwischen angelesen, in dem an sich öden Buch »How to get it off«, einem schwulen Sexualratgeber, den er in seiner öffentlichen Bücherei ausgeliehen hatte.

Einmal lernte er ein verrücktes Mädchen namens Doreen kennen. Sie war die Geliebte eines extrem erfolgreichen Schriftstellers gewesen. Es ging über sie die Legende, den notorisch promisken und liebesunfähigen Schriftsteller tatsächlich so sehr geliebt zu haben, daß sie daran zerbrochen sei. Das weckte Braums Neugierde. In den Kokainkreisen, in denen er nun dauerhaft Fuß gefaßt hatte, konnte jeder mit jedem reden, alle waren Freunde, und so fragte er den Exlover aus.

»Die Frau ist so verrückt. Wenn du erst mal draufkommst, *wie arg* verrückt die ist, wirst du dich ganz schön erschrecken.«

Braum glaubte das nicht und verabredete sich mit ihr. Er merkte sofort, daß es Schwierigkeiten gab. Diese Person strahlte das massiv aus, man konnte es fast riechen. Es begann damit, daß sie die ersten vier Termine alle kurzfristig aufhob und veränderte. Da sie aber wie eine Filmschauspielerin aussah und Braum keine eigenen Trümpfe in der Hand hielt, machte ihm das nicht viel aus. Es war für ihn Teil seines großen Experiments, seiner »Diät«, seines neuen Lebens. Und tatsächlich zahlte sich seine Beharrlichkeit aus. Vielleicht war es auch nur Hölzl, der sich eingeschaltet und ein gutes Wort für Braum eingelegt hatte, denn eines Tages klappte es mit dem Verabreden. Es war ein furchtbar heißer Tag im Juni, 36 Grad im Schatten.

Doreen hatte Braum bezeichnenderweise zu ihrem Therapeuten bestellt. Er sollte vor der Praxis um 18 Uhr auf sie warten. Sie erschien pünktlich und sah gut aus. Zu zweit gingen sie zu seinem Wagen, weil der eine Klimaanlage hatte.

»Bist du eigentlich eitel?« fragte sie.

Er überhörte die Frage und tat so, als sei er mit dem Auto und dem Verkehr in der Mariahilfer Straße beschäftigt. Er hatte einen Film besorgt, den er mit ihr ansehen wollte. Denn er dachte sich, daß eine Konversation mit dieser Frau in einem Kaffeehaus quälend sein müsse. Bei Verrückten geht es zunächst einmal darum, Zeit zu schinden und dabei Vertrauen aufzubauen. Trotzdem gingen sie nun ein Eis essen, da es so heiß war.

»Jeder sollte ein Recht haben, so zu leben, wie es seiner Art und seinem So-Sein entspricht, und damit dies jeder auf dem

Planeten wirklich tun kann, müssen wir die Verantwortung dafür übernehmen. Findest du nicht?«

Das war ihre zweite Frage. Stephan nestelte hektisch an der Eiskarte herum, bestellte schnell einen doppelten Martini und für sie einen dazu. Er überlegte, wie er einer Antwort ausweichen könne.

»Das ist ein ganz wichtiger Punkt, den wir schon bald ausführlich extemporieren sollten! Gut, daß wir uns getroffen haben, ich freue mich sehr!«

»Äh ... Äx-tempo...rieren, was ist das? Ich bin nämlich mit der Bildung, das hab ich auch dem Lex gesagt ...«

Der Lex war ihre große Liebe, der Schriftsteller. Braum hatte übrigens nun eine zweite Version darüber erzählt bekommen: dieser Lex soll es gewesen sein, der geliebt hatte und daran zerbrochen war. Vielleicht war beides falsch und töricht, sagen wir, oder so sagte sich unser Protagonist: selbstverliebtes Koksgeplapper. Doreen redete nun zusammenhanglos über den Lex, ihre angeblich mangelnde Bildung und die Romane, die der kluge Lex geschrieben hatte. Dann stellte sie wieder abstrakte Fragen, diesmal über die Literatur.

»Man sollte nie schreiben, was man im Leben wirklich erlebt hat, oder?«

»Tja, eine gute Frage. Aber ich komme ja sozusagen aus der anderen Richtung, vom Film her.«

»Du machst Fernsehen, richtig?«

»Richtig, in gewisser Weise muß ich sogar heute dafür was machen. Den Film muß ich noch sehen. Du kannst mir dabei helfen. Weißt du, wo ich ihn anschauen kann? Mein DVD-Player ist kaputt.«

Sie lebte auf. Bewegung kam in den Tag, also in die Verabredung. Nacheinander rief Doreen ihre besten Freundinnen an, aber alle hatten ihre Wohnungen verlassen, um der Hitze zu entkommen. Schließlich blieb nur ihre Mutter übrig. Die war bereit, beide zu empfangen. Vorher tranken sie ihre Gläser leer und beschäftigten sich mit Fragen, die sich um den Sinn des Lebens drehten.

»Was willst du noch erreichen im Leben? Was soll noch kommen? Was wäre es, das dich am Ende sagen ließe: Oh Gott, das habe ich versäumt?«

Braum raffte sich auf.

»Ich freue mich, daß du mich gerade das fragst, denn es beschäftigt mich in diesen Tagen besonders! Die Antwort hat mit dem Sport zu tun – du weißt, was ich meine –, mit der Drogenfrage. Wie steht es da eigentlich mit dir?«

»Ich bin gar nicht so ein Junkie, wie alle sagen. Ich habe wahnsinnig selten Kokain genommen, im Grunde waren es nur drei Phasen. Einmal nur so, da habe ich vielleicht zwanzigmal was genommen. Dann, die zweite Phase, als ich den Lex kennengelernt hab' ...«

Sie erzählte nun länger über ihre Zeit mit dem Lex, und Braum hatte zum ersten Mal Muße, die Frau genauestens zu beobachten. Sie war wirklich schön, nicht wie Maria Schell oder Romy Schneider, das nicht, das war Xenia, die gerade im Pariser Untergrund absoff, sondern ... ihm fiel keine vergleichbare Person ein. Ihr Profil war klassisch schön, ihre Augen groß, Haut und Haare herrlich. Ihr Gesichtsausdruck wechselte oft von kindlich entzückt auf schmerzlich berührt. Früher hätte man von einer »Frau, gemacht allein für die Liebe« gesprochen. Die Emanzipation hatte hier noch nicht angeklopft, ja war Lichtjahre entfernt. Andererseits war es seine Koksfreundin. Er konnte mit ihr locker umgehen. Er gab ihr ein zentimeterkleines Tütchen, mit dem sie zur Toilette ging. Da er geizig war und im Kopf den Wert des Tütchens ausrechnete, zahlte er rasch die Rechnung und verkniff sich das Trinkgeld. Dann kam sie zurück. Gut gelaunt.

Sie fuhren zur Mutter. Braum war es wichtig, Doreens soziales Umfeld kennenzulernen, nach dem Grundsatz: Zeige mir deine Mutter und ich sage dir, wer du bist. Nun tauchten sie in eine Welt voller Normalität und Positivität ein, so hell und gut, daß es fast wehtat. Eine jüngere Schwester, erst sieben oder acht Jahre alt und demonstrativ schüchtern, schmiegte sich an Doreen. Die Mutter wunderte sich keineswegs über den viel zu alten Verehrer, was Stephan Braum wiederum wunderte. Der Lex war jünger als er gewesen, aber offenbar nicht wesentlich. Sein Erscheinungsbild muß ähnlich gewesen sein: Patriarch, männliche Autorität, ein Herr, dem Affären zugestanden werden. Immerhin hatte der Lex neben Doreen noch eine veritable Ehefrau zu Hause gehabt, mit der sich die reizende Geliebte sogar angefreundet hatte. Braum erfuhr das alles im Laufe des langen Abends. Zunächst aber sahen sie zu dritt den mitgebrachten Film, denn der war ja der Vorwand für die ganze Recherche und Exkursion. Die kleine Schwester blieb dabei, die gutaussehende Mutter – deutlich jünger als Braum, blond, hochgewachsen und spärlich bekleidet bei der Bruthitze – ließ das ungleiche Trio allein.

Früher wäre Stephan bei solch einer Temperatur gestorben. Nun ging er sogar unter Leute. Er hatte ein Handtuch und ein zweites Oberhemd mitgebracht, und so verzog er sich ins Badezimmer, um sich umzuziehen, lange kalt zu duschen – und seine Abendration Kokain gewissenhaft zu sich zu nehmen. Der Film hieß übrigens »Weiße Nächte«, war von Visconti, handelte aber nicht von Kokainnächten. Er war von 1953, und Marcello Mastroianni spielte die Hauptrolle. Braum wollte sehen, wie »die verrückte Doreen« auf diesen fernen Kosmos reagieren würde. Er hatte mit der Medienrealität des 21. Jahrhunderts weniger gemein als der heilige Franziskus mit »Deutschland sucht den Superstar«. Sie bestand den Test. Sie lachte an den richtigen Stellen und war nirgends befremdet. Nur die jüngere Schwester fürchtete sich und lief weg.

Als es dunkel geworden war, brach Stephan die Vorführung ab. Es ging auf 22 Uhr zu, und die Kleine mußte ins Bett. Nicht nur die ganz Kleine, auch die andere. Er fuhr sie nach

Hause, bei offenem Verdeck. Man roch die verbrannte Natur, die erhitzten Bäume, das weich gewordene Teer auf den Straßen. Die Menschen hatten sich größtenteils verkrochen, nur einzelne torkelten besinnungslos herum, erstaunlich viele Frauen, die offenbar irgend etwas suchten. Wien lag 600 Kilometer südlich von Berlin, war Rom näher als Kiel, und Braum merkte das nun. Es war einiges in Unordnung in dieser Nacht. Wie würde sie für ihn enden? Wann zeigte sich endlich die große Verrücktheit der Person neben ihm? Würde sie jetzt Arien singen? Oder ihn mit dem Eispickel im Bett bedrohen?

Er parkte den Wagen vor ihrer Tür. Sie rückte nahe an ihn heran und sagte einige Sekunden nichts, sodaß er ihren warmen Körper geradezu überdeutlich zu spüren begann. Dann fragte sie:

»Glaubst du an Telepathie?«

Er bejahte, vorsichtshalber. Sie sagte nun, er trage eine sehr, sehr große Menschlichkeit in sich. Das sei sehr ungewöhnlich. Sie vertraue ihm aus ganzem Herzen. Erst habe sie gedacht, die Sache mit dem Film sei nur ein Trick. Aber nun könne sie seine Aura besser lesen. Erst habe sie ihn überhaupt nicht einschätzen können, aber jetzt ...

Braum meinte, dazu etwas sagen zu sollen, auch um sie zu stoppen, und zwang sich zu einer Offensive:

»Dein Kleid ist toll! Und diese Spange da auch, die die Haare zusammenhält. Ein schöner Hinterkopf!«

»Ah ... weiter!«

»Du gefällst mir doch besser, als ich dachte.«

»Weiter! Das sind Komplimente!«

»Aber das haben dir doch alle gesagt.«

»Nein. Gar nicht ...«

Nun gerieten sie ganz am Ende doch noch in das typische Psychogespräch, das jedem ersten Date zu eigen ist. Die ersten Erfahrungen, Traumatisierungen, Selbstsabotagen und Gefühlsparadoxien, die jeder Pubertierende durchmacht und manche Frauen ein Leben lang. Da Stephan klugerweise noch ein Reservetütchen im Portemonnaie hatte, ging er mit nach oben, als das Persönliche zu arg wurde für die beengte Lage im Öko-Auto. Normalerweise hätte er Angst vor solch einem Gespräch samt Folgen gehabt. Was sollte ein halbwegs vernünftiger Mensch erwidern auf Sätze wie »Ich habe mir immer die Männer gesucht, die dem Schmerz entsprachen, der mich im Innern ausfüllte von Anfang an«? Da konnte der gemeine Mann nur das Weite suchen. Aber der freundliche Kokainist wußte einen Weg: einfach selber losschrammeln! Der eigene Laberflash trug einen über alle Abgründe des anderen, des Verzweifelten, und ihn gleich mit.

In so einer kleinen Wohnung war das auch nötig. Es waren höchstens 30 Quadratmeter. Auf einem silbernen Metalltisch, auf dem eine Platte aus hellblauem Glas lag, zerkleinerte Braum das weiße grobkörnige Pulver. Er hörte Doreen sagen, die auf einem Stuhl am Fenster saß und ihn beobachtete:

»Ich bin sehr oft im Leben verletzt worden. Ich lasse es inzwischen kaum mehr zu. Ich versuche daher, auch selbst nicht zu verletzen ... und ich bitte dich ...«

Sie redete in diesem Ton weiter. Er möge sie bitte schön nicht verletzen und so weiter. Braum schnupfte links und rechts seine Lines und spürte sofort die gewünschte Reaktion. Diesmal war der Stoff von besonders hoher Qualität beziehungsweise Reinheit. Er hatte es von einem neuen Dealer, diesmal einem Freund eines Freundes des Bruders von Stefan Draschan. Es blieb diesmal in der Familie, das Geld und der Stoff, der ganze Beschaffungsvorgang war weniger eklig abgelaufen, jenseits der gefährlichen Drogenlokale – und prompt war die Ware weniger gepanscht. Während Braum dies dachte, tropften Doreens Sätze unangenehm in sein Bewußtsein.

Sie war also immer verletzt worden ... was war das für ein Schmarrn? Genauso konnte man sagen, es hätte im Leben immer nur Nächte und keine Tage gegeben. Die Menschen hatten sie meist enttäuscht, so so. Das war doch, als würde man sagen: Ich habe mich immer in den Menschen geirrt! Meine Menschenkenntnis war immer gleich Null! Ich war stets zu blöd, um die Lage richtig einzuschätzen!

Er war drauf und dran, ihr das entgegenzuschleudern. Aber sie bat ihn ja gerade um das Gegenteil, nämlich sie nicht zu verletzen. Also sah er ihr erst mal zu, wie sie das Mittel nahm. Dabei konstatierte er erneut, daß sie eine ausgesprochene Schönheit war. So ein vor körperlicher Wohlbeschaffenheit und erotischen Reizen funkelnder Mensch, ohne Zweifel in körperlicher Hinsicht überprivilegiert, sollte immer verletzt worden sein? Wie bitte schön das?! Was mußte diese Person alles getan haben, damit am Ende eine zumindest subjektiv gefühlte Zurückweisung herauskam? Neun von zehn Männern jeden Alters hätten sie doch auf Händen getragen, selbst der zehnte, der schwul war. Stephan Braum hatte einen geistig zurückgebliebenen Neffen, der schwer busenfixiert war. Selbst dieser Neffe hätte, wenn er Doreens Oberkörper gesehen hätte, das gesamte Taschengeld eines Jahres dafür gegeben, einmal mit ihr Eis essen gehen zu dürfen.

Braum examinierte ein bißchen über die Dialektik von Verletzung und Erfahrung. Man könne nicht »immer« verletzt werden, da zwischen den Erlebnissen die gemachten Erfahrungen stünden, sprich die Lernprozesse et cetera. Die Kokserin ging langsam hin und her. Sie war in Gedanken woanders. Dann erzählte sie von ihrer Jugend und der Zeit danach, also im Grunde über ihr ganzes bisheriges Leben, in dem es angeblich fast niemanden gegeben hatte, der sie nicht enttäuscht hatte. Zu einer echten Zweierbeziehung hatte es jedenfalls nie gereicht.

»Sollte ausgerechnet ich ihr erster Freund werden?« wunderte sich Braum im Stillen, wurde aber bald ernüchtert. Er hatte keine Lust auf Sex, spürte allerdings, daß etwas in diese Richtung hin getan werden mußte. Er zögerte es noch etwas hinaus. Das Koks war so gut, daß er den momentanen Zustand einfach genießen wollte. Doreens Stimme klang anders als sonst, seine eigene auch, lauter, metallischer, befremdlicher. Ansonsten war es in der kleinen Wohnung völlig still. Er sah sich die Bücher an, die im Regal standen.

»Kommst du?« fragte sie schließlich.

Sie lag auf dem Bett, hatte ihr Kleidchen noch an. Eigentlich konnte das alles nicht sein. Was wollte sie von ihm? Sie sagte es endlich:

»Bitte tu, was du mit Xenia getan hast.«

Er wußte, daß sie sich kannten, da sie seit Jahren in der Hölzl-Szene verkehrten. Aber es überraschte ihn, daß offenbar Xenia von Paris aus Kontakt mit Doreen aufgenommen hatte.

»Was genau meinst du damit? Ich meine … da kommt ja vieles in Frage, oder?«

»Schlag mir die Faust ins Gesicht.«

»Was?«

»Ja! Mitten auf die Augen!«

»Das habe ich nicht getan bei Xenia, auch sonst nicht!«

»Ich möchte es aber. Mach es bitte!«

Braum hatte es nicht leicht. Nun erwies es sich als Glück, daß er sich im Kokainrausch befand. Das befähigte ihn, seine Grenzen zu überschreiten. Dennoch war es beinahe zu hart für ihn. Um Zeit zu gewinnen, gab er zu bedenken, die Gewalt fiele ihm leichter, wenn sie nackt sei. Das stimmte vielleicht sogar.

Sie zog sich aus, und er schlug ihr ein blaues Auge. Dann redeten sie weiter. Sie schliefen sogar bald miteinander, und Doreen erwies sich dabei als erstaunlich unkompliziert und orgasmusfähig. Ob es wirklich an dem blauen Auge lag? War es das, was das Mädchen mit Verletztwerden gemeint hatte? War es so simpel? Oder folgte der echte Wahnsinn noch? Für Braum war die Frage in dieser Nacht nicht zu beantworten.

Es gab sogar einige wenige Momente echter Nähe, in denen nicht der Rausch alles bestimmte und man sich Geschichten aus dem Leben anvertraute. Einmal gab Doreen an, daß bald Ferien seien und sie gerade viele Aufsätze korrigieren müsse, wohl für die Zeugnisse, woraus Stephan schloß, sie sei Lehrerin. Bis dahin hatte er sie für berufslos gehalten. Als sie ihn fragte, welchen Film er gerade drehe, wurde er für einige Sekunden fast ehrlich und sagte, sich vollkommen entblößend:

»Das öffentlich-rechtliche Fernsehen hat mir ein Projekt übertragen, also mich gefragt« (räusper), »ob ich über eine Heimleitung, äh, über ein Schullandheim, in dem bis 1945 ein Nazilehrer unterrichtete, der dann in den 50er Jahren wieder eingestellt wurde, also ob ich da ... einen Film drüber mache.«

Doreen richtete sich auf und sah ihn an wie ein Auto. Mit was für einer Flasche war sie da im Bett? Aber sie unterdrückte den Gedanken schnell und wechselte das Thema. Er fuhr rechtzeitig vor dem Hellwerden nach Hause.

In den Tagen, die nun kamen, war seine Nervenstärke gefragt. Die neue Geliebte bombardierte ihn mit den für Psychopathen typischen double bind messages. Sie funkte auf allen Kanälen. Per SMS teilte sie ihm mit, ihn erst in einem Monat wiedersehen zu können. Fast gleichzeitig schrieb sie per E-Mail, mit ihm bald ins Kino gehen zu wollen. Sie telefonierte mit allen Freunden aus der Künstlerszene, um diese nach ihm, Stephan Braum, auszufragen. Sie schrieb ihm schwülstige Liebesbriefe und abstrakte Abhandlungen über Moral. Alle Viertelstunde hatte er eine neue Nachricht von ihr auf dem Handy, meistens banales oder nichtssagendes Zeug. Einmal fand er einen von ihr mit Füllfederhalter geschriebenen, parfümierten Brief unter seiner Tür. Sie hatte ihn dort hingesteckt, weil sie nicht wußte, daß Braum einer der altmodischen Menschen von früher war, die noch einen richtigen Briefkasten besaßen und den sogar ab und zu, mindestens einmal die Woche, mit Hilfe eines länglichen Eisenschlüssels öffneten. Mit fortschreitendem Entsetzen las er nun folgendes:

*Als ich mich wirklich
selbst zu lieben begann,
konnte ich erkennen,
daß emotionaler Schmerz und Leid
nur Warnung für mich sind,
gegen meine eigene Wahrheit zu leben.
Heute weiß ich, das nennt man
»Authentisch-Sein«.
Als ich mich wirklich
selbst zu lieben begann,
habe ich verstanden,
wie sehr es jemanden beschämt,
ihm meine Wünsche aufzuzwingen,
obwohl ich wußte, daß weder die Zeit reif
noch der Mensch dazu bereit war,
auch wenn ich selbst dieser Mensch war.
Heute weiß ich, das nennt man
»Selbstachtung«.
Als ich mich wirklich
selbst zu lieben begann,
habe ich aufgehört,
mich nach einem anderen Leben zu sehnen,
und konnte sehen, daß alles um mich herum
eine Aufforderung zum Wachsen war.
Heute weiß ich, das nennt man
»Reife«.
Als ich mich wirklich
selbst zu lieben begann,
habe ich verstanden,
daß ich immer und bei jeder Gelegenheit
zur richtigen Zeit am richtigen Ort bin*

und daß alles, was geschieht, richtig ist –
von da konnte ich ruhig sein.
Heute weiß ich, das nennt sich
»Selbstachtung«.
Als ich mich wirklich
selbst zu lieben begann,
habe ich aufgehört,
mich meiner freien Zeit zu berauben,
und ich habe aufgehört,
weiter grandiose Projekte
für die Zukunft zu entwerfen.
Heute mache ich nur das,
was mir Spaß und Freude bereitet,
was ich liebe
und mein Herz zum Lachen bringt,
auf meine eigene Art und Weise
und in meinem Tempo.
Heute weiß ich, das nennt man
»Ehrlichkeit«.
Als ich mich wirklich
selbst zu lieben begann,
habe ich mich von allem befreit
was nicht gesund für mich war,
von Speisen, Menschen, Dingen, Situationen
und von allem, das mich immer wieder hinunterzog,
weg von mir selbst.
Anfangs nannte ich das »gesunden Egoismus«,
aber heute weiß ich, das ist »Selbstliebe«.
Als ich mich wirklich
selbst zu lieben begann,
habe ich aufgehört,
immer recht haben zu wollen,
so habe ich mich weniger geirrt.
Heute habe ich erkannt,

das nennt man »Einfach-Sein«.
Als ich mich wirklich
selbst zu lieben begann,
da erkannte ich,
daß mich mein Denken
armselig und krank machen kann,
als ich jedoch meine Herzenskräfte anforderte,
bekam der Verstand einen wichtigen Partner,
diese Verbindung nenne ich heute
»Herzensweisheit«.

Nun hatte er es schwarz auf weiß: Seine neue Freundin war unheilbar geisteskrank. Aber sie hatte schöne Augen. Oder waren sie gar nicht schön, sondern …? Plötzlich begriff er, daß sich Doreens bemerkenswerte erotische Aura nicht allein aus der Schönheit, sondern aus dem Wahnsinn speiste. Mit der würde er noch viel Ärger haben. Um ein ganzes Leben lang *verletzt* zu werden, bei der umwerfenden Art, reichte es nicht, blöde Briefe zu schreiben oder sich sonstwie dämlich zu verhalten. Dafür brauchte es ein ausgeklügeltes, nimmermüdes Selbst- und Fremdsabotagesystem. Bestimmt hatte sie schon etwas enorm Ärgerliches eingefädelt. Etwas, das ihn zur Weißglut treiben mußte. Sollte er sie nicht besser jetzt schon »verletzen«, sprich sich von ihr trennen? Er konnte zum Beispiel sagen, der Brief habe ihn nachdenklich gemacht, ja erschüttert, und er brauche nun Zeit für sich selbst, zum Nachdenken, über Jahre. Na, das würde nicht funktionieren.

Gegen jede Art von Kontrollverlust half immer noch sein »Wissenschaftliches Tagebuch«. Dafür war es da. Er holte es endlich wieder aus dem Safe und begann zu schreiben.

»Wien, den 19. Juni 2013.
Lange habe ich nicht mehr geschrieben. Heute ist ein Donnerstag. Was ist alles geschehen in den letzten Wochen? Ich

will einmal weiter ausholen. Also, ich habe begonnen zu koksen, damit begann alles. Früher habe ich beruflich ziemlichen Mist gemacht, wie mir jetzt klar ist. Jetzt wollen sie nochmal so eine Reportage von mir, daran kann man es sehen, so einen Scheiß über Versehrte im Irak-Krieg. Damit assoziiert man mich in der Branche: Filme über Krüppel! Ganz besonders mutig. Dann habe ich sogar eine Geliebte gekriegt durchs Koksen. Paris. Kam aus Paris zurück und sah blendend aus, für meine Verhältnisse. Bekam dann sogar eine zweite Geliebte, Doreen, Alter unbekannt. In Paris zwei Tage ohne Kokain. Nervenschwäche in der Zeit, Aggressionen. Kontrollverlust aber beherrschbar, abgemildert durch Pernod (0,7 Liter in 2 Tagen) …«

Braum trug ein, was er noch wußte: Gewicht, Essen, Mengen von Kokain und Alkohol, eigene Reaktionen. Er konnte mit der Entwicklung zufrieden sein. Mit Xenia hatte er immer noch Kontakt. Sie schickte ihm lange Handybotschaften aus Paris. Ihr Freund, ein muskulöser, silberfarbene Anzüge tragender Senegalese, hatte berufliche Probleme und litt unter den verschärften Wettbewerbsbedingungen der Krise, die den gesamten Euro-Raum durchschüttelte. Iranische und russische Dealergangs drängten in seinen Markt. Xenia war inzwischen zu seinem Lockvogel abgestiegen. Sie mußte einfältige Touristen im Bains Douches ansprechen, also herausfinden, wer Stoff braucht, ihnen den vermeintlichen Geheimtip geben – und Moisee wickelte dann das Geschäft ab. Er behandelte Xenia schlecht, jedenfalls behauptete sie das. Sie denke oft an die Nächte mit ihm, schrieb sie Stephan, als sie bei offenem Fenster den Sternenhimmel betrachteten. Er sei liebevoll gewesen. Er habe sie an den Kühlschrank gekettet, und sie habe zwei Stunden gewartet, während er die Philosophen gelesen habe: Das sei schön gewesen, im Vergleich zu Moisee, der sie so grob fessele, daß die Haut davon überall wund werde …

Xenia hielt auch mit Hölzl Kontakt. Auch ihm schickte sie offenbar detaillierte SMS. Anders war es nicht zu erklären, daß Hölzl eines Tages bei Stephan Braum anrief und ihn bat, ihm seinen Satz Ketten auszuleihen. Er habe gerade eine besonders anspruchsvolle Frau aus Berlin am Start. Das bedeutete, daß Braum inzwischen das Image eines erfahrenen Sadisten hatte, was nur daran liegen konnte, daß *beide* Freundinnen bei Hölzl phantasievoll geplaudert und gesponnen hatten. Tatsächlich hatte Braum Doreen zuliebe diese Metallketten gekauft, in einem Eisenwarengeschäft, in dem man ihn schon kannte. Er hatte dort schon manche Pfanne, Taschenlampe oder Nagelfeile gekauft. Der junge Verkäufer hatte ihm die Meterware und die Karabinerhaken in einen Nylonsack gesteckt und keine Miene verzogen. Bestimmt hielt er es für ausgeschlossen, daß der immer noch schwergewichtige, schwer atmende Opa, der da mit dem rasselnden Sack abzog, gleich die Porno-Show mit dem Material starten würde. Und das stimmte ja auch: Die ganze Chose entpuppte sich als absurd und lächerlich. Braum wickelte Doreen wie ein Fleischpaket in die Ketten, befestigte sie an den Bettpfosten und tat dann haargenau das, was Mann und Frau seit 3000 Jahren oder länger sowieso tun; es war nicht der geringste Unterschied, höchstens ein negativer. Oder, um genau zu sein, der Unterschied lag darin, daß dieser erbärmliche Sexualakt nacherzählbar war, nämlich dem Hölzl.

Nun, Braum fand sich damit ab. Es war ihm sogar recht. Denn eigentlich war der männliche, charismatische Hölzl sogar sein Vorbild. Er war das Gegenteil des armen Wurms, der Braum noch vor einem halben Jahr gewesen war. Und der jetzt noch einmal in seine alte Existenz zu schlüpfen hatte, um eine knallharte Reportage über versehrte US-Soldaten zu drehen, in Amerika. Pazifistisch, anklagend, investigativ und ausgestattet mit einem Mordsbudget aus österreichischen Gebührengeldern. Ein Zucker-Auftrag für den frühpensionierten und nun freien Mitarbeiter des ORF, eine gönnerhafte Geste des allmächtigen Intendanten Dr. Tebartz, der seit Jahrzehnten die abgepreßten Milliarden verwaltete. Nur gab es den Mann, dem das galt, nicht mehr, Stephan Braum, den fetten Gutmenschen.

Mißmutig begann er die Recherche. Immerhin konnte er das Geld gut gebrauchen, denn das Rauschgift war trotz aller Vorsicht teuer und sein neuer Lebenswandel erst recht. Die Irak-Rückkehrer, insgesamt wohl über eine Million, wurden in den USA nicht wie Helden empfangen. Sondern wie Loser, hatten sie den Krieg doch verloren. Einige von ihnen rotteten sich nun in elenden Conventions zusammen und wollten Zuschüsse haben, bettelten um Spenden, beklagten ihre Gebrechen. Leider nicht in New York oder Washington, sondern in einer Scheißgegend im Mittleren Westen, in die Braum nun auch noch fliegen sollte. Furchtbar. Dort gab es bestimmt kein Kokain, und mitnehmen ging nicht. Es war Brauch bei dem Sender, den Auslandskorrespondenten ein äußerst üppiges »Reisegeld« gleich zu Anfang mitzugeben. Das wenigstens erleichterte Stephan die Arbeit ein wenig. Er malte sich aus, wie er seinen Freunden später von den Abenteuern erzählen und ihnen etwas vorlügen würde. Die glaubten ja offenbar alles, die weltfremden Künstler.

Xenia bat ihn von Paris aus um Geld. Doreen tat es von Wien aus ebenso. Zugleich versetzte sie ihn mehrmals, was ihn weitaus mehr ärgerte, als er erwartet hatte. War er bereits verliebt in die kleine Wahnsinnige? Da sein Geiz trotz aller Persönlichkeitsaufweichung unverändert geblieben war, sagte er beiden Frauen finanzielle Unterstützung zwar vage zu, unternahm aber nichts. Er brachte es sogar fertig, Doreen zuzuraunen, lieber schenke er ihr bei Gelegenheit einmal eine Rolex, als daß er ihr schnöde Geldscheine hinschiebe; das sei so unromantisch. Xenia wiederum brachte er soweit, den Namen ihres Exlovers aus der Schweiz zu nennen. Insgeheim überlegte er sich, den Mann zu googeln und anzuschreiben. Der sollte Xenia rauskaufen aus dem Pariser Senegal-Drogenring! Die Hände würde sich Stephan nicht schmutzig machen und dennoch die Rettungstat für sich reklamieren. Er ahnte, daß er Xenia noch bitter brauchen würde als Schutzwall gegen den weiblichen Wahnsinn seiner anderen Geliebten. Mit beiden Mädels wäre sein Standing in der Clique bombe. Aber erst einmal mußte er Amerika überleben.

Die Reise geriet ihm zum ersten echten Rückschlag in seinem neuen Leben. Schon das persönliche Treffen mit dem Intendanten verlief seltsam unrund. Braum wurde an die Menschen erinnert, mit denen er früher zu tun gehabt hatte. Dr. Tebartz sprach von Gordon Mackenthun, dem Umweltminister eines deutschen Bundeslandes, mit dem sie beide befreundet waren. Braum hatte das komplett vergessen. Mackenthun sollte ebenfalls in der Maschine sitzen; ein unangenehmer Gedanke. Oder Paul Nevermann, was machte der eigentlich so? Braum wußte es nicht. Und Gernot Kinckart? Wer? Der Leiter der Rhein-Biennale! In den goldenen 80er Jahren!

Lebte der denn noch?, fragte sich Stephan selbst, und wenn ja, warum? Dr. Tebartz versuchte es weiter:

»Herr Braum, das Fernsehen ist gar nicht wirklich in der Krise, sondern braucht nur eines: mehr investigativen Journalismus. Das ist der eigentliche Auftrag. Alles andere ist Beiwerk.«

»Klingt gut, Herr Doktor.«

»Ja, große Worte, aber es ist so: Das öffentlich-rechtliche Fernsehen hat ganz viel mit Demokratie zu tun.«

»Ja!«

»Ich will von Ihnen die erschütterndste Auslandsreportage des Jahres haben!«

»Ja!«

»Und auf Mackenthun können Sie zählen!«
»Ja! Ich meine, was meinen Sie? Mackenthun ...?«
»Ach, machen Sie sich keinen Kopf! Er besucht seine Tochter, die lehrt an der NYU, hat inzwischen selbst zwei Kinder, das wissen Sie ja ... die veteran story ist ganz IHR Baby, Braum!«
»Ach so. Gut!«
»Was macht eigentlich der alte Lorenz Gallmetzer inzwischen? Sehen Sie ihn noch manchmal? Er wohnt doch auch im zweiten Bezirk?«

So ging es immer hin und her. Braum fand nicht mehr den richtigen Ton. Da er aber so überaus gesünder aussah als in den Jahren davor, schöpfte der Intendant keinen Verdacht. Er hätte sogar fast gefragt, ob es eine neue Frau in seinem Leben gebe, verwarf den bizarren Gedanken aber wieder. Eine neue Frau, für *Stephan Braum?* Undenkbar.

Er flog an einem Dienstagmittag ab – und erlebte das Wochenende schon wieder in der Heimat. Dazwischen lagen viereinhalb Tage des Scheiterns in Kentucky, USA. Der zweite Tag war der schlimmste. Am ersten hatte der Entzug noch interessante Seiten, am zweiten nicht mehr. Stephans Nerven spielten verrückt. Am dritten Tag plagten ihn Heulkrämpfe. Mitten in einer Veranstaltung der Invaliden brach er in Tränen aus, und als ihm zwei verstümmelte, massige Schwarze, die neben ihm saßen, helfen wollten, fiel ihm nur Unsinn ein. Er sei so fertig, weil er bald zurückmüsse, ins alte Europa, to Germany, to the nazi land, to all the asholes there ...

»It's so beautiful in your country, you know!«

Die Schwarzen, erklärte Feinde des amerikanischen Staates, verstanden nicht, was er meinte. Er kam wieder zu sich und ging nach draußen.

Einerseits war er durch den Kokainmangel furchtbar nervös geworden, andererseits, und das machte alles so schlimm, erzwangen die hohen Temperaturen eine extreme Ruhe und

Langsamkeit bei allen Bewegungen. Braum schwitzte wie nie zuvor in seinem Leben. Über dem Land lag eine bleischwere, unbewegliche, flirrende Hitze, und niemand sagte einen Ton zuviel. Selbst die Radios schienen zu schweigen, spielten allenfalls einmal einen Song von John Lee Hooker. Kentucky war gar nicht so weit von New York entfernt, führte sich aber hitzemäßig wie Südtexas auf. Minister Mackenthun war natürlich bei seiner Tochter an der Küste geblieben, Braum mit dem Leihauto bis zur Hauptstadt des Bundesstaates gefahren, die auch noch Frankfort hieß. Alles großer Mist, vor allem real lebensgefährlich. Blieb das Auto stehen, war es aus mit ihm. Gerade jetzt, wo das Leben begonnen hatte! Braum ärgerte sich gewaltig über seine Fehlentscheidung. Er sollte alle Interviews und wichtigen Einstellungen vorbereiten. Donnerstag sollte die Crew dazustoßen und ab Freitag drehen. Aber Braum schlich nur wie eine müde alte Fliege im Kreis herum. Es war ein Desaster. Mitten am Tag hielt er sich meist in einem Saloon auf, der Tabledance-Mädchen beschäftigte. Oder er ging zu Burger King gegenüber und stopfte sich monströse Doppel-Whopper rein. Beide Läden hatten eine leidlich funktionierende Klimaanlage. Er nahm in den vier Tagen fast drei Kilogramm zu. Als er wieder zu Hause war, schrieb er darüber entsetzt in sein Tagebuch.

»Wien, den 28. Juni 2013

War letzte Woche in Amerika und konnte nicht schreiben. Kein ›Sport‹ dort möglich. Fast sieben Pfund zugenommen. Jetzt seit Samstag wieder hier. Zum Glück Reisegeld größtenteils wieder mitgebracht und gleich am Samstag in neue Betriebsmittel angelegt. 145 pro Gramm, das ist überteuert, aber ich war ganz schön in Panik. Jetzt ist ein Kilo schon wieder runter. Es darf kein Zurück geben! Ich wäre da fast krepiert. Scheiß-USA! Hätte nie gedacht, daß sie wirklich fette nackte Schlampen haben, die auf so einer Stange vor einem rauf- und runtermachen, direkt vor dem Essen, das man bestellt hat. Prost Mahlzeit! Und das in jedem Kaff. Das hätte alles blitzschnell schiefgehen können für mich. Hitzschlag, Ohnmacht, eine Ader platzt, und aus. Ein letzter Schnaufer, und der Elefant fällt mausetot um, in dieser Hitze. Klar, es war echt unfair für die Crew, was ich gemacht hab. Aber ich darf jetzt nur noch an mein Leben denken. Und ich habe ja noch diesen anderen Auftrag, mit den Heimkindern, die in den 50er Jahren von einem Lehrer unterrichtet wurden, der 1942 in die NSDAP eingetreten war. Für unseren Kulturraum ist das ein viel besseres Thema als die Millionen Irak-Krüppel. Wenn ich das gut hinkriege, bin ich wieder aus dem Schneider.

Ich habe mich dann gleich am Sonntag mit Doreen getroffen. Plötzlich war mir das ganz wichtig. Eigentlich wollte sie lieber ins Kino gehen, aber da ich sie unbedingt sehen wollte, bin ich einfach mitgegangen. Es war der Film ›World War Z‹ und handelte von Zombies. Doreen meinte, der Film sei wichtig. Ich dachte zuerst wirklich, es sei ein Film über den Zweiten Weltkrieg. Aber es geht um Zombies, wobei man wissen muß, daß die durchgehend jugendlichen Zuschauer wie auch der Film davon ausgehen, daß es Zombies tatsächlich gibt. Sie fühlen ja auch unbewußt, daß wir in einer Zombie-Gesellschaft leben, in der auf ein kleines Kind unzählige Alte, Uralte und Scheintote kommen. Auch wenn Johannes Heesters nun doch noch gestorben ist, lebt er in seinen Filmen weiter, und wahrscheinlich geistert er auch sonst noch irgendwo herum, ob in der Medienwelt oder der realen.

Das riesige Multiplex-Dolby-3-D-Megakino war von Tausenden dieser Teenager-Quallen überfüllt. Ich bin noch nie in so einem Tempel gewesen. Das ist wohl die auf das jetzige Jahrtausend übertragene Theaterkultur des 19. Jahrhunderts, von der üppigen Einrichtung und Gestaltung her. Doreen sah großartig aus, eine Klasse für sich, ganz anders als die Quallen. Ihr Puppengesicht hatte etwas unangreifbar Schönes, und ihr noch junger, unverbrauchter, fast hätte ich gesagt: unbenutzter Körper steckte in schlichter Kleidung von höherer Eleganz: Stoffturnschuhe, Jeans, ein grobmaschiger beiger Pullover, der über den Gürtel ging. Die Haare, die sie diesmal blond gefärbt hatte, waren kaum zu bändigen und zur Seite, um den Hals herum, nach vorn geführt. Dieser schöne Hals und der Rückenansatz lagen nun zur Hälfte frei, da der Pullover hinten einen tiefen Ausschnitt hatte, und ich bewunderte die ganze Anordnung. Das Mädchen war zwar schlank und hatte dünne Ärmchen, und doch strahlte es, was vor allem an der stolzen Hals- und Schulterpartie lag, jene Kraft aus, die uns an manchen Frauen der Unterschicht so fasziniert. Die Fingernägel hatte sie unaufdringlich mattrosa lackiert.

Für all das hatte ich nun wieder Augen, nach dem USA-Schock. Und das esoterische Gerede stufte ich rasch herunter in meiner Wichtigkeitsskala. Doreen kam wohl aus einfachen Verhältnissen; das Gequatsche über Sinn und Form, Raum und Zeit, Yin und Yang, Frauen und Männer, Geist und Körper und so weiter, also alle diese künstlichen Dualismen auf Platitüdenniveau waren ihr Weg, die Schicht- oder gar Klassengegensätze zu überbrücken und zu vertuschen. Trotzdem konnte niemand von mir verlangen, daß ich darauf einging. So wollte sie natürlich wissen, wie ich ihren Brief gefunden hätte.

›Was? Dein Brief? ... Natürlich habe ich den bekommen! Hat mich sehr gefreut. Echt total!‹

›Das ist gut, ich habe nämlich noch einen geschrieben.‹

›Wirklich? Das ist wunderbar. Mußt du mir gleich geben!‹

›Ich gebe ihn dir nachher.‹

›Nein, jetzt! Bitte!‹

Ich ließ nicht locker, und sie gab mir den zweiten blassgelben parfümierten Umschlag. Er kam mir so seltsam vor, daß ich nachsah, ob sie ihn sogar versiegelt hatte. Hatte sie nicht.

Ich versprach, ihn vor dem Einschlafen zu lesen. Wir stiefelten durch das endlose Kinogelände, stellten uns in eine gefühlt hundert Meter lange Schlange. Da ich gleich zu Anfang mit meinem 25-Gramm-Kokainkauf geprahlt hatte, wollte sie nun in die Toilette und etwas nehmen, während ich in der Schlange bleiben sollte. Das war mir unangenehm. Sie wollte in diesem Kindergarten harte Drogen zu sich nehmen? Und ich mußte solange mit den anderen kleinen übergewichtigen Idioten in der Schlange stehen? Aber ich konnte ihr natürlich keinen Wunsch abschlagen.

Und so stand ich da und wunderte mich. Warum zogen sich die Menschen so schlecht und achtlos an? Auf das Äußere und auf die Kleidung wurde kein Wert mehr gelegt. Dabei war das doch der rote Faden jeglicher Menschheitskultur seit 5000 Jahren. Die alten Ägypter, die Kelten, die Sorben, die Werbetexter im New York der 60er Jahre: Sie alle gestalteten ihr Äußeres, erbrachten damit eine Kulturleistung, von späteren Archäologen nachvollziehbar. Die Unterhemd- und Turnhosenträger der Neuzeit nicht mehr. Waren wir wirklich noch eine Kulturnation? Ich sah nur fette Buben in Dreiviertelhosen und mit Badelatschen, die älteren mit Topfschnitt und Rundum-Bartwuchs, dickbeinige Mädels in Strumpfhosen ohne etwas davor, kein einziges trug noch einen Rock oder ein Kleid, alle quälten sich durch die Halle wie im Sportunterricht ... furchtbar. Die sahen alle gleich aus. Denen konnte es unmöglich um Sexiness gehen. Offenbar war Sex völlig unterbewertet in der Jugend. Der fand wohl nur noch im Internet statt, allein im Dunkeln vor dem großen Bildschirm des Billigcomputers. Direkt vor mir stand ein Typ von höchstens 20 Jahren, der allen Ernstes noch ein ›Hard Rock Café‹-T-Shirt trug. In der Schweinepfote hielt er einen Popcornbecher von der Größe eines Büropapierkorbes.

Dafür hatte die Tattoo-Pest nachgelassen. Auch Piercings sah ich keine mehr.

Doreen kam einfach nicht zurück. Wahrscheinlich gab es auch vor der Toilette diese Schlangen. Ich starrte weiter auf die vielen durcheinanderragenden Ebenen des fast schon postmodernen Gebäudes. 23 Kinos spielten gleichzeitig ihre lärmintensiven 3-D-Actionfilme. Nicht nur bei uns in ›World War Z‹ ging die Welt unter, sondern in den Nebensälen ebenso. Man hörte aber nicht die Filmgeräusche, sondern, hier in der gigantischen Wartehalle, viele sich überlappende, meist musikalische Geräuschquellen, Techno, Werbung, Anweisungen des Kinopersonals – es war ein Rummelplatz. Man schritt auf schweren roten Teppichen, unterbrochen von wertvollen Parkettböden. Überall blitzten Chrom und Messing, Riesenbildschirme, Trailer, Eisreklame. An vielen Bars und Verkaufsständen wurde das immer gleiche zu absurd überhöhten Preisen verkauft: Cola, Pommes, Chips, Schokoriegel. So kam die Fettleibigkeit der Besucher zustande. Offenbar hatte die Unterschicht keine Geldprobleme. Sie hatte Zaster ohne Ende – und konnte nichts damit anfangen. Alle Kinder hatten modernste Smartphones und quakten damit herum, hoffentlich sprachen sie wenigstens mit ihren abwesenden Eltern. Aber nun kam Doreen endlich zurück. Sie wirkte überglücklich.

Leider kam ausgerechnet jetzt ein Anruf auf meinem eigenen Handy. Fachinger, inzwischen ein guter Freund geworden, Mitglied der Hölzl-Clique, wollte mir sagen, daß Hölzl im Krankenhaus liege. Man mache sich Sorgen, es sei ernst. Die Ärzte sagten das auch. Sein Lebenswandel habe seinen Körper so zugerichtet, daß es nun schon fast zu spät sei.

Verdammt! Das verhagelte mir ein bißchen die Stimmung. In den vergangenen Monaten war gerade der Künstler Hölzl immer mehr eine Art Vorbild für mich geworden. Ohne ihn und seinen beobachtbaren Erfolg und weiterhin ungebremsten gesellschaftlichen Aufstieg hätte ich nie meinen Koksfeldzug begonnen und so konsequent durchgezogen. Hölzl schien der Beweis für den großen Nutzen der Droge zu sein und für das Ausbleiben des finalen Schadens. Und jetzt mußte er womöglich doch dran glauben! Ich sagte es Doreen. Da sie gerade high war, betrübte es sie nicht.

Wir waren schon nahe der Kasse und kauften bald unsere Tickets, für 34 Euro. Ich zahlte und Doreen bedankte sich artig. In diesen Dingen war sie erstaunlich gut erzogen. Sie sagte immer Danke und sah einen ergriffen mit ihren großen Augen an. Wir sahen nun den Film, über den es aber wenig zu sagen gibt. Zwei Stunden und 14 Minuten lang explodieren Menschen, Maschinen, Hubschrauber, Flugzeuge, Schiffe, Städte, und kein einziges hübsches Babe kommt drin vor. Der Hauptdarsteller ist häßlich, langhaarig, bärtig, picklig, blutüberströmt und heißt Brad Pitt. Die Hauptdarstellerin ist häßlich, langhaarig, über 40, unbekannt und sagt immer drei Sätze zu ihren erzdummen Kindern, alles kleine Mädchen: ›Es ist gut. Alles ist gut. Ich liebe euch.‹ Für sie, und nur für sie, rettet Brad Pitt immer wieder die Welt, was nicht überzeugen kann.

Doreen allerdings weinte mehrfach bei diesen Drei-Sätze-Stellen, wie ich am Schnüffelgeräusch erkannte. Somit hatten die Filmproduzenten alles richtig gemacht. Das Publikum folgte der ›Handlung‹ voller Aufmerksamkeit und brachte der humorlosen, gehirnentkernten Deppenfamilie ihr ganzes Mitgefühl entgegen.

Nach dem Kino hatte Doreen Hunger, und wir gingen zu einem Edelitaliener im achten Bezirk. Sie war nun in Redelaune, was mir gewisse Probleme bereitete. So breitete sie ihr in vielen Jahren gewachsenes Kunstverständnis aus. Der Erfolg großer Künstler – ob in der Kunst, der Literatur, der Musik – sei in Wirklichkeit einzig das Werk gerissener Manager, die ihr Geld dafür einsetzten. Die dummen Massen fielen darauf herein. Auch die Medien fielen darauf herein. Ich entschuldigte mich und nahm auf der Toilette eine ungeplante, zusätzliche Ration meines ›Diätmittels‹, ein Achtel

Gramm. Eigentlich hatte mir die schlimme Hölzl-Nachricht einen Ekel vor Kokain eingegeben, aber was sollte ich tun? Nüchtern über Kunst schwadronieren? Das konnte kein böser Gott von mir verlangen. Und so kam ich beschwingt zurück, änderte das Thema und plauderte vergnügt über meine Zeit als Redakteur des Kleinen Fernsehspiels. Das langweilte Doreen, und auch für mich war das Stöbern in dieser unseligen Lebensspanne eigentlich etwas Ärgerliches, aber die Droge machte es mir diesmal leicht.

›Glaubst du, daß man mit Engeln sprechen kann?‹ fragte sie schließlich, als ich geendet hatte.

›Ah ... wie meinst du das?‹

›Es gibt da so ein Seminar, ›Mit Engeln sprechen‹, das hat meine Schwester gemacht. Ich finde das sehr interessant. Kennst du dich da aus?‹

›Nein, gar nicht. Klingt super. Was ist es denn?‹

›Also meine Schwester ist ja geschieden, nein, aber getrennt. Und jetzt ruft ihr Mann immer an, weil sie sich getrennt hat und die Kinder mitgenommen hat und diesen Kurs gemacht hat, weil ... zum Beispiel ist es da so, daß Kinder ab 16 Uhr nichts mehr zu Abend essen sollen. Und ja, das ist erst mal schwer, das zu verstehen, nicht wahr?‹

Ich sagte nichts und hörte lieber weiter zu. Ein schwerer Magen zur Abend- und Nachtzeit war wohl nicht gut fürs gezielte Spintisieren, also für ein Sichhineindrehen in eine sphärenhafte, überempfindliche Stimmung, die wohl nötig war, um sich ›Engel‹ einzubilden, dachte ich. Die Kinder waren da wohl nicht so schnell und riefen dauernd beim Vater an, daß sie Hunger hätten. Was tun? Ein blöder Konflikt. Wie konnte man den Vater überzeugen?

»Ist deine Schwester schon lange auf dem Trip?« fragte ich behutsam. Eigentlich wollte ich ausloten, wie lange schon und wie tief Doreen in dem Sumpf steckte.

Es wurde dann doch noch ganz nett, weil zwei harmlose

Freunde von ihr auftauchten, ein Paar. Die Frau studierte tatsächlich ›Popgesang‹ und erzählte ernsthaft darüber. Den *Bachelor* hatte sie darin bereits, nun steuerte sie auf das Hauptstudium zu oder den Doktorgrad, keine Ahnung. Das bizarre Thema rettete mich über die nächste Stunde, auch über den Abschied, der sonst vielleicht peinlich geworden wäre (oder gar nicht stattgefunden hätte). Ich verabschiedete mich launig-herzlich von allen dreien und ließ mich in ein vorab bestelltes Taxi fallen. Guter Abgang, neues Spiel, beim nächsten Mal. Ich muß den Rahmen ändern. Die Pop-Gesang-Else war schon wieder ganz angezogen von mir. Ich muß weiter mit den Frauen experimentieren, darf nie gegen die Wand laufen. Die Gefahr besteht ja schnell, wenn man nicht mehrere Asse im Ärmel hat. Das Wichtigste ist in den nächsten Tagen die Gewichtskontrolle und exakte Einnahme der Droge. Auch sollte ich Xenia aus Paris zurückholen. Das könnte ein mittelfristiges Projekt werden.«

Das *handling* der Frauen gestaltete sich dann aber mühsamer als erhofft. Braum besuchte Hölzl im Krankenhaus, bekam aber nur noch den schwer angezählten Körper des Freundes zu Gesicht. Hölzl war ohne Bewußtsein, in einer Art Koma, sein Gesicht schmerzverzerrt. Ein objektiv furchteinflößender, für Stephan jedoch interessanter Anblick.

»So also könnten die Konsequenzen sein«, bilanzierte er nüchtern. Er erinnerte sich an Hölzls Warnung vor Doreen: Wenn er erst einmal herausbekäme, wie verrückt sie wirklich sei, würde er sich umschauen. Nun saß er allein am Krankenbett und dachte darüber nach. Doreen hatte ihm seit dem letzten Treffen sechs SMS, vier Mails und ein Tonband-Memo geschickt. Zudem befand sich noch ihr zweiter handgeschriebener Brief in der Innentasche seines Jacketts. Er hatte ihn längst gelesen und fand ihn nicht verrückt:

»*Ein 92-jähriger Mann beschloß nach dem Tod seiner Frau, ins Altersheim zu gehen. Die Wohnung schien ihm zu groß, und er wollte für seine letzten Tage auch noch ein bißchen Gesellschaft haben, denn er war geistig noch in guter Verfassung.*
Im Heim mußte er lange in der Halle warten, ehe ein junger Mann zu ihm kam und mitteilte, daß sein Zimmer nun fertig sei. Er bedankte sich und lächelte seinem Begleiter zu, während er, auf seinen Stock gestützt, langsam neben ihm herging.
Bevor sie den Aufzug betraten, erhaschte der Alte einen Blick in eines der Zimmer und sagte: ›*Mir gefällt es sehr gut.*‹ *Sein junger Begleiter war überrascht und meinte, er habe doch sein Zimmer noch gar nicht gesehen.*
Bedächtig antwortete der alte Mann: ›*Wissen Sie, junger Mann, ob ich den Raum mag oder nicht, hängt nicht von der Lage oder der Einrichtung, sondern von meiner Einstellung ab, von der Art, wie ich ihn sehen will. Und ich habe mich entschieden, glücklich zu sein. Diese Entscheidung treffe ich jeden Morgen, wenn ich aufwache, denn ich kann wählen.*
Ich kann im Bett bleiben und damit hadern, daß mein Körper dies und jenes nicht mehr so reibungslos schafft – oder ich kann aufstehen und dankbar sein für alles, was ich noch kann. Jeder Tag ist ein Geschenk, und solange ich meine Augen öffnen kann, will ich sie auf den neuen Tag richten, und solange ich meinen Mund öffnen kann, will ich Gott danken für all die glücklichen Stunden, die ich erleben durfte und noch erleben darf.
Sie sind noch jung, doch nehmen Sie sich den Rat eines alten Mannes zu Herzen. Deponieren Sie alles Glück, alle Freude, alle schönen Erlebnisse als Erinnerungen auf einem Spezialkonto, um im Alter über einen Schatz zu verfügen, von dem Sie zehren können, wann immer

Sie dessen bedürfen. Es liegt an Ihnen, wie hoch die Einlagen auf dem Konto sind. Ich verrate Ihnen noch zwei einfache Tricks, mit denen Sie Ihr Konto rasch wachsen lassen können:
Hegen Sie in Ihrem Herzen nur Liebe und in Ihren Gedanken nur Freude. In dem Bewußtsein, so ein Konto zu besitzen, verliert die Zukunft ihre Ungewißheit und der Tod seine Angst.‹
Der junge Mann hatte staunend zugehört und bedankte sich nun mit einem strahlenden Leuchten in seinen Augen. Freudig drückte er den Arm des Alten und meinte: ›Vielen Dank, soeben habe ich ein Erinnerungs-Konto bei meiner Bank eröffnet, und dieses Gespräch ist die erste Einlage.‹
Mit diesen Worten öffnete er die Tür, um dem neuen Bewohner sein Zimmer zu zeigen.
Mit einem Schmunzeln sagte dieser: ›Mir gefällt es sehr gut.‹«

Tja, das war kitschig, aber verrückt? Das wurde es erst, wenn man die anderen Nachrichten dazunahm. Sie waren nach dem wenig überraschenden Zuckerbrot-und-Peitsche-Prinzip gestrickt. Mal überschüttete sie ihn mit Zärtlichkeiten, mit Lob, Bewunderung, Komplimenten, um dann zehn Minuten später pathetisch mitzuteilen, die unendliche Liebe zu ihrem letzten Freund wiederentdeckt zu haben und diesen demnächst zu heiraten. Das war es also wohl, was Hölzl für »verrückt« gehalten hatte. Braum schüttelte mitleidsvoll den Kopf:

»Nein, so simpel haben wir uns Verrücktsein dann doch nicht vorgestellt ...« brummte er. Neben ihm machte der mit dem Tod kämpfende Körper schlimme Geräusche, fiepte, schnarchte, wimmerte.

Natürlich hatte sie auch schon wieder Verabredungen mit ihm herbeigeführt, garniert mit Lockungen und sexuellen Andeutungen, um dann mit süßlicher Stimme abzusagen. Erst locken, dann enttäuschen, soviel verstand Braum schon. Das sollte wohl als *das unberechenbare Weib* rüberkommen. Hatte Hölzl ihr diese Masche wirklich abgekauft? Immerhin hatte er ja auch die Metallkettennummer für bare Münze genommen. Also für echten Sex gehalten. Für den Gipfel der Verruchtheit und der Lust. So einer war wahrscheinlich leicht zu verwirren. Nur sprach alles dafür, daß Doreen selbst an ihre Art und ihren Auftritt glaubte. Vielleicht war das, in einem höheren Sinn, die einzig wahre Verrücktheit: die Welt und die Menschen so dumm zu sehen und dabei – in dem Moment kamen Besucher ins Zimmer und rissen Braum aus seinen Gedanken. Es waren Freunde aus der Hölzl-Szene. Sie begrüßten Braum voller Respekt, wie er sogleich registrierte. Dadurch, daß er vor ihnen, außerhalb der Besuchszeit, beim Sterbenden verharrt hatte, war er für sie bereits ein Freund mit Sonderstatus. Hölzls bester Freund sozusagen, was natürlich gar nicht stimmte. Er unterhielt sich im Flüsterton mit ihnen. Sie dachten, er verfüge über alle relevanten ärztlichen Informationen über Hölzls Zustand, und er ließ sie in dem Glauben, indem er langsam sprach und improvisierte. Am liebsten hätte er jetzt eine Sonderration genommen, ein zweites Achtelgramm. Sein iPhone vermeldete lautstark eine SMS, und Braum las sie sofort. Vielleicht war es ja der Oberarzt. Nun, es war natürlich wieder Doreen:

»*Ich ging, du standst*
Und sahst zu Erden,
Und sahst mir nach mit
Nassem Blick:
Und doch, welch
Glück, geliebt zu
werden!
Und lieben, Götter,
welch ein Glück!«

Er behielt die finstere Miene bei und seufzte hörbar.

»Schlechte Nachrichten?« flüsterte Stefan Draschan.

»Kein guter Tag heute.«

Als dann noch weitere SMS von Doreen nervend durchs Zimmer klingelten, verzog sich Braum, das Haupt gebeugt, nach draußen. Es war ihm ganz recht. Freilich lief er nach wenigen Metern Fachinger in die Arme, der ihn so aufgebracht begrüßte, als wäre er selbst der neue Hölzl, er, Stephan Braum. Die ganze Clique war offenbar in Aufruhr und nachhaltig geschockt. Die Position des *gang leaders* war womöglich neu zu besetzen.

»Liebes Tagebuch,

Hölzl stirbt. Nach allem, was die Freunde sagen, ist es ein lupenreiner Kokain-Tod. Rebecca hat mir alles erzählt. Sie sagt aber auch, daß er schon vier- oder fünfmal im Krankenhaus war, also ungefähr in derselben Lage. Die Ärzte hätten schon vor Jahren gesagt, er habe keine Chance mehr. Selbst wenn er vor fünf oder vor zwei Jahren aufgehört hätte, wäre er heute da, wo er jetzt ist, am Endpunkt sozusagen. Die Leberwerte waren schon damals entsetzlich und ließen für Hoffnung keinen Raum. Der gute Hölzl! Er wußte das alles und hat sich nichts anmerken lassen. Ein wahrer Held des Alltags. Er wurde nur 43 Jahre alt.

Natürlich wollen seitdem alle wissen, wie der letzte Akt des Dramas genau und im Einzelnen aussah. Ich weiß alles von Rebecca. Sie geht immer noch jeden Tag ins Krankenhaus und will nicht glauben, daß Hölzl nicht mehr aufwacht. Einmal, sagt sie, redete er im Fieber. Immerhin ein Zeichen, daß das Gehirn noch durchblutet wird. Doch zur Story:

Am vorletzten Freitag fuhren ein halbes Dutzend Leute aus der Hölzl-Szene in die sogenannte Sommerfrische. Im Großraum Wien kennt man diesen Ausdruck noch, es gibt dafür sogar eine gelebte Realität. Polly, eine alte Freundin aus den 90er Jahren, besitzt eine eigene Kabane in dem alten, hochherrschaftlichen Kurbad Vöslau. Zur Kaiserzeit verbrachte der Adel dort die heißesten Wochen des Jahres, und daran hat sich bis heute nichts geändert. Polly, nicht adlig, verdankt ihre Kabane – das ist ein kleines Holzhaus am Wasser – dem Umstand, jedes Jahr bekannte Künstler, Schriftsteller und Schauspieler dort auftreten zu lassen. Sie sorgt also für die gehobene Unterhaltung. Sie kann das, weil sie die wichtigste Zeitung des Landes leitet und über gute Beziehungen verfügt. Dieses Jahr waren gleich zwei unserer Freunde dran, nämlich der Schauspieler Windbeutel und eben Hölzl.

Letzterer muß aufgeregt gewesen sein, denn er hatte sich schon in der Nacht davor, in der Nacht von Donnerstag auf Freitag, um Kopf und Kragen gekokst. Mit einer Dame, über die wir nichts wissen, weil er sich selbst am nächsten Tag nicht mehr an sie erinnern konnte. Er hatte im Rausch ein Handyfoto von ihr gemacht. Aber als er das später sah, fand er die nackte Frau so maßlos häßlich, daß er es in einem Anfall von Panik sogleich löschte. Statt dessen trank er weiter, zum Glück nun allein, bis morgens um acht. Er schlief dreieinhalb Stunden und fuhr dann zu einem Zeitungstermin. Er wurde von mehreren Journalisten über seine jüngsten Ausstellungserfolge interviewt. Danach fuhr er mit drei Freunden in einem 5er BMW Sportback zur Sommerfrische. Vorher war er noch kurz in seinem Haus in der Innenstadt, um Badesachen einzupacken. Die Idee, doch mitzufahren, war spontan gekommen. Eigentlich hatte er sich ausruhen wollen. Aber plötzlich war er voller Panik und wollte unbedingt unter Freunden sein. Wahrscheinlich hatte das mit der Koksnacht zu tun, die in seinen Knochen steckte und in der wohl wieder meine zehn Meter lange Metallkette zum Einsatz kam ...

Jedenfalls war Hölzl aufgewühlt und unleidlich. Er redete viel und laut, ließ kaum einen anderen zu Wort kommen. Ich habe ihn oft so erlebt und mochte ihn nicht in dieser Verfassung. Er war mir dann geradezu unsympathisch. In dem Auto saß auch ich, was zur Folge hatte, daß der Luftdruck der Reifen nachjustiert werden mußte. Das Rad unter mir schlug sonst bei Unebenheiten direkt auf die Felge. Obwohl der 5er BMW eine mächtige Limousine ist, fühlten sich alle beengt – durch Hölzl. Er hatte eine schreckliche Aura, und es war ärger als sonst. Auf halber Strecke hielten wir einmal an, um kalte Getränke zu kaufen. Hölzl redete ununterbrochen weiter und zwang die anderen zuzuhören. Dabei kaufte er eine Flasche Wodka und ein Sixpack Red Bull. Er wollte von dem Koks-Hangover herunterkommen und kaufte auch Mineralwasser. Das Gift sollte raus aus dem Körper. Er hatte Erfahrung mit dieser Situation.

Es wurde auch besser. Im Bad ging er ins Wasser – äußerst gesunde Mineralquellen – und gönnte seinem Körper ein paar Lagen Schwimmen. Dabei wirkte er fast fit. Hölzl sah nicht schlecht aus, im nackten Zustand. Ich dagegen konnte mich unmöglich in der Badehose zeigen. Es gab noch einen abseits gelegenen Teich, der leider nicht von Mineralquellen gespeist wurde, der aber genau deswegen menschenleer war. Dorthin begab ich mich, ächzend eine Steintreppe hinaufsteigend, und badete allein.

Es war herrlich. Vor allem, Hölzls Stimme nicht mehr zu hören. Der Teich war von Wald umgeben. Die Anlage hatte man im vorvorigen Jahrhundert im römischen Stil errichtet, wahrscheinlich nicht zum ersten Mal. Bestimmt waren die alten Römer selbst schon hier baden gegangen. Ich blieb lange dort.

Als ich, wieder vollständig angekleidet, zu den anderen stieß, saßen sie rund um den trinkenden Hölzl und hörten ihm genervt zu. Nur ein Paar hatte sich absentiert, Steffi und Nina, zwei rührende junge Frauen, die letztes Jahr geheiratet haben. Für ihre zarten Seelen war die brachiale Hölzl-Nonstop-Show schon jetzt zuviel. Ich wollte mich ihnen bald anschließen. Aber noch hielt ich es aus, denn das Bad hatte mir gutgetan und mich innerlich beruhigt, zudem fing nun die Vorführung des bekannten Schauspielers und Rebecca-Winter-Liebhabers Sebastian Windbeutel an. Er gab den jungen Werther in Goethes gleichnamigem Werk ›Die Leiden des jungen Werther‹ aus dem Jahre 1771.

Windbeutel zog alle Register. Er jammerte, frohlockte, tobte, schrie, flüsterte und so weiter. Was man eben so machen kann im Theater. Er zog sich aus, verspritzte Wein, schmiß mit Salat um sich, wälzte sich über den Tisch, weinte dabei, flehte die Götter an, verletzte sich mit einem Messer, feuerte eine Pistole ab, sprang ins neben der Bühne befindliche Freibad, kam pitschnaß wieder heraus und spielte weiter. Das Publikum, alles Mumien aus der Adelswelt und weiblichen Geschlechts, war hingerissen. Für Hölzl war es dagegen eine Qual, denn er mußte ruhig sitzenbleiben und durfte nichts mehr zum Geschehen beisteuern. Immerhin hatte auch ihn das lange Baden in der Heilquelle etwas stabilisiert. Vielleicht wird ja jetzt alles gut, dachte ich.

Im anschließenden ›Künstlergespräch‹ stellte er sich dann wieder als Dreh- und Angelpunkt zur Verfügung. Er hatte während der Vorführung die Flasche Wodka leergemacht. Obwohl er deswegen Artikulationsprobleme hatte, merkte es keiner. Hölzl war so wahnsinnig routiniert im Umgang mit Alkohol, daß er selbst jetzt ein Publikum wie dieses um den Finger wickeln konnte.

Immer wieder lobte er Windbeutels herausragende schauspielerische Leistung, und dieser, noch vergleichsweise jung, fühlte sich zu Hölzl hingezogen. Zu zweit machten sie weiter an diesem Abend. Man wechselte an eine bereitgestellte Tafel und begann mit dem Abendessen. Wieder wurde viel getrunken und künstlich gelacht. Hölzl und Windbeutel unterhielten nun zwei Dutzend Honoratioren der Stadt Wien und der Republik Österreich. Aus Deutschland war der staatlich anerkannte Chansonsänger Tim Bendzko angereist.

Mir wurde es bald zuviel, und ich reiste ab, mitsamt meinen beiden Extrarationen K, die ich eigentlich hatte einsetzen wollen. Da hatte wohl mein Instinkt gesprochen, denn geplant war das nicht.

Wie es ohne mich weiterging, wußte wiederum Rebecca, die schon bald das ganze Panorama der Tragödie aufzublättern vermochte, für all jene, die nun immer neugieriger zu fragen begannen. Die lustige Runde machte weiter, auch als das Essen vorbei war. Hölzl wollte mit fünf Freunden in der Kabane übernachten, darunter das süße lesbische Paar, Nina und Steffi. Er trank immer mehr. Eigentlich, um die Überdosis Kokain zu neutralisieren. Aber das hatte er wohl längst erreicht. Nun trank er, weil er ein Trinker war. Und jetzt, schließlich und endlich, schnupfte er tatsächlich noch mal zwei üppige Lines, um den Alkohol zu neutralisieren. Grauenvoll! Bloß gut, daß ich schon weg war. Er hätte mich gezwungen mitzuschnupfen – eine Menge, die fünf meiner ausgeklügelten Rationen entsprach. Und eine Zugverbindung hätte es um diese Uhrzeit auch nicht mehr gegeben.

Lange nach Mitternacht war Nacktbaden angesagt. Alle sprangen ins Thermalbad, Hölzl voran, der viel Lärm machte. Die adeligen Kabanenbewohner wurden wach und beschwerten sich. Eine 70jährige Baronin rief durchdringend über das Areal, nun sei aber Schluß, das ließe sie sich nicht bieten. Hölzl schrie mit ebenso furchteinflößender Donnerstimme zurück, im gräßlichsten Wiener Dialekt, vulgär, beleidigend. Die Dame kam herausgerannt, um das ganze Schwimmbecken herum auf Hölzl zu, und gab ihm eine schallende Ohrfeige. Der aber griff sie an der Gurgel, hob sie hoch und würgte sie mit beiden Händen. Sie wäre erstickt, wäre der Schauspieler Windbeutel nicht aus dem Wasser gehüpft und dazwischengegangen, nackt und geistesgegenwärtig. Noch im Wasser hatte er gesehen, wie direkt vor ihm am Beckenrand die kleinen dürren Füße der Baronin mitsamt den Badelatschen in der Luft zappelten – und hatte schnell geschaltet. Er rannte laut rufend auf die beiden zu. Hölzl stieß die alte Frau mit aller Kraft von sich. Sie wäre auf den Steinboden gekracht, aber Windbeutel war schon da und fing den Sturz ab.

Der Bademeister erschien. Die Baronin setzte ihr Geschrei fort, als sei sie nur kurz unterbrochen worden. Sie zählte ihre Namen, Titel, Beziehungen auf. Unter anderem gehörte ihr die Raiffeisenbank, und ihr Mann war der Vorstandschef der österreichischen Handelskammer. Und sie selbst war doch die Baronin von und zu Hohenlohe, Herrgott noch einmal, seit 1941 hier in der Sommerfrische zu Hause! Der Bademeister blieb unbeeindruckt und konterte grausam: ›Und dös is da Hölzl! Gehn's, schaun's, dos wegkemma!‹ In den Zeiten der Mediengesellschaft zählen andere Hierarchien als die von 1941. Was ist ein Vorstand gegen einen Popstar? Nichts! Wer wüßte das besser als ein Bademeister.

Damit war die Nacht nicht vorbei. Man verbarrikadierte sich nun in der Kabane, machte weiter viel Lärm, und Hölzl verlegte sich darauf, die beiden lesbischen Mädchen wieder »auf den rechten Weg zurückzuführen«. Er bedrängte sie maßlos. Vor allem die hübschere Blonde hatte es ihm angetan. Er meinte allen Ernstes, sie sei nur deswegen auf die Frauen verfallen, weil sie das andere noch nicht kennengelernt hatte. Er zog sich nicht mehr an nach dem Baden und führte sein seiner Ansicht nach unwiderstehliches Riesenrohr überall vor. Stundenlang sprach er auf die Mädchen ein, damit sie es einmal probierten mit dem Rohr. Er agitierte, schwadronierte, drohte, lallte – bis sie im Morgengrauen aus der Kabane flohen. Nun wandte er sich an die verbliebenen Freunde, Rebecca, Polly und Windbeutel. Er wollte zu einer großen Rede ansetzen, überlegte es sich dann scheinbar anders, legte sich auf den Holzboden der Kabane und verlor das Bewußtsein. Versuche, ihn auf eine Matratze zu ziehen, scheiterten. Irgendetwas stimmte nicht mit Hölzl, aber alle waren zu fertig, der Sache sofort nachzugehen. Erst um acht Uhr morgens rief Polly den Notarzt an. Hölzl wurde kurz darauf abgeholt. Es ging sehr schnell, nutzte aber nichts mehr. Er kam offenbar nicht mehr zu Bewußtsein.

Ich schreibe dies alles nieder, weil es für das gesamte Experiment wichtig ist. Weil ich die Kontrolle behalten möchte, selbst wenn so ein Schock entsteht wie jetzt. Jeder andere würde an meiner Stelle nach solch einer gravierenden Erfahrung dieses ›Diätprogramm‹ einstellen. Aber wäre das wirklich klug? Gibt es einen Zusammenhang zwischen Hölzls Quasi-Ableben, seinem Drogenmißbrauch, meinem DrogenGEBRAUCH und meiner Zukunft? Hat vielleicht auch er einmal kontrolliert angefangen? Und habe ich mich in den letzten Monaten bereits in seine Richtung hin verändert? Bin ich abhängig geworden? Ich habe 14 Kilogramm abgenommen. Bin ich tendenziell verrückt oder amoralisch geworden, und wenn ja, was wäre schädlich daran? Ich werde das prüfen.«

Stephan Braum prüfte. Er rechnete hin und her, von der Wiege bis zur Bahre und zurück, verglich seine Lebenserwartung von früher mit der heutigen, ging deswegen sogar zum Arzt. Und immer kam er zu dem Schluß, die Diät fortzusetzen. Aber es blieb eine Art von schlechtem Gewissen, und das bekämpfte er durch häufige Besuche im Krankenhaus. Er wollte Kontakt mit Hölzl halten, wie andere Leute in Krisenlagen den Kontakt mit Gott suchten und öfter in der Kirche erschienen als sonst. Die Ärzte, Schwestern und auch die Freunde – Verwandte hatte der Todkranke wohl nicht – gewöhnten sich daran. Braums Status in der Clique verbesserte sich durch diese Präsenz von Woche zu Woche. Er schloß daraus, daß Hölzl trotz seiner phänomenalen Beliebtheit wohl mit niemandem ein echtes Verhältnis, eine Nähe, entwickelt hatte. Und nun unterstellte man ihm, Braum, genau darin eine Ausnahme gewesen zu sein.

Eines Tages hatte er deswegen eine verrückte Idee. Wie wäre es, wenn es tatsächlich so war? Womöglich war die ganze seltsame Wendung in Braums Leben in den letzten Monaten kein Zufall? Hatten ihre beiden Seelen vielleicht doch eine Art Verbindung? Und so beschloß er, beim nächsten Besuch die Hand Hölzls zu ergreifen und auf ihn einzureden.

Und so geschah es. Der Kranke war in ein kleineres Zimmer verlegt worden, am Ende des Ganges, nahe dem Patientenpark, dessen Bäume an diesem heißen Sommertag die Hitze etwas linderten. Das Fenster war geöffnet, die Tür auch. Sie waren ganz allein.

Hölzls Hand wirkte ganz natürlich, eben lebendig, nicht wie die schlaffe Hand eines Toten, und schon fühlte sich Stephan ermutigt, ganz normal auf den Mann einzureden. Der Reihe nach erzählte er von allen Freunden, was er über sie wußte, dann von den »Miezen« – so hatte Hölzl seine Sexaffären genannt – und schließlich von Hölzl selbst. Braum glaubte, Aussagen über ihn selbst würden den Kranken am meisten tangieren und anregen, am Ende gar aufwachen lassen. Er wußte leider kaum etwas aus seinem Leben, und so hielt er sich an die bewährten Abenteuergeschichten, die über den großen Künstler im Umlauf waren, angefangen von dem Kaugummiautomaten, den Hölzl mitten im Lokal aus der Betonverankerung gerissen hatte, im Vollrausch, bis hin zum spektakulären Abgang zuletzt, als er die 70jährige Baronin gewürgt und ihr den Schreck ihres Lebens eingejagt hatte. Braum erzählte es als Heldentat und drückte immer wieder die Hand des Freundes.

Auch von sich selbst erzählte Braum. Es war gar nicht so schwer. Er mußte sich nur vorstellen, in einer Kapelle zu knien und mit »da oben« zu reden, was er in seinem Leben schon manchmal getan hatte. Es beruhigte ihn.

Vielleicht konnte er mit Hölzl über kleinste Veränderungen im Händedruck kommunizieren? Er sagte also zu ihm, er werde ihm Fragen stellen, und gleichbleibender Händedruck bedeute ja, festerer Händedruck nein. Er stellte ihm Fragen. Die Hand blieb immer gleich. Nur einmal kam es zu einer Reaktion, als er nämlich fragte, ob er Doreen einmal mitbringen solle. Hölzls Hand zuckte. Braum mußte unwillkürlich lachen.

Einmal erwischten ihn Freunde bei seinem seltsamen Zwiegespräch. Thomas und Stefan Draschan sowie die Frau, die Braum nur als »die Gehirnchirurgin« kannte, waren lautlos durch die offene Tür geschlichen, in dieser ehrfürchtigen Hospiz-Haltung, und er hatte es nicht sofort gemerkt. Es mußte sie wohl irgendwie getroffen haben. Jedenfalls nahm daraufhin die »Gehirnchirurgin« Kontakt mit ihm auf.

»Du weißt ja, daß er in den nächsten Tagen sterben wird«, sagte sie am Telefon.

Braum sagte nichts, da er offenbar weniger wußte als die Dame, das aber nicht zeigen wollte. So sprach sie weiter:

»Die Ärzte sind pessimistisch, weißt' ja eh. Wir wissen nicht genau, was danach kommt. Aber ich glaube, du solltest einen Schlüssel für sein Atelier und seine Wohnung haben.«

Wieder schwieg er, diesmal, weil er so überrascht war. Dann stammelte er, er habe Hölzl nicht aufgegeben, im Gegenteil, und er sei optimistischer als die Ärzte. Es könne lange dauern, er könne auch noch mal aufwachen.

»Wie kommst du denn darauf?« fragte sie, fast entsetzt.

Nun spielte er seinen stärksten Trumpf aus.

»Es gibt Momente, da kommuniziert er mit mir. Es ist noch sehr, sehr schwach, aber es ist so.«

»W-Was sagt er denn so?«

»Das ist ein sensibles Thema, das möchte ich nicht am Telefon besprechen.«

»Ja ja, das verstehe ich ... Jedenfalls geht die Zeit ja weiter, und es gibt viel zu regeln. Wenn du ein bißchen auf seine Sachen achtgeben würdest, wäre das schon hilfreich.«

Es stellte sich heraus, daß es wirklich viel zu tun gab im Wirtschaftsunternehmen Hölzl. Der angesagte Künstler hatte viele Aufträge, Kunden, Sammler, Gönner, Museumstermine, und die Nachfrage nach seinen Produkten hatte nach seinem Unfall noch einmal zugenommen. Braum bekam den Schlüssel für ein Atelier beziehungsweise Lager, das wahrscheinlich zig Millionen Euro wert war. Womöglich »erbte« er sogar die letzte wichtige Frau / Muse / Vertraute des Malers, als die sich die Gehirnchirurgin nun herausstellte. In der Szene war sie stets im Hintergrund geblieben. Niemand hatte gedacht, daß sie eine von seinen Miezen sein könnte. Ihr Verhältnis war geheim, oder hatte es nie bestanden? Braum tappte im Dunkeln. Hatte Hölzl vielleicht noch weitere geheime Beziehungen gehabt? Dafür gab es Hinweise, zum Beispiel in seiner Post. Braum wühlte sich bald durch dieses andere Leben, wobei er sich bemühte, nicht zu neugierig zu sein.

Klar aber war, daß die Bilder im Atelier standen und ungeheuer wertvoll waren. Früher oder später würde er sie zu Geld machen können. Schon eine belanglose Zeichnung, unter der Hand an einen Bekannten verkauft, konnte ihm soviel einbringen wie ein Dokumentarfilm für das Fernsehen. Das euphorisierte ihn, machte ihn leichtsinnig.

Denn selbstverständlich war die Sache mit dem Film über die Versehrten des Irak-Krieges noch nicht ausgestanden. Sein Chef verfolgte ihn. Ihm fehlten 17 Abrechnungen, das war die größte Sorge. Dann war der Film noch nicht geschnitten und nicht getextet.

Der Tonfall änderte sich. Braum mußte erleben, daß seine ruhmreiche 25jährige Vergangenheit als Bilderlieferant für Gutmenschmeinungen nicht mehr zählte. Ein Vierteljahrhundert lang hatte er einer bestimmten linksliberalen Bevölkerungsschicht nach dem politisch korrekten Mund geredet und gefilmt, hatte ihnen gebetsmühlenhaft das gesagt, was sie ohnehin dachten, und nun plötzlich wurde er angeschnauzt, weil die Spesenrechnung nicht gemacht war. Jetzt spürte er, was Leute wie der Herr Intendant wirklich über ihn dachten und immer gedacht hatten. Sie verachteten ihn für sein immer gleiches Nachäffen der herrschenden Ideologie. Sie hielten ihn für einen Abhängigen, erst recht, seit sie ihm den Titel »Freier Mitarbeiter« gegeben hatten. Dabei ahnten sie nicht, daß er längst Millionär war!

Sein ORF-Diensthandy klingelte in immer kürzeren Abständen. Schließlich – er besaß noch ein zweites, eigenes – klingelte es wieder, als er gerade auf dem Weg zu seinem geliebten neuen Stammbeisl war, um dort auf seine ebenso neuen Freunde aus der Hölzlszene zu treffen. Beides, Beisl und Freunde, war ihm inzwischen neu und vertraut zugleich, aufregend und beruhigend, sensationell und familiär. Das Kokain, das er zuvor wohldosiert und verantwortungsvoll eingenommen hatte, garantierte ihm diese Stimmung. Und nun war wieder der Scheißintendant dran, der ihn genau aus dieser Balance werfen wollte! Haßerfüllt und aufgeputscht, wie er war, warf er das Diensthandy im hohen Bogen in den Donaukanal, den er gerade auf der Schwedenbrücke überquerte. Er hatte sich ein teures Elektrofahrrad gekauft, und damit fuhr er über die langgezogene, geschwungene Überführung. Das leichte, anstrengungslose Fahren mit dem E-Bike an heißen Sommerabenden machte ihm normalerweise besondere Freude. Er, der seit Jahrzehnten kein Rad mehr benutzen konnte, der nur noch Taxi gefahren war, war dank dieser neuen Erfindung zurückgekehrt zu den radfahrenden Menschenmassen, war einer von vielen und nicht mehr ausgegrenzt. Das E-Bike wog dreimal soviel wie ein normales Rad und konnte entsprechend mehr aushalten. Doch nun, in dieser Feierabendhochstimmung, der blöde Anruf!

Angekommen im Beisl – das ist der österreichische Ausdruck für Gasthof – und wieder guter Dinge, überraschte ihn der Wirt mit der Nachricht, der Intendant des ORF sei gerade für ihn am Telefon. Braum überlegte eine Sekunde und blaffte dann:

»Soll in zehn Minuten wieder anrufen!«

Der Wirt erstarrte kurz. Wahnsinn, der Braum, der fertigte sogar Intendanten ab wie Bittsteller! Der war cool, der Braum! Und derselbe dachte in dem Moment:

»Gut, bitte sehr. Machen wir mal *die Abrechnung!*«

Er ging zur Toilette und verabreichte sich die Reserve-Ration, die er immer bei sich trug. Dann bestellte er grimmig.

»Einen Erwachsenenspritzer und zwei Fernet!«

Das Zeug kam, er schüttete es runter. Nun paßte alles, und der Anruf kam auch prompt. Der Wirt brachte das Beisl-Handy herbei und reichte es mit einem Diener. Braum verstand den Anrufer inmitten des tobenden Geschehens schlecht. Er ging nach draußen.

Inzwischen hatte der Intendant schon geschimpft und sein Anliegen vorgetragen. Braum mußte nur noch reagieren.

»Es war gerade so laut, ich habe eben nicht alles verstanden, bis auf den Ton, und der war unangenehm.«

»Was?«

»Sagen Sie es noch mal, aber in einem freundlichen Ton bitte!«

»Ich höre wohl nicht recht.«

»Ich auch nicht.«

»Sind Sie *verrückt* geworden?«

»Ach, zur Sache. Worum geht es wieder? Die Spesenrechnung? Der Irak-Film? Der Film über den alten Nazi-Lehrer, der noch im März 1948 weibliche Heimkinder sexuell bedrängt haben soll?«

»Wie *reden* Sie mit mir, Braum?!«

Stephan fiel nun ein, daß er den anderen Film ja gar nicht für den ORF, sondern den Südwestfunk machte, und ging einen Schritt zurück:

»Ich sage Ihnen mal was, Herr Intendant ... Ich mache gern

Filme für Sie, aber bitte schön ausnahmsweise einmal über das Leben und nicht über ein feststehendes Weltbild, wenn ich das einmal so sagen darf.«

»Was? Wie bitte schön?!«

»Ich weiß, wie ein bürgerliches Weltbild aussieht und wie ein linksliberales Weltbild aussieht, und wenn ich nur das Thema lese, weiß ich schon, was kommen wird ...«

»Welches Thema, wo lesen Sie ...«

»In der Programmvorschau! Ich meine: Das intersiert kein Schwein, was Sie, äh, was wir machen! Man sollte sowieso nicht in einem Forum tätig sein, das einem nahesteht. So kommt doch nie etwas Neues heraus!«

Braum schlug mit dem Fuß wütend gegen den Reifen eines parkenden Autos. Es war ein silberner SUV der Marke KIA. Die richtige Betriebstemperatur war erreicht, der zielführende Rausch, für *Die Abrechnung*. Er holte Luft und nahm seinen Gesprächspartner erst recht unter Feuer. Dieser wehrte sich vehement. Zum Beispiel bestand er auf einer sauberen, lückenlosen, professionellen und abschließenden Recherche für den Irak-Film. Das sei schon ein Gebot der Berufsehre unter Journalisten. Braum wurde schneidend:

»Jetzt entspannen Sie sich mal. Die Recherche können Sie sich mitsamt der Berufsehre aus dem Internet rausfischen! Beides ist gleichermaßen null und nichtig, weil es das Thema ist! Bei Ihnen ist jedes Thema ...«

»Was, die Recherche zählt nicht? Schlechte Recherche und borniertes Halbwissen sind genau die Dinge, die ...«

»Ach halten Sie den Mund! Warum machen wir nichts über Edward Snowden? Warum machen wir dauernd diese billigen Interviews? Das Geburtstagsinterview mit irgendeinem Star, der 70 wird und dem dann so knifflige Fragen gestellt werden wie ›Herr Brandauer, wie haben Sie es geschafft, so großartig zu sein?‹ ...«

»Weil die Dinge ambivalent sind mit Snowdon, weil er

nicht nur Enthüller, sondern auch Verräter ist, zum Beispiel!«

»Blödsinn! Schwachsinn! Sie sind ja vollkommen geisteskrank! Der hat das größte Menschheitsverbrechen seit Hitler aufgedeckt! Stattdessen machen wir jetzt die Filme für die Weihnachtstage, ›Hat Jesus gelebt‹ und ›Das Turiner Leichentuch‹!«

»So, *wir*? Sie wollen weiter für uns arbeiten?«

»Oh ja, das möchte ich, liebend gern, aber richtig! Damit die Leute in ihren Meinungen erschüttert werden! Und ich will nicht mehr auf Auslandsreisen von Politikern eingeladen werden und danach staatskonform und nichtssagend ...«

»Ich habe mein Hotel selbst bezahlt, jetzt auf der Krim!«

»Klar, als Intendant, aber die normalen Journalisten sind doch total drin in der Korruption ...«

»Ich glaube, ich möchte mit Ihnen nicht länger verkehren, geschweige denn sprechen, Herr Braum.«

»Ja ja, so sind die Medien hierzulande! Alles wird scheinbar aufgedeckt, aber über die Medien selbst darf niemals ein kritisches Wort veröffentlicht werden. Immer weiter muß das Stroh gedroschen werden. Der Terrorismus und das Sicherheitsbedürfnis der Bevölkerung. Das versteht man unter Nachrichtenlage. Den Terrorismus gibt es in Wirklichkeit nicht. Und ich scheiß' auf das Sicherheitsgefühl der Bevölkerung. Machen wir jetzt Politik für Gefühle? Nein danke. Oder diese Terrorismus-Experten, deren Beruf es ist, die Gefahrenlage als bedrohlich zu bezeichnen. Warum kommen die bei uns vor, jeden Tag? Sagen Sie mir das!«

»Ich sage Ihnen gar nichts mehr. Ich kann nicht glauben, daß ich hier einem Menschen zuhöre, immer noch zuhöre, der den Terrorismus verharmlost. Aber das tue ich auch nicht länger ...«

»Ach was, brauchen Sie auch nicht, stellen Sie sich lieber ein paar Miezen auf, junge, knackige, lustige Mädels von heute, taffe Frauen ... Dann kommt etwas Leben in Ihren muffigen Intendantenkopf! Das wäre der erste Schritt. Sie müssen zurück in die reale Welt!«

Der Intendant hörte den guten Ratschlag nicht mehr. Er hatte nach seinem letzten eigenen Satz aufgehängt. Braum, nun ohne ORF-Job, spürte in sich trotzdem das Gefühl, gut gewesen zu sein. Er hatte schneller gesprochen und reagiert als der allgewaltige Superchef. Die Argumente saßen, man hatte ihn nicht stoppen können, den kleinen treuen Untergebenen Stephan Braum. Was er vorgetragen hatte, war richtig und verdienstvoll gewesen, so wie das, was Edward Snowdon zu tun pflegte. Heroisch mußte man sein, dann fühlte man sich besser. Er zog ein zweites Reservetütchen aus dem Portmonnaie, legte auf dem Dach des silbernen SUVs eine Line und schnupfte sie vor aller Augen.

Stunden später, bei der Heimfahrt im Taxi – an Radfahren war in seinem Zustand des ersten *echten* totalen Rausches nicht mehr zu denken –, sah er Sterne. Nicht die, die wirklich in dieser schönen Nacht am Himmel standen, sondern eigene, halluzinierte. Er starrte an die Decke des Autos, sah diese Sterne, so etwas hatte er noch nie erlebt. Braum spürte den lauen Nachtsommerwind durch das heruntergelassene Fenster wehen, sah die Holzbuden am Naschmarkt und sah, nein fühlte den gutmütigen Bosnier, der ihn durch die Stadt fuhr. Wie schon einmal sorgte ein Taxifahrer dafür, daß er sicher die Treppe hinaufkam und glücklich im eigenen Bett landete. Diesmal war es leichter als beim ersten Mal. Auch das machte ihn glücklich: Selbst im Negativen, im Katastrophalen, gab es offenbar einen Fortschritt.

Er war auf dem richtigen Weg!

4

Nahezu alles änderte sich, als der Dealer festgenommen wurde.

Die Szene erfuhr es aus der Zeitung. Seit Jahren war es gutgegangen, was einen alten Hasen wie Hölzl immer schon zu dem Satz verleitet hatte, er bewundere den Dealer dafür, daß er solange *damit durchgekommen* sei. Nun also war er gestolpert. Hölzl war der einzige, der ein gutes Alibi besaß – er lag schließlich seit Wochen im Koma –, während die anderen alle beim Dealer bis zuletzt ein- und ausgegangen waren. Stephan Braum stand gut und schlecht zugleich da. Indem er gleich nach der abgebrochenen Reise in die USA das üppige öffentlich-rechtliche Reisegeld in 25 Gramm Koks angelegt hatte, besaß er nun als einziger Stoff. Er hatte das natürlich niemandem erzählt. Die Freunde, die bald in die Not des Entzugs kamen, erlebten einen Stephan Braum, der stark blieb und dem widrige Umstände nichts auszumachen schienen. Auch spendierte er den ganz besonders Notleidenden ab und zu mal eine Nase, was ihn sofort noch beliebter machte. Es führte dazu, daß er die Rolle als Nachlaßverwalter Hölzls gut spielen konnte.

Andererseits ängstigte ihn der Gedanke, eine *so große Menge* beim Dealer gekauft zu haben. Was sollte er tun, wenn das herauskam? Mußte er dann ins Gefängnis? Braum setzte für diesen Fall auf sein wissenschaftliches Tagebuch. Er hatte ja alles protokolliert. Er konnte lückenlos beweisen, den Stoff einzig aus gesundheitlichen Gründen konsumiert zu haben. Er hatte auch nie Handel damit getrieben. Und sein Arzt würde im Zweifelsfall bestätigen, daß Braums Körper ohne Kokain bald zusammengebrochen wäre. Um sich abzusichern, suchte er den Arzt nun wieder regelmäßig auf und weihte ihn behutsam ein. 17 Kilo Gewichtsverlust waren ja auch medizinisch eine gut dokumentierte Erfolgsgeschichte.

Auch sonst bemühte er sich, die Verbindungen zu seinem alten Leben wiederherzustellen. Er traf seinen Bruder, den er ewig nicht gesehen hatte. Der fand ihn verändert, wie er sagte, kalt, egoistisch, aufbrausend. Braum registrierte diese Rückmeldung aufmerksam. So ein eigener Bruder hatte womöglich feinere Antennen für Persönlichkeitsdeformationen als andere, normale Zeitgenossen. Braum verschärfte die Selbstbeobachtung. Er gestand sich endlich ein, auch Depressionen durch das Mittel zu haben. Er hatte das bisher anders genannt, etwa »Dürrephase«, »Zwischenphase«, »Energieloch« oder »Matschkopf«. Es waren diese Stunden vor der ersten Einnahme, wenn er weder schlafen noch denken konnte.

Ins Krankenhaus zu Hölzl ging er nicht mehr. Niemand ging noch dahin, man vergaß den Mann. Im Atelier hielt Braum sich noch gern auf, und dort empfing er auch die Freunde sowie interessierte Kunstsammler. Dabei ging er vorsichtig vor. Denn Thomas Draschan, selbst ein nicht ganz erfolgloser Maler und Künstler, hatte die Idee, einige der vielen unvollendeten Gemälde Hölzls, die dort ratlos herumstanden, einfach fertigzumalen. Braum hatte nichts dagegen. Die Rechnungen stellte er auf seinen Namen aus, ganz korrekt. Die halbe Stadt wußte ja inzwischen, daß er der natürliche Nachlaßverwalter des großen Künstlers war. Einem Reporter der lokalen Zeitung »Kurier« sagte er, Hölzl sei sein *Lebensmensch* gewesen, und es gelang ihm dabei sogar, die Stimme brüchig zu machen. Es war alles in Ordnung. Selbst wenn der Komapatient noch einmal aufwachte, konnte er ihm das Geld zurücküberweisen, wie jeder gute Galerist. Theoretisch.

Vielleicht blieb er ja noch zehn Jahre in dem Zustand? Dann konnte Braum allmählich auch alles Übrige aus Hölzls Leben bekommen, Güter, Häuser, Boote, Frauen – wie der sagenhafte Mr. Ripley in dem Roman von Patricia Highsmith. Und dabei hatte Braum noch nicht einmal den Gönner umbringen müssen, das hatte allein das Kokain besorgt.

Trotzdem hatte sich bei Stephan inzwischen die Angst fest eingerichtet, seit der Festnahme des Dealers. Er wurde sie nicht mehr los. Er erschrak, wenn er Unifomierte sah oder eine Polizeisirene hörte. Die Euphorie über das Abkanzeln des Intendanten war einer tiefen Trauer über den Verlust des Arbeitsplatzes gewichen. Er bildete sich nun ein, den langjährigen Job geliebt zu haben. Bei der Mitteleinnahme gab es einen historischen Einschnitt. Er verstieß gegen das oberste Prinzip, nämlich die Kontrolle zu behalten und nie die Dosis erhöhen. Da er immer öfter sogenannte Extrarationen zu sich genommen hatte, beschloß er nun, sich dieser Extras zu entsagen und dafür die Grundration zu verdoppeln. Zum Glück beschleunigte sich nun auch die Gewichtsabnahme etwas. Mitte Juli hatte Braum 20 Kilogramm herunter und feierte das mit einem Besuch beim Italiener. Feierlich und ganz allein verspeiste er sein früheres Lieblingsgericht Tortellini alla Panna. Dabei erlebte er noch einmal einen jener Glücksräusche, die er in der Anfangszeit der Mitteleinnahme täglich gehabt hatte.

Inzwischen war der Alltag dunkler geworden. Seine neuen Freunde machten ihm Angst, wenn sie unangemeldet bei ihm klingelten und Stoff wollten. Viele junge Menschen, die er gar nicht kannte, waren nun dabei. Diese unbekannten Vertreter der zeitgenössischen Jugend lachten zu viel und zu laut, redeten andauernd über Sex, tranken eklige Getränke aus mitgebrachten Flaschen – Whiskey, Champagner, Bier – und gefielen sich in vermeintlich schockierenden Posen. So sah er immer wieder, wie Koks auf die nackten Brüste junger Mädchen verteilt und von dort geschnupft wurde. Im Geiste sah er schon die Bullen die Treppe hochrennen.

Die Persönlichkeitsveränderung, die sein Bruder konstatiert hatte, hatte für ihn nicht nur Vorteile. Braum merkte, daß er mit Menschen aus seinem früheren Leben nicht mehr reden konnte. Er brachte kein Gefühl mehr für sie auf. Und umgekehrt mochten sie ihn auch nicht mehr.

Jedoch – sein Unglück im alten Leben vergaß er nie. Bis zu seinem Tod, so wußte er, würde er sich mit Schaudern an seine Lage damals erinnern: bewegungsunfähig, de facto gelähmt, eingekerkert in einem sterbenden Elefantenkörper, häßlich, von den Menschen gemieden, ohne Erlebnisse, ohne Zärtlichkeit, aufgepumpt und zugedröhnt von zwölf verschiedenen Tablettensorten täglich, aufgezwungen von Ärzten, die seine Lebenserwartung auf wenige Jahre taxierten. Jetzt dagegen fuhr er jeden Tag zehn bis 20 Kilometer mit dem Elektrorad durch die sonnendurchflutete herrlich-schöne Stadt. Er entdeckte neue Cafés, Eisdielen, Straßenrestaurants, suchte den Augenkontakt mit den Mitbürgern, lächelte gutgelaunten Frauen zu. Er wußte ja inzwischen, daß eigentlich alle Menschen Freundlichkeit mögen. Sie mögen es auch, wenn man auf sie zukommt. Oder wenn man sie überraschend anruft. Oder eine Mail schreibt oder sonstwie nett ist. Fast alle Menschen in unseren Breitengraden sind etwas schüchtern und einsamer, als sie sein wollen. Auf eine positive Anregung reagieren sie positiv. Das wußte Braum jetzt, und niemals hätte er das jetzige Leben relativiert und mit dem alten auf eine Stufe gesetzt, nach dem Motto: »Alles hat eben seine Vor- und Nachteile«. Nein, die Vorteile waren jetzt hundertmal größer. Dennoch spürte er, in eine Krise gekommen zu sein.

Wie sollte alles enden? Objektiv war er abhängig. War es nicht ein unumgängliches Gesetz, daß man hassen mußte, was einen abhängig macht? Und wirklich war ihm das weiße kleinkrümelige Pulver im Grunde seines Herzens zuwider. Er ekelte sich davor. Auch vermißte er ein echtes, ruhiges Ich-Gefühl. Entweder war er ein bißchen zu gut gelaunt, oder er durchlebte tapfer die Stunden der Depression – beide Zustände hatten etwas Unechtes. Er sehnte sich danach, wieder ganz normal und ausgeruht sich selbst zu fühlen, sozusagen nur *zu sein*. Im Moment hatte er guten Stoff; aber was würde sein, wenn die 25 Gramm aufgebraucht waren, im Herbst? Vielleicht bekam er Stoff, aber schlechten? Das hatte er schon einmal erlebt und dann kotzen müssen. Er haßte es zu kotzen.

Im Fernsehen sah er einen ehemaligen Prominenten, der in einer Talkshow über seine Kokain-Karriere sprach. Angeblich hatte ihn eine 19jährige Frau gerettet. Konstantin Wecker, so hieß er, war schon in Braums Alter, als er ins Gefängnis mußte, nachdem man den Stoff in seiner Wohnung gefunden hatte. Das alles ängstigte Stephan maßlos.

Unangenehm war auch, daß seine Freunde ziemlich limitierte Menschen zu sein schienen. Sie nahmen das Zeug schon seit Ewigkeiten und ihrem Charakter hatte das nicht gutgetan. Sie waren oft aufbrausend, redeten andere nieder, ließen selbst beste Freunde hängen und urteilen oft erschreckend kaltblütig über Nahestehende. Es waren lustige, geistreiche, aber auch egoistische Typen. Würde er jemals ganz mit ihnen warm werden können? Nun, es gab auch Ausnahmen. Rebecca Winter, die im Mittelpunkt der ganzen Kokstruppe stand, hatte schon vor Jahren aufgehört. Sie war ein phänomenaler Widerspruch. Einerseits schien sie diese Welt über alles zu lieben. Sie organisierte die Treffen, gemeinsame Ausflüge, Geburtstags- und Faschingspartys, Fahrten in die Sommerfrische, grandiose Drogennächte, und sie folgte wie sonst niemand den verbalen Gefechten und geistreichen Ausbrüchen. Andererseits nippte sie noch nicht einmal an einer Cola. Sie lebte absolut enthaltsam, aß nur Biokost und trank nur

Wasser. Nun, diese Frau wenigstens hatte ein großes Herz. Dann waren da die Draschan-Brüder, von denen wenigstens der ältere, Thomas Draschan, eine Art echter Freund geworden war. Während der Mal-Sessions an den unfertigen Hölzl-Werken war man sich nähergekommen. In den langen ruhigen Stunden der Arbeit war ein Grundvertrauen gewachsen, das man im hektischen Nachtleben nie erreicht hätte.

Dabei redeten beide auch endlich über die Schattenseiten der Droge. Warum nicht früher? Thomas meinte, die Depression sei unbeschreiblich und entsetzlich, das wisse Braum ja selbst, darüber zu reden sei bei ihm wohl kaum nötig. Sollte er es aber dennoch nicht erfahren haben, würde es noch kommen. Das bedrückte Braum. Was meinte der Freund nur? Wußte er nicht, daß man den Prozeß auch unter Kontrolle halten konnte? Er vertraute sich ihm ganz an. Thomas schwenkte um, was er übrigens gern tat, er nahm die Dinge immer leicht: Ja, in diesem Fall könne es wohl anders sein.

»Liebes W. T.,

die Verdoppelung der Dosis bei der Mitteleinnahme ist in ihrer Wirkung weiter genauestens zu beobachten. Bisher habe ich die schlimmen Depressionen, die man mir immer vorhergesagt hat und die übrigens in der entsprechenden Literatur immer beschrieben werden, weitgehend durch einen kleinen Trick vermeiden können, nämlich, indem ich das Mittel extrem *regelmäßig* nehme. Immer, wenn der sogenannte Hangover normalerweise einsetzen müßte, nämlich am nächsten Morgen, nehme ich bereits die nächste Ration zu mir. Das hat jetzt monatelang funktioniert, und das, obwohl die Ration lächerlich gering dosiert war. Ich hätte hundert Jahre so weitermachen können, bei weiterer stetiger Gewichtsabnahme und Verbesserung der Gesundheit. War es daher nicht eine falsche Entscheidung, die Dosis zu verdoppeln? Was war oder ist der Vorteil? Nun, zum einen ist auch die neue Dosis noch gering, also nur ein Bruchteil dessen, was ein normaler Wiener an einem Wochenende verbraucht. Inzwischen weiß ich ja, daß die Songzeile ›Ganz Wien / Greift auch zu Kokain‹ eine realistische Beschreibung des Ausgehverhaltens breiter Schichten der Bevölkerung darstellt. Zum anderen habe ich neue Erlebnisse, intensivere Wahrnehmungen, (noch) mehr Spaß am Leben, oder besser gesagt: wieder den gewohnten Spaß, der mir durch die zurückliegende Krise fast genommen worden war. Gestern zum Beispiel bin ich wieder mit dem tollen Elektrofahrrad durch die Stadt gefahren, und es war so herrlich wie noch nie zuvor, das muß ich hier einmal aufschreiben.

Zusätzlich zur Ration der Mitteleinnahme hatte ich zwei Aspirin geschluckt, gegen leichte Kopfschmerzen, eine Dreiviertel-Tablette Relpax, entsprechend 30 Milligramm, und ein halbes Zahnputzglas voll Vogelbeerschnaps, entsprechend 0,15 Liter. Ich sollte vielleicht hinzufügen, daß ich in der zurückliegenden Nacht sexuellen Vollzug hatte, also echten, vollständigen und zu Ende geführten Geschlechtsverkehr (Doreen). Das ist ja auch in Zeiten der Mitteleinnahme für mich nicht selbstverständlich. Mit Xenia war der Sex doch recht reduziert und verbogen, und auch mit Doreen war es für mich kein Zuckerschlecken am Anfang, weiß Gott! Natürlich war ich sehr stolz damals, doch um die genuin sexuelle Befriedigung, die die Kohabition für den Mann bereitzuhalten normal ist, habe ich mich doch meistens herumgelogen.

Doch bei Doreen habe ich nun etwas Neues ausprobiert. Ich hatte mir vorgenommen, das Kind einmal ernst zu nehmen und mich zum intensiven Zuhören zu zwingen. Es war furchtbar. Ich hätte gern ihre Lebensgeschichte gehört, vernahm aber nur vermehrt ihre Poesiealbum-Weisheiten. Höhepunkt war eine Lesung aus dem Buch ›Der kleine Prinz‹. Klar, Doreen wollte der kleine Prinz sein, das begriff ich.

Aber hätte sie diese Phase nicht mit 13 abschließen können? Jedenfalls lohnte sich mein Langmut. Ich probierte dabei auch gezielt die Kombination Kokain und Alkohol aus. Stefan Draschan hatte mir erzählt, der eigentliche Hangover am nächsten Tag beruhe gar nicht auf Koks, sondern komme von den Nebengiften, die der User in aller Regel ohne jedes Maß zu sich nehme. Mit Kokain im Blut könne man Hochprozentiges trinken wie Wasser, literweise, unbegrenzt. Und das täten auch alle. Daß ich vom großen Absturz meistens verschont bliebe, läge daran, daß ich mich völlig auf Kokain konzentriert und alle Nebengifte außen vor gelassen hätte. Und es stimmte. Ich war so besessen von meinem Kokainkonzept, daß ich gar nicht auf die Idee kam, nun auch noch und überflüssigerweise Säufer zu werden. Als es nun aber mit Doreen zum Äußersten kam, wollte ich die genannte Mischung im Hinblick auf Sex beispielhaft testen, was mir auch gelang. Es war ein toller Rausch, und ich verstehe nun, was die eigentliche Gefährlichkeit dieses Weges ist. Oft darf man das nicht machen.

Am nächsten Morgen und wieder allein setzte ich mich auf mein E-Bike und genoß meine Euphorie. Ich war wieder ein richtiger Mann! Ich geriet in eine Art Stolzrausch. Das Licht war surreal hell, der Himmel war surreal blau, die Fassadenfarben der palastartigen Häuser waren surreal kräftig, die gigantischen Kästen schoben sich beim Fahren ineinander und wieder auseinander, in stetiger Perspektivbewegung. Der heiße Sommerwind wehte mich an, als bestünde er aus tausend kleinen weichen Teilchen. Das Kopfweh verschwand schon nach den ersten Metern dieser tollen Fahrt. Ich streckte und reckte mich. Andere Radfahrer stöhnten unter der Hitze – bis zu 38 Grad waren angekündigt –, ich aber war mit meinem lautlosen Elektromotor unbezwingbar. Immer wieder überholte ich idiotisch gekleidete Männer auf Rennrädern. Sie trugen Renntrikots mit Ziffern drauf, kurze hautenge Hosen,

Helme, und das alles nutzte ihnen nichts, auch nicht die am Lenker befestigte Nuckelflasche, aus der sie Elektrolytwasser saugten: Ich war doch schneller. Sie schwitzten und fluchten, saßen in der typischen Radfahrerhaltung fest: nach oben buckeln, nach unten treten. Ich hingegen saß aristokratisch aufrecht, den hohen Lenker ruhig haltend, den Kopf hoch oben und frei. Ich trug auch keine Trikotagen, sondern einen hellen Sommeranzug, der mir durch die extreme Gewichtsabnahme um Arme und Beine flatterte. Ich spürte die wunderbare, besänftigende Laufruhe und Kraft des Elektromotors. Das Rad hatte nur 599 Euro gekostet und stammte aus China. Deswegen gab es jetzt eine Dumpingklage der Europäischen Union gegen das asiatische Riesenreich. Mein Herz schlug schnell, obwohl ich mich überhaupt nicht anstrengte.

Ich fuhr den Ring entlang und bog dann in die Mariahilfer Straße ein. Das ist nämlich meine Lieblingsstraße. Die Bäume filterten das Licht sehr schön. Diese Straße ist die längste und abwechslungsreichste Einkaufsstraße der Welt – und trotzdem keine Fußgängerzone. Junge Leute laufen da herum und keine Rentner, die Angst vor Autos haben. Es geht recht steil bergauf, zunächst, und leicht gewunden, wie manchmal in italienischen Küstenstädten. Hare-Krishna-Leute zogen nervtötend rasselnd und scheppernd vorbei, endlos lachend und hüpfend, es störte mich diesmal nicht. Autos parkten dicht an dicht auf beiden Seiten des schmalen, aber regen Verkehrsflusses. Dieser Verkehr war es, der der Straße Dynamik, Ziel und Sinn gab. Keine unentschlossenen Fußgänger standen herum und fraßen irgendwas in sich hinein, wie in den Fußgängerzonen in Paderborn, Karlsruhe, Hagen, Hamm, Gladbeck und tausend anderen erlahmten Städten. Die Fußgängerzone markiert den Übergang von der Industrie- zur Freizeitgesellschaft. Bestimmt ist Wien die einzige Stadt Europas, die noch ein dynamisches Zentrum hat. Ich fühlte plötzlich, daß die Leute hier etwas zu tun haben, daß sie fleißig sind, daß es einen Sinn gibt in ihren Bewegungen. Wien wächst noch. Gerade hat es Hamburg als zweitgrößte Stadt im deutschsprachigen Raum überholt. Die vielen neuen Einwohner wollen etwas, die stehen noch im Arbeitsleben, anders als die Rentnermassen und Frühpensionierten in Deutschland. Es gibt ein Links und ein Rechts, dazwischen eine Fahrbahn, und jedes Teilchen hat eine Richtung. Langbeinige Frauen hasten bei Grün über die Zebrastreifen. Überhaupt die schönen, halbnackten Frauen: Es ist, als gäbe es bei dieser Hitze eine allgemeine Verabredung aller gutgebauten, attraktiven und jungen Frauen, nach draußen zu gehen und sich zu zeigen, am besten in der Mariahilfer Straße, während alle älteren und nicht gänzlich perfekten Frauen zu Hause zu bleiben haben und sich hinter dichten Vorhängen verstecken müssen. Das ist mir natürlich nur recht, um ehrlich zu sein. Hier im Tagebuch kann ich es ja schreiben. Gegenüber Doreen würde ich anders argumentieren. Die innere Schönheit sei wichtiger und so weiter.

Elegante Limousinen schwebten am Hotel Kummer vorbei. Am Hotel Imperial fuhren sogar zwei Maybach-Karossen vor, Diener in Uniform öffneten den Wagenschlag. Hier passierte etwas. Hier war noch Aufschwung, Wirtschaftswunder, Lebensfreude, und passend dazu knatterte gerade eine Brigade Redbull trinkender Vespamädchen über den Asphalt. Sie machten Werbung für das Gesöff und zeigten viel Bein. Ich hätte sie alle umarmen können. Wenn ich dagegen an die öde autofreie Zone in meiner Geburtsstadt Hamburg dachte, dieses stehende Grundrauschen einer orientierungslosen, unglücklichen Masse, die dort herumstiefelte wie eine Häftlingsbelegschaft beim Hofgang, überkam mich das ganze Glück, dem alten Leben entronnen zu sein und nun in dieser Stadt zu leben, für immer, nach dem schönen Motto: Ganz Wien / Greift auch zu Kokain!

Ich fuhr bis zum Ende der Straße und wieder zurück. Vor

dem Straßencafé ›Bortolotti‹ machte ich Halt, um meine Handy-Nachrichten zu lesen. Ich bestellte einen Fruchtbecher für 5,20 Euro. Dann las ich eine Nachricht von Doreen. Ich gebe sie hier wortwörtlich wieder, diese Liebesworte oder, wie ich finde, Bewerbung für die Klapsmühle:

›*Verlassen sind wir doch wie verirrte Kinder im Walde. Wenn du vor mir stehst und mich ansiehst, was weißt du von den Schmerzen, die in mir sind, und was weiß ich von den deinen. Und wenn ich mich vor dir niederwerfen würde und weinen und erzählen, was wüßtest du von mir mehr als von der Hölle, wenn dir jemand erzählt, sie ist heiß und fürchterlich. Schon darum sollten wir Menschen voreinander so ehrfürchtig, so nachdenklich, so liebend stehn wie vor dem Eingang zur Hölle.*‹

Jetzt merkte ich erst, welche Leistung ich in den zurückliegenden 24 Stunden erbracht hatte. Es war mir tatsächlich gelungen, dieser exaltierten Person so adäquat Paroli zu bieten, daß es zu einer körperlichen und somit wohl sogar seelischen Verschmelzung gekommen war. Jeder Mann stand im Prinzip vor dieser Aufgabe, aber ich hatte sie am besten und vortrefflichsten gelöst. Wieder setzte ein bißchen der *Stolzrausch* ein. Meine Brust blähte sich. Ich sah auf die anderen Gäste im Lokal. An allen Tischen wurde geredet. Ich schloß wohlig die Augen und hörte im 360-Grad-Dolby-Ton wohl zwanzig Gespräche gleichzeitig um mich herum, darunter viele Balkansprachen. Wieder fühlte ich, wie die warme Sommerluft wehte und meine Poren berührte. Ganz offensichtlich war ich um ein Vielfaches empfindsamer als sonst. Ich fiel nun ganz in mich hinein, dachte an die letzte Nacht, an Doreens Rücken und Nacken, wenn sie schlief, aber auch an mein seltsames neues Leben als Quasi-Galerist der Werke Hölzls. Es machte mir nun keine Angst mehr. Ich würde viel Geld mit den Bildern verdienen, und ein Risiko bestand praktisch nicht. Ich konnte jederzeit behaupten, Hölzl hätte mir alles anvertraut. Tote können nicht widersprechen. Und wenn er doch noch mal aufwachte, würde er mich für alles lieben.

Als nächstes beobachtete ich Anfälle sexueller Gier in meinem Zustand. Ich sah das weiße Fleisch der hinteren Ober- und Unterschenkel einer wahrscheinlich hochattraktiven Frau, die an einer Säule lehnte und telefonierte. Zwanghaft mußte ich andauernd hinsehen. Dann krallte sich mein Blick an einem Plakat unweit meines Tisches fest, das ein junges Mädchen im Bikini zeigte: riesige Sonnenbrille, blond, feste Brüste, knallroter offener Mund – ich erhob mich wie ferngesteuert und stand dann minutenlang hechelnd davor wie Lumpi vor der Wurstheke. So ging es nicht weiter, und ich beschloß, mich langsam zurückzuziehen. Ich fuhr über Umwegen – auch am Donaukanal entlang – zu Hölzls Atelier, um Thomas beim Malen zu unterstützen, moralisch. Er leidet darunter, einem fremden Werk zu dienen, ist er doch selbst ein nicht ganz unbekannter Künstler.

Zusammenfassend kann ich sagen, daß meine jüngsten Experimente interessant waren. Die Verdoppelung der Ration sollte ich beibehalten, aber mit den sogenannten Nebengiften sollte ich lieber gar nicht erst anfangen. Einmal ist keinmal.«

Es war unausbleiblich, daß Braums früheres Leben ihn eines Tages einholen würde. Simpler gesagt: Drei Personen machten ihm allmählich zu schaffen. Da war sein Bruder, der ebenfalls in den alten Medien tätig war, vom Rausschmiß beim ORF gehört hatte und sich Sorgen machte. Dann Xenia, die aus Paris zurückgekehrt war. Ob ihr altersgeiler Schweizer Freund dabei eine Rolle spielte, stand noch nicht fest. Sie hatte ihren Pariser Partner – den schwarzen Zuhälter, der ein neues, anständiges Leben beginnen wollte – mitgebracht. Zuletzt ein Berliner Top-Galerist mit dem Arbeiternamen Harry Schmeling, der seit Jahrzehnten den Künstler Hölzl vertrat und der nun den überraschend eingesetzten ›Nachlaßverwalter Stephan Braum‹ kennenlernen wollte. Auch der Bruder – er hieß übrigens Manfred – wollte rasch ein Treffen, nachdem Stephan am Telefon nicht sehr gesprächig war.

Zwei Hölzl-Bilder hatte Braum bereits für viel Geld verkaufen können. Harry Schmeling wurde nervös. Ihm fehlte Nachschub für die bevorstehenden großen Messen in New York, Basel und Miami. Fast wäre er nach Wien geflogen. Braum konnte ihn nur mit der Zusicherung davon abhalten, selbst bald nach Berlin zu kommen. Bei seinem Bruder Manfred verfing der Trick nicht. Der reiste tatsächlich nach Wien, um Stephan zur Rede zu stellen. Vier lange Tage wohnte er bei ihm. Eine heikle Situation: Immerhin verkehrte Stephan nur mehr mit Künstlern aus der verkoksten Hölzl-Szene, während Manfred direkt aus der alten öffentlich-rechtlichen Fernsehwelt der 80er Jahre anreiste. Immer wieder kamen Freunde vorbei, die den Bruder für geistesverwandt hielten und sofort Witze über Frauen, Drogen und Kunst machten. Manfred hielt den Kunstmarkt für das Unseriöseste überhaupt. Witze über Kokain verstand er nicht. Sexistische Witze fand er unerträglich. Vor allem wollte er wissen, wie es denn mit Stephan beruflich weitergehen solle. Deswegen war er gekommen. Er hatte viele bohrende Fragen, und je länger er blieb, desto bohrender wurden sie.

Warum ging sein älterer Bruder plötzlich in ein Atelier? Und in ein Spital, in dem ein Fremder im Koma lag? Was hatte er in drei Gottes Namen mit Kunst zu tun? Wieso hatte er soviel Geld? Wie wollte er verhindern, bald pleite zu sein? Warum bewarb er sich nicht bei anderen Sendern oder bot wenigstens neue Geschichten an? Vielleicht war er geschockt, und er, Manfred, mußte ihm wieder auf die Beine helfen. Er tat es, indem er ihm neue Themen vorschlug.

»Schau mal«, sagte er beispielsweise, »es kommt jetzt ein völlig neues Buch über Zwangsarbeiter in Frankreich während der Nazidiktatur heraus. Daraus könntest du einen Film machen, nicht wahr?«

Braum verschluckte sich an seinem Getränk. Zwangsarbeiter! Nazidiktatur! Besetztes Frankreich vor einer Million Jahren! Das lag ihm völlig fern, und er sagte es.

»Aber das ist doch dein Thema, Stephan! Darüber hast du doch schon vor zwanzig Jahren einen Film gemacht. Was heißt einen, viele!«

Stephan röchelte. Viel zuviele, dachte er.

»Oder mach' doch noch einmal ›Verlorene Deutsche in Polen‹, das geht immer, weil es um Deutsche geht und zugleich um die Verbrechen im Zweiten Weltkrieg. Das kannst du dem Norddeutschen Rundfunk anbieten. Die zahlen nicht mehr so gut wie früher, aber ...«

Stephan wollte lieber in und über Wien arbeiten, bedeutete er.

»Dann mach doch ›Geschichte der Nachkriegsarchitektur auf der Josefstädter Straße‹, das kriegst du vielleicht nicht im ORF unter, aber es soll auch interessante Privatsender in Österreich geben, etwa Radio Stephansdom. Da gibt es pauschal 220 Euro pro Beitrag. Na ja, irgendwo mußt du halt wieder anfangen!«

220 Euro! Das Hölzl-Bild »Das größere Wunder«, fertiggestellt unter seiner Regie von Thomas Draschan, hatte ihm gerade 12 000 Euro in die Tasche gespült. Aber der Bruder ließ nicht locker. Er wollte Stephan wieder in Lohn und Brot sehen. Was er in seiner Wohnung sah, machte ihn nicht glücklich. Einmal – er hatte natürlich einen eigenen Schlüssel bekommen – platzte er herein, als Doreen zugegen war. Sie befand sich im Bad, und Stephan, noch vor der Mitteleinnahme, sagte zerstreut, es handele sich um die Putzfrau. Dann kam die junge Frau aber nackt ins Zimmer. Sie schrie kurz und verschwand

wieder. Für Manfred ein weiteres Indiz dafür, daß mit dem Bruder etwas nicht stimmte.

»Was habt ihr für *Putzfrauen* hier in Wien?« fragte er.

»Ach, seit der Osterweiterung gibt es das, weißt du. Seit April dürfen sie hier arbeiten ... zu Millionen kommen sie rüber. Da kann man sich alles aussuchen. Auch sowas.«

»Aha.«

»Wo waren wir stehengeblieben?«

»Bei den Themen. Du könntest auch Regionalgeschichten anbieten, finde ich. Zum Beispiel ›Die Geschichte des Dorfes Heinersbrunn‹. Dabei kriegt man die Kosten garantiert wieder rein, zur Not muß man den Film halt im Kulturhaus der Kreisstadt zeigen ...«

So ging es weiter. Der Bruder zwang Stephan zu regelrechten Brainstormings. Immer tiefer wurde er zurückgeschubst in das verdrängte Unglück seines alten Lebens. Jeden Tag sprachen sie über die berufliche Lage, wobei Stephan immer deutlicher wurde: Der Journalismus ist tot. So mausetot wie der Spießer, der er einst war. Der verklemmte Mainstream-Öko, dessen Selbstwertgefühl auf einem Essen mit Rezzo Schlauch aufbaute, einmal im Jahr.

Nein, er freute sich darauf, wieder ungebremst als Kunstagent und Mittelsmann tätig sein zu können. Leider gab es noch weitere Bremsklötze. Xenia bedrängte ihn zunehmend, etwas für ihren schwarzen Freund zu tun, der ebenfalls in den Kunstmarkt wollte. Er war nämlich in Wirklichkeit gar kein Kokaindealer, sondern ein verhinderter Maler. Ein afrikanischer Künstler. Er malte in plumpen grellen, »afrikanischen« Farben, braun, gelb, orange, grün, mit einem ebenso plumpen, breiten Strich, was gute Laune ausdrücken sollte. Braum gefiel das sogar ein bißchen, aber der Kunstmarkt akzeptierte seit Ewigkeiten nur Negativkunst und konnte mit so etwas nichts anfangen. Xenia aber drängte weiter. Um Braum gefügig zu machen, schlief sie mit ihm. Noch immer relativ neu auf diesem Gebiet, war er ein schnelles Opfer. Schließlich hatte er in seinem Leben noch kaum die Gelegenheit gehabt, nein zu sagen, was sexuelle Offerten anbelangt. Während Manfreds Besuches besaß er somit zwei Geliebte gleichzeitig, die auch nicht abzuwimmeln waren. Xenia schlug allen Ernstes einen »Dreier« mit Doreen vor, ein aus ihrem Mund nicht ungewöhnlicher Vorschlag. Da Braum durch den seit Monaten vorgenommenen Drogenkonsum Anfälle von Infantilität und Unbeherrschtheit durchzustehen hatte, wäre es fast zur Katastrophe gekommen. Beinahe hätte er Manfred alles hingeknallt, wie dem ORF-Intendanten. Er hätte von der unerträglichen Langweiligkeit des politisch korrekten Journalistenlebens gesprochen, nein geschrien, und von seinen neuen Einnahmequellen. Der Bruder hätte auf der Stelle Meldung bei der Polizei gemacht.

Im Braums »Wissenschaftlichem Tagebuch« finden sich die Ereignisse leicht geschönt wieder. Gehen wir zurück in den späten Juli. Noch ist der Bruder nicht da.

»Liebes Tagebuch,
gestern habe ich einen schönen Tag mit Doreen gehabt. Sie ist ja so ein Kind. Und wie alle unreifen Frauen redet sie immer von Reife, Entwicklung, Weisheit, Frau-Sein, Erwachsensein. Nachdem ich wieder gefühlte dreitausend SMS aus ihrer Hermann-Hesse-Welt erhalten hatte, fand ich mich zu einem längeren Treffen bereit. Wir wollten einen Heurigen-Abend erleben, ordentlich trinken und dann mit dem Taxi nach Hause fahren. Doreen hatte eine neue Metallkette gekauft, die ich aber unter keinen Umständen anfassen wollte. Es ist mir schon extrem unangenehm, daß meine Fingerabdrücke auf der alten Metallkette kleben, die ich Hölzl geliehen hatte. Sollte er sterben, kommt die Polizei womöglich noch auf die Idee, sich dieses Folterinstrument näher anzusehen. Inzwischen hat mich ja sogar Thomas Draschan ge-

fragt, ob ich ihm die Kette ebenfalls borgen könne. Er habe da eine Opernsängerin am Start, die ein besonderes Programm erwarte. Ich habe nur geblafft, ich hätte das Ding gar nicht mehr. Die ganze Koks-Szene scheint auf diesen S/M-Mist zu stehen. Fast könnte man die S/M-Sache als den Zwillingsbruder des Kokains bezeichnen. Widerlich. Warum nur ist das so? Nun, ich fuhr mit dem herrlichen Elektrorad bis zur Neubaugasse. Das ist eine Querstraße zur Mariahilfer Straße. Ich hatte die exakte Tagesration genommen und fühlte mich körperlich wohl. Wieder hörte ich besonders intensiv die Geräusche der Großstadt, das Abrollen der Gummireifen auf dem Asphalt, das Schlagen der Türen, Bremsen, Hupen, Aufheulen der Motoren, die Rufe der Menschen, das helle Lachen der gefoppten Mädchen. Im Stadtzentrum von München hätte ich das E-Bike schieben müssen und hätte nur das Kratzen der Krückstöcke auf dem Beton gehört. Allerdings gibt es auch in Wien, wie ich gehört habe, eine grüne Initiative, alle Autos aus der Innenstadt zu verbannen. Die Grünen sind einfach die Pest jeder Gesellschaft. Andererseits muß man sie wählen, weil alle anderen Parteien korrupt sind. Es ist zum Verzweifeln. Aber egal, ich schoß also die geliebte Einkaufsstraße entlang, konnte es nicht lassen, bis zum Ende und wieder zurückzufahren, obwohl ich schon spät dran war. Zwischendurch setzte ein dreiminütiger Spontanregen ein, der die aufgeheizte, teerwarme Straße naß und glattspiegelnd machte, was sehr schön aussah. Die Temperatur bewegte sich auf die 40 Grad zu. In den Nachrichten verstieg man sich zu der Behauptung, der heißeste Tag seit Bestehen der Temperaturaufzeichnungen stünde bevor. Ich fand das nicht. In den beiden Sommern zuvor war es heißer und drückender gewesen.

Doreen stand schon ungeduldig und aggressiv am vereinbarten Platz. Ich schloß das Elektrorad ab. Sie besaß kein Rad, sonst hätte ich sie gern hinter mir herhecheln lassen. Wir wollten zum Heurigenlokal mit den städtischen Verkehrsmitteln gelangen. Kaum war ich abgestiegen, merkte ich die Hitze. Ich hatte ein großes Handtuch in meiner Reisetasche, um den ganzen Kopf jederzeit trockenrubbeln zu können. Doreen stand in einer Art intergalaktischem Kampfanzug da. Hohe Schnürstiefel, Gladiatoren-Umhang, Sonnenbrille.

›Du bist schon länger da und hast mich die ganze Zeit beobachtet, stimmt's?‹ fragte sie enerviert. Ich bejahte, um ihr ein gutes Gefühl zu geben.

Wir liefen unnötig lange bis zur Busstation – man hätte sich auch gleich dort treffen können. Ich holte eine Flasche eiskaltes Sprudelwasser hervor – Himbeerkracher – und trank gierig. Der Bus kam, wir stiegen ein, setzten uns nebeneinander. Aus allen Richtungen trafen uns mißgünstige Blicke. Das überraschte mich. Ich überprüfte die Lage, sah mir die Leute genauer an, um zu sehen, ob ich gerade paranoid war oder ob die Rentner wirklich so unverhohlen haßerfüllt auf uns blickten. Es war so. Na, recht so, wenn mein Bruder erst da ist – am Montag will er mich in Wien besuchen und eine volle Woche bleiben –, wird es andere Blicke geben. Ich genoß den Neid der Bluthochdruck-Mitbürger. Eigentlich unfaßbar – das war *meine* Generation! Besser gesagt, das ist sie einmal gewesen!

Doreen plapperte nahezu ununterbrochen, aber nicht narrativ, was unterhaltsam hätte sein können, sondern theoretisch. Das war anstrengend. Ich war ständig versucht, falsche Gedanken richtigzustellen.

›Ich komme wandelnd aus der Dunkelheit und bewege mich ins Licht, wie Kafka sagt, das trifft volle Kanne auf mich zu …‹

Kann man da ruhig bleiben? Darf man Kafka so im Regen stehenlassen? Schlimm wurde es, als wir den Bus verließen, in die Straßenbahn wechselten, eine halbe Stunde später auch die verließen und zu Fuß einen Berg hochkletterten, zum Heurigen-Gasthof hinauf. Heurigen sind nämlich Gasthöfe, die in einen Weinberg hineingebaut sind. Man trinkt dann für wenig Geld den Wein, der dort wächst. Auch beim Aufstieg zu Fuß redete Doreen und legte noch einen Gang zu. Im Sommer zuvor wäre ich dabei gestorben. Jetzt erstaunte mich meine Kondition. Zumindest der erste Kilometer machte mir nichts aus, im Gegenteil, es machte Spaß, weit ausholend nach vorn zu streben und das gesunde Auf und Ab der Lungentätigkeit zu spüren. Um Doreens Rede erträglicher zu machen, stellte ich ihr immer wieder ganz konkrete Fragen, etwa: Wie war der beste Freund, den du bisher hattest? Erinnerst du dich an das erste Mal mit Hölzl? Welche Bücher haben deine Kindheit geprägt? Welchen Beruf hatte dein Großvater?

Beim Großvater stieß ich auf eine ergiebige Quelle. Der war ein echter Nazi gewesen, hatte Doreen zur Lieblingsenkelin ausgerufen und viel mit ihr geredet. Sie drückte es so aus:

›Opi war herzlich, aufmerksam, lustig, dominant auf liebevolle Weise. Er hat mir eine Offenheit gezeigt, die ich von meinen Eltern nicht kannte. Ich habe gespürt, daß er mich mag. Er hat mir Komplimente gemacht, hat gesagt, ich sei eine von seinem Schlag. Ich solle aufpassen, nur den Besten zu nehmen. Die Männer würden mir noch nachpfeifen.‹

Nicht schlecht, so ein Opa? Dummerweise hatte er große Hitler-Porträts von Leibphotograph Hoffmann in seiner Wohnung hängen. Damit fiel er als Vorbild aus. Auch sprach er von den Gräueln des Dritten Reiches, zwar realistisch, aber leider auch relativierend: ›Kind, es war Krieg!‹ So hatten schon die Leute um Goebbels alles entschuldigt.

Wir kamen an. Ich war nun doch fertig. Doreen war in ihre Poesiealbumssprache zurückgefallen, genauer gesagt: in die Welt der Amelie. Das war ein Film, den Doreen zwar nicht kannte, der aber sehr präzise ein bestimmtes Rollenbild von jungen Frauen des 21. Jahrhunderts beschrieb. Nämlich von Frauen über zwanzig, die sich ganz bewußt und knallhart dafür entscheiden, nicht älter als zwölf Jahre zu sein. So eine selbstgewählte, lupenreine, fest umschriebene Rolle konnte ja viel stärker sein und leichter durchzusetzen als eine normale, unbewußt angenommene, tendenziell sogar von außen aufgenötigte. Und so war Doreen in ihrem Irrsinn kaum aufzuhalten. Wie ein Kind beschrieb sie stundenlang, wie sie Kuchen backte oder mit dem kleinen Prinzen sprach oder ihre Lieblingskleider an bestimmte Stellen im Zimmer hängte – und zwar ohne jede Rückmeldung des Gesprächspartners.

Kann so eine Person auf Dauer für mich interessant sein? Nur in Kombination mit anderen Frauen. Darauf läuft in der Szene ohnehin alles hinaus. Jetzt ist auch noch Xenia aus Paris zurückgekommen und will etwas von mir. Erstaunlich, aber wahr. Sie hat nie aufgehört, mir Mails zu schreiben. Mit mir sei es so ... menschlich ... oder so ähnlich, ich habe es vergessen, also nicht so brutal wie mit den anderen Koksern. Hmmm, wen und was sie wohl meinte? Jetzt lungert sie in Wien herum und hat auch noch den Schwarzen mitgebracht. Ich zögere nicht, das Wort Alptraum an dieser Stelle zu verwenden. Gebe Gott, daß sie nicht auftaucht, wenn mein Bruder da ist!

Jedenfalls tranken wir rasch den heimatlichen Weißwein, ich glaube, literweise. Jedenfalls tat das Doreen. Ich hielt mich ansatzweise an meine Direktive, keine Nebengifte mehr zuzulassen. Ich trug eine kleine Plastikflasche, 95 ml, mit einer Flüssigkeit mit mir, die ich seit Monaten getestet habe, nämlich 35-prozentigen Vogelbeer-Schnaps. Frühzeitig nahm ich den Trunkenheitsbeschleuniger zu mir, in einem Zug, auf dem Klo. Von da an brauchte ich nicht mehr viel. Jedenfalls kein weiteres Gift mehr. Bei der Alkoholzuführung achte ich neuerdings darauf, nur eine einzige Alkoholart zu verwenden und diese schnell und vollständig in den Magen zu führen. Das heißt, daß nur ganz harte Spirituosen infrage kommen, am besten Schnäpse. Birne, Melisse, Apfel oder eben Vogelbeere. Die Trunkenheit setzt bei 0,1 Liter zuverlässig nach etwa zehn Minuten ein. Den Rest des Abends kann man dazu nutzen, Leber und Magen mit nichtalkoholischen Getränken und kräftigender Nahrung zu stabilisieren. Genau so lief es auch diesmal. Geradezu mustergültig. Also bei mir. Nicht bei Doreen, die allmählich aus den Fugen geriet.

›Du bist so unschuldig‹, lallte sie, ›ja echt, du bist so ein guter Mensch ... ich bin froh, daß es dich gibt!‹

Sie küßte mich. Ich sagte, ich sei ebenfalls froh, sie kennengelernt zu haben. In dem Gartenlokal saßen andere Menschen als in der Straßenbahn. Gruppen an langen Holztischen, wahrscheinlich Betriebskollegen. Sie wirkten unlustig, verstört und traurig, aber schleuderten uns keine haßerfüllten Blicke zu.

Der Psychotalk setzte wieder ein. Ich muß das hier einmal aufschreiben:

›Weißt du, ich als Waage-Frau brauche immer den Ausgleich, auch beim Trinken. Wenn ich einen Riesling bestellt habe, muß ich als nächstes einen Roten haben. Hölzl war ja Stier, deshalb verstand ich ihn so gut, wie einen kleinen Bruder ...‹

›Womit verdienen eigentlich deine Eltern ihr Geld?‹

›Also ich hab gespürt, daß sie unterdrückt wurden vom Großvater. Ich habe da eine Wut nachgefühlt, einen ... Jähzorn. Bei mir war es eher der Schmerz. Ich habe immer ... also ich bin ein Schmerzensmensch. Ich liebe Kafka, und ich liebe sogar Hölzl deswegen, weil beide auch dieses Dunkle, Schmerzverzerrte haben.‹

›Äh, ja. Ich meine – wieso eigentlich? Welchen Schmerz meinst du denn?‹

›Meine Therapeutin, der ich das erzählt hab mit Hölzl, weil ich einmal mit blauen Flecken im Gesicht in die Stunde kam, sagt, es habe mit Schuldgefühlen zu tun. Die kommen vom Opa.‹

›Vom Opa?!‹

›Natürlich.‹

›Ich finde übrigens Kafka gar nicht dunkel‹, sagte ich. ›Seine Briefe an Felice und an andere Frauen sind von unbeschreiblicher Leichtigkeit und Humanität.‹

›Ich weiß, am Schluß heiraten alle den weißen Prinzen, der mit dem Schimmel vorreitet.‹

›Was?‹

›Weißt du, was mich fertiggemacht hat bei der Masochismus-Geschichte? Ich wurde mißbraucht, geschlagen – aber es erregte mich auch ...‹

Logisch. Doreen erzählte Selbstverständliches. Immer wieder kam Hölzl ins Spiel, aber auch Hölzls Frauen, mit denen sie wohl halbwegs befreundet war oder sein wollte. Angeblich hatte sie zu allen auch ein erotisches Verhältnis. Alle Viertelstunde bestellte sie ein Achtel Wein. Bald hatte sie dadurch einen Schlafzimmerblick, ihre Lider hingen auf halbmast. Das sah süß aus. Ihre Schilderungen ergaben nie ein Bild für mich, etwa wenn sie sagte, mit Xenia sei es total freundschaftlich gewesen, man habe eine Freundschaft und ein Liebesverhältnis gehabt, bis zu einem bestimmten Vorfall, danach habe Doreen das Liebesverhältnis beendet, doch sei die Freundschaft geblieben. Welcher Vorfall? Ich verstand nur Bahnhof. Dabei interessierte mich Xenia brennend. Was war mit ihr? Hatte Doreen sie schon gesehen, seit sie aus Paris zurück war? Und den Schwarzen etwa auch? Ich stellte die entsprechenden Fragen.

›Nein, noch nicht, aber wir schreiben uns auf Facebook. Ich find' die Sachen vom Moisee echt gut. Das ist Stammeskunst, weißt du. Also, das habe ich gehört. Das wird vom herrschenden Geschmack natürlich unterdrückt. So läuft eben der Rassismus heute.‹

›Woher weißt du das alles? Wer sagt das? Xenia? Stellt sie seine, äh, *Werke* schon ins Netz?‹

›Ja, klar. Und Kommentare gibt's auch, logisch. Aber ich

weiß auch noch nichts, müßte Moisee erst als Mensch erleben.‹

›Du meinst, als Sternzeichen.‹

›Ja, und was seine Eltern mit ihm gemacht haben und so. Zum Beispiel haben meine Eltern mir nie den Wert gegeben, den ich gebraucht hätte. Und so fing ich an zu lügen. Ich möchte aber nie mehr lügen müssen in meinem Leben. Ich möchte, daß auch die Eifersucht keinen Wert mehr hat in den unsichtbaren Fäden, die mich mit meinen Liebsten verbinden ...‹

Und so weiter. Wert, Lügen, unsichtbare Fäden – ich wollte endlich Fakten hören und fragte plump:

›Wo bist du aufgewachsen? Auf welche Schule bist du gegangen? Wie hieß dein Deutschlehrer?‹

›Ich bin in der Nähe des Hundertwasserhauses aufgewachsen, beim Prater. Als Kind habe ich immer im Prater gespielt. Wir haben im dritten Bezirk gewohnt. Meine Schwester war ein Jahr älter. Papa hat viel gearbeitet. Ich war ein anhängliches Mamakind. Sie ist Skorpion, weißt du, deswegen berührten sich unsere Astralkörper von Geburt an oder schon davor. Sie hat auch den Schmerz verstanden. Weißt du, ich habe mich in den Männern, die ich hatte, völlig aufgelöst, um den Schmerz nicht mehr zu spüren.‹

›Und warst dann nicht mehr du selbst, nicht wahr?‹ heuchelte ich Interesse. Sie brachte das Gespräch zuverlässig immer wieder weg von den Fakten, Zahlen und Daten:

›Ich habe mir meine Kindlichkeit erhalten, ja, eine Art Elfenhaftigkeit, und ich respektiere jede Meinung und jeden Menschen und die Liebe. Die Liebe ist eine große Rätselrallye, weißt du, man muß sie geschehen lassen und wird sie nie verstehen, und weißt du was, das ist auch gut so ...‹

Ich nickte ernst. Ja ja, gewiß, abgesehen davon, daß man für die Liebe viel organisieren muß, dachte ich ... Zum Beispiel das Kokain am Abend. Niemand hat noch etwas, seit der ›Bundestrainer‹ hochgegangen ist, unser aller Kokslieferant. Nur ich habe etwas, und das spricht sich immer mehr herum, jedenfalls wenn ich der Maus schon wieder was gebe. Ist doch klar. Alle sind hammermäßig auf Entzug, und Doreen kommt glücklich zugedröhnt ins ›Alles wird gut‹ und sagt, sie hätte mich so lieb. Am Ende hört noch ein ziviler Ermittler zu. Grauenvoll.

Nein, ich konnte das nicht riskieren.

Diesmal schlief ich nicht mit ihr, und so mußte ich ihr auch nichts geben. So sind nun einmal die unausgesprochenen Gesetze.

Aber es war ein angenehmer Abend. Ich sah dem pretty baby wohl stundenlang in die schönen Augen. Zurück fuhren wir mit dem Taxi. Ich zahlte alles, und das machte mir sogar Spaß, denn seit dem Verkauf von ›Das größere Wunder I und II‹ kann ich als reicher Mann gelten. Ich überlege sogar, eine eigene Ausstellung mit neuen Hölzl-Werken zu organisieren. In der Szene wäre ich dann nicht nur ein respektiertes Mitglied des Freundeskreises, sondern eine handelnde Person im Markt. Kein big player, aber doch ein Mann mit Einfluß. Es wäre phantastisch!«

»Wien, den 31. Juli 2013
Liebes Tagebuch,
Manfred ist da! Am Flughafen habe ich mich sehr gefreut. Ich bin sogar über die Absperrbande gesprungen (!), um ihn frühzeitig zu umarmen. Das hat ihn schon ein wenig verwundert, wenn nicht befremdet. Ich bin ja sonst selten gesprungen, zuletzt wohl als Kind. Er meinte später, die ›Freude‹ bei der Begrüßung sei ihm etwas aufgesetzt vorgekommen. Solche Scherze mache man nicht im Sicherheitsbereich eines internationalen Flughafens. Ich meinte, der Wiener Flughafen sei zwar klein, mache aber den Eindruck eines Weltflughafens. Hier spiegele sich der Hang der Österreicher zu Weltläufigkeit und Größe.

›Ja schon, aber dann hättest du erst recht nicht wie ein junger Hund über die Balustrade hüpfen dürfen. Nicht bei deinem Gewicht. Bist du eigentlich dicker geworden?‹

›Dicker?! Bist du wahnsinnig? Ich habe 23 Kilo abgenommen!‹

So lange hatten wir uns also nicht mehr gesehen. Oder er hatte die letzten Treffen verdrängt. Wahrscheinlich hatte er ein Bild von mir aus der Zeit, als ich noch verheiratet war. Damals hatte ich schon deutlich über 100 Kilo auf die Waage gebracht, was aber womöglich knapp weniger war als die 110 Kilo von heute morgen.

›So, abgenommen hast du? Na, von mir aus, aber das ist noch lange kein Grund, mich vor aller Leute Augen zu verarschen.‹

Etwas geknickt lief ich weiter, seine Tasche tragend. Nun war klar, daß er nicht aus alter Freundschaft gekommen war, sondern um einer Aufgabe nachzukommen. Er hatte natürlich von meinem Rauswurf beim ORF gehört und machte sich Sorgen. Er wollte mich wieder auf Spur bringen. Obwohl er der jüngere Bruder ist, verhält er sich immer wie der Bewahrer von Sitte und Ordnung. Schon unsere Eltern waren im öffentlich-rechtlichen Bereich tätig, Mutti im Fernsehen, Vati beim Staat. Wir gingen zum Auto, und ich bezahlte 13,50 Euro Parkgebühr. Da Manfreds Flugzeug aus Berlin kam und somit zwei Stunden Verspätung hatte, war dieser hohe Betrag angelaufen. Manfred ärgerte das. Das sei Wucher, dagegen müsse man etwas unternehmen. Ich überlegte, ob eigentlich über meine Kokain-Einnahme etwas bekanntgeworden sein konnte in Manfreds Umfeld. War er etwa sogar deswegen angereist, der strenge Bruder? Dann gute Nacht! Ich wollte seine Laune aufhellen:

›Tolles Auto, nicht wahr? Umweltschonend, mit Hybrid-Motor, trotzdem 150 PS, ganz fein!‹

›Finde ich NICHT! So eine Riesenkiste, wer braucht denn das! 150 PS! Ein verantwortungsloser Blödsinn!‹

›Na ja, klar, sicher. Stimmt natürlich. Aber von der Form her sieht er schon geil aus. Also, finde ich.‹

›Es macht mich irgendwie betroffen, wenn du so etwas sagst. Früher hast du nicht so gesprochen. Ein Auto, das ›geil‹ sein soll. Ich weiß wirklich nicht.‹

Er schüttelte verärgert den Kopf. Tatsächlich gehörte das Wort ›geil‹ nicht zu dem Vokabular, mit dem wir uns früher verständigt haben. Er war auf der richtigen Spur. Ich hatte mich verändert. Als Bruder merkte er das. Auf dem Weg in die Innenstadt stellte er mir Fragen.

›Hast du eigentlich noch Kontakt zu Diedrich?‹

›Wie? Zu wem?‹

›Zu Diedrich!‹

›Welchem Diedrich?‹

›Diedrich Diederichsen!‹

›Ach so! Ja klar, äh, nein, eigentlich nicht, nicht wirklich.‹

›Ja was denn nun?‹

Dieser Name traf mich wie ein fossiler Knochen aus extrem vergangener Vorzeit, und er prallte schmerzhaft gegen meinen Kopf. Wer war das noch mal gewesen, Diedrich Diederichsen? Ich mußte passen:

›Sorry, Bruderherz, aber ich habe den Jungen seit zwanzig Jahren nicht mehr gesehen, schätze ich.‹

›Bist du jetzt voll dement? Wir haben doch Weihnachten mit ihm verbracht, Weihnachten vor einem Jahr! Und nenne mich nicht ›Bruderherz‹ – so haben wir uns noch nie angeredet. Ich fühle mich verulkt, wenn du solche Töne anschlägst, und das verletzt mich auch irgendwie.‹

›Ja, ist klar. Entschuldige.‹

›Also, was ist nun?‹

›Was?‹

›Mit dir und Diedrich …‹

So ging es die ganze Zeit weiter. Nach und nach holte er die Vergangenheit zurück. Natürlich fragte er nach dem

ORF, und ich mußte ihm vorschwindeln, ich sei bereits intensiv auf Jobsuche. Zu Hause hatten wir das Pech, daß Doreen gerade im Bad war. Ich hatte sie vorgewarnt, aber wahrscheinlich ist sie gerade deswegen bei mir aufgetaucht. Sie sagte schon seit Tagen, sie wolle meinen Bruder kennenlernen. Doreen hat sich in letzter Zeit zu einer echten Stalkerin entwickelt. Sie schnüffelt in meinen Sachen herum, will alles über mein Leben erfahren. Ich bin geneigt anzunehmen, daß sie in mich verliebt ist. Das ist zunächst einmal eine schöne Nachricht, denn wann war jemals eine Frau in mich verliebt? Ich würde es gern auskosten, aber das geht nicht, solange Manfred da ist. Außerdem ist es erstaunlich, wie schnell einem Stalken auf die Nerven geht. Damit kann man zuverlässig jemanden abstoßen. Deswegen hatte Doreen es wohl immer getan, bei allen Männern – nur so konnte sie weiter ›verletzt‹ werden. Alles sonnenklar, alles in Ordnung, nur war dieses falsche Pathos – ›mein Leben lang bin ich verletzt worden, tu du es nicht auch‹ – schlicht unerträglich. Nun gut, der Bruder machte also große Augen, und die schöne junge Frau tat erschreckt, lief ein paarmal zu oft und zu nackt durchs Zimmer. Nun war für ihn klar, daß ich auf Abwegen war. Doreen dachte gar nicht daran, die Situation zu entschärfen, das spürte ich instinktiv. Also bugsierte ich Manfred geschwind wieder aus der Wohnung und fuhr mit ihm zum Atelier. Ich verwendete dazu Fahrräder. Ich nahm mein Elektrorad, für ihn hatte ich ein normales Rad besorgt. Natürlich war ihm meine plötzliche Eile suspekt, und er forderte mich ostentativ auf, ihm endlich zu sagen, was das alles sollte und wo wir jetzt hinführen.

›Wir fahren ins Atelier. Ich muß leider ein paar wichtige Dinge erledigen. Aber es wird dir gefallen.‹

›Ins Atelier?!‹

Er sprach es so gedehnt aus, A-tee-li-jee, als wäre es die Bezeichnung eines ekligen fleischfressenden Insekts.

›Ja, ich arbeite in einem Atelier hier in Wien, also ein bißchen, aushilfsweise.‹

›Was? Bist du jetzt Künstler geworden? Oder Aushilfskraft? Mit der Kunst haben wir doch nie etwas am Hut gehabt, nie, niemals!‹

›Hm …‹

Fast hätte er auf den Boden gespuckt. Künstler mochte er offenbar nicht. Warum eigentlich? Habe ich den Kunstbetrieb eigentlich auch so verachtet, früher? Ich weiß es nicht mehr.

›Und, hallo, was war das eigentlich für eine Frau da eben? Kannst du mir das mal sagen? Das würd' ich doch gern als erstes wissen!‹

So ging es dahin. Ich empfand Manfred mal als Bedrohung, mal als absurd und lustig, so daß ich manchmal bei meinen Antworten aberwitzig wurde. So erklärte ich ihm, Doreen sei eine Putzfrau aus Osteuropa. Meine kokainbedingte Freude an surrealen Situationen verführte mich sogar dazu, ihn nicht nur ins Atelier, sondern auch zu Hölzl ins Spital mitzunehmen. Nun hatte ich beide Dinge auch aus anderen Gründen vor. Es war einfach gerade mein ganz normaler Arbeitsalltag, den ich nicht völlig vernachlässigen konnte.

Im Atelier befand sich nun Thomas Draschan, der dort seit Wochen arbeitet und Hölzls Bilder übermalt und fertigstellt. Er ist immer dankbar für etwas Abwechslung bei der ungeliebten, weil ehrlosen Tätigkeit. Thomas hielt Manfred natürlich für ›einen von uns‹, erkannte in meinem Bruder fälschlicherweise den Kokainisten und übte sich gleich in derben Scherzen.

›Auch schon fleißig Sport getrieben heute mit King Stephen? Ha ha ha ha!‹

›Was? Wer? Ach so, ja. Wir sind mit den Fahrrädern hier!‹

›Mit den Fahrrädern, ha ha ha ha ha!‹

Thomas Draschan lachte sein unverwechselbares raumfüllendes Theaterlachen. Ich hatte Lust, mir jetzt einmal eine Extraportion zu gönnen. Für die kommenden Stunden. Es wäre angemessen gewesen. Mein Handy klingelte, und ich ging nicht ran, weil es Doreen war.

›Dein Handy klingelt!‹ sagte mein Bruder ärgerlich.

›Nein, ist nur eine SMS‹, sagte ich.

›Warum liest du sie nicht?‹

›Hm, na ja. Was soll ich sagen. Es ist eine Stalkerin, die mir immer so Nachrichten schickt.‹

›Eine was?‹

›Ein Mensch, der mich verfolgt.‹

›Aha. So so. Und das gibt dir das Recht, einfach ihre Nachrichten nicht zu lesen?‹

›Na ja …‹

›Dann lies doch mal vor!‹

Ich tat ihm den Gefallen und las:

›Das Sterben ist das Größte, das es überhaupt gibt, neben der Liebe. Was denkst du über den Tod? Die Liebe ist für uns beide und der Tod auch, aber das Sterben heben wir uns für später auf.‹

Thomas Draschan wieherte sein Lachen, daß die Pappwände wackelten. Mein Bruder dagegen runzelte die Stirn und meinte, darüber müsse man natürlich erst mal im Einzelnen diskutieren. Das hielt Draschan für gelungene Ironie und schlug dem anderen krachend auf die Schulter. Er war einen Kopf größer und furchteinflößend kräftig, anders als die vielen schlanken und abgemagerten Kokser im Freundeskreis. Er lachte und lachte. Später nahm ich ihn zur Seite und erklärte ein bißchen die Lage, leider zu spät. Er hatte schon Diskurse über das Bilderfälschen losgelassen. Leider konnte ich nicht gehen. Es lagen Schriftstücke und Vereinbarungen des international anerkannten Hölzl-Galeristen Harry Schmeling vor, die ich beantworten mußte. Manfred sagte ich, ich müsse dringend etwas in Sachen neue Jobsuche erledigen. Er war darüber *not amused:*

›Also irgendwie macht es mich schon betroffen, daß ich nach so langer Zeit meinen Bruder besuche, dafür Kosten in Kauf nehme und dann gesagt bekomme und mir anhören muß, daß er Wichtigeres zu tun hat. Da ist dann mit einemmal die Jobsuche bedeutender als der eigene Bruder. Eine schöne Bescherung ist das.‹

›Aber Manfred, das ist nicht so. Außerdem sagst du doch selbst, daß ich mir dringend eine neue Arbeit besorgen soll. Deswegen bist du doch hier, oder?‹

›Bitte schön. Für mich ist die Angelegenheit damit erledigt.‹

Das war eine stehende Redewendung von ihm und bedeutete nicht viel. Ich machte mich an die Papiere, während er das Atelier argwöhnisch betrachtete. Die Hölzlbilder fand er, wie er zu sagen nicht müde wurde, entsetzlich.

›Das soll Kunst sein? Ich finde es ehrlich gesagt ganz schön traurig, daß du dich inzwischen mit so etwas abgeben mußt. Du mußt hier wieder raus, Stephan.‹

Als wir dann rauswaren, stänkerte er sofort gegen Thomas Draschan:

›Sag mal, was ist denn DAS für eine Type? Fälscht der Kunstwerke?‹

›Quatsch! Ha ha ha ha!‹

Ich zwang mich, möglichst laut zu lachen, am besten so wie Draschan selbst. Dann belehrte ich Manfred, Leute nicht zu belasten, die nur übertrieben lustig seien.

›Übertrieben, genau! Weiß Gott! Dieser Mensch ist wirklich übertrieben. Wie kannst du nur in solchen Kreisen verkehren? Früher warst du anders. Was ist los mit dir?!‹

Ich mag Thomas Draschan gern. Er ist ein treuer Freund, immer hilfsbereit, extrem gebildet und in jeder Debatte engagiert und humorvoll. Er nimmt keine Drogen, weiß aber alles darüber und versteht die Süchtigen, weil er selbst zehn Jahre lang Konsument war. Es ärgerte mich, meinen Bruder, der ebenfalls nur mit Leuten wie Rezzo Schlauch bekannt war, wie ich früher, so über meine interessanten neuen Freunde reden zu hören. Ein kokainbedingter Jähzorn braute sich in meinem Hirn zusammen. Noch hielt ich ihn zurück. Aber der Bruder machte weiter:

›Ich verstehe dich nicht. Erst die Prostituierte in der Wohnung, dann solche Geistesgestörten wie dieser, äh, *Thomas* in deiner unmittelbaren Umgebung und dann kein Kontakt mehr mit Diedrich, und bei Ursula hast du dich auch nicht mehr gemeldet seit Ewigkeiten ...‹

Ursula who? Ich wußte wirklich nicht, wen er meinte. Ich kannte niemanden, der so heißt. Ursula Carven? Ursula von der Leyen? Ursula Töle? Ich starrte auf meine Füße.

›Entschuldige ... welche Ursula meinst du?‹

›Ursula! Mensch, komm zu dir! Ursula Braum!‹

Ach so, Tante Uschi. Ich vergaß, daß Verwandtschaftstitel nicht mehr verwendet wurden in unserer Familie. Man hatte die Tante seit ihrer Angsttherapie, die sie vor zwei Jahren begonnen hatte, mit ihrem offiziellen Vornamen anzusprechen. Alles lang, lang her. Nur mühsam erinnerte ich mich wieder an die Person. Ich entschuldigte mich leicht verstört. Aber er war noch nicht fertig:

›Außerdem wollte ich dir noch etwas sagen. Ich finde nicht, daß deine liebe Exfrau, die soviele Jahre an deiner Seite gestanden und alles mitgemacht hat, die dir sogar bis nach Schweden gefolgt ist, daß dieser wunderbare Mensch, den ich immer geschätzt und hochgehalten habe, wie du weißt, es verdient hat, daß jetzt, sozusagen an ihrer Stelle, als ihre Quasi-Nachfolgerin, irgendwelche Nutten von dir ausgehalten werden, wie diese *Doreen*.‹

Schweden war ihre Idee gewesen. Damit die Nelly, unsere blöde altersschwache Katze, noch ein paar Jahre in der Natur leben konnte. So der Plan. Und verlassen hatte *sie* mich, die wunderbare Exfrau. Und Doreen war keine Nutte, sondern ein Klon aus der fabelhaften Welt der Amelie. Na ja, was war schlimmer, konnte man da fragen. Ich beschloß, mich nicht provozieren zu lassen. Irgendwie mußte ich den Bruder wieder loswerden. Er sollte mich nicht dazu bringen, mein neues Leben wieder zu verlieren. Ich gönnte ihm keinen Sieg, jetzt schon gar nicht mehr. Wir fuhren zum Krankenhaus, und ich machte viele Umwege, um ihn abzulenken und die schöne Stadt Wien zu zeigen.

›Da schau, das Burgtheater!‹

›*Das* Ding da? Hatte ich mir größer vorgestellt.‹

›Ist die größte deutschsprachige Sprechbühne der Welt!‹

›Was ist sie?‹

›Egal!‹

›Jedenfalls eine Enttäuschung!‹

›Und da, das Parlament!‹

›Wieso Parlament?‹

›Na ja, eben so!‹

›Braucht die Stadt ein eigenes Parlament? Ist ja lächerlich. Bei uns heißt das Rathaus.‹

›Schau, hier, die Hofburg!‹

›Wo?‹

›Das ganze Zeug hier. Es ist der größte zusammenhängende profane Bau weltweit. Das hat mir der Sekretär des Bundespräsidenten einmal selbst gesagt. Er hat mir nämlich eine private Führung gegeben!‹

Jetzt ärgerte sich Manfred. Tatsächlich bin ich mit dem Sekretär für Kultur und Militärwesen des Präsidenten befreundet, aus dem bekannten Grunde des gemeinsamen Drogenkonsums. So etwas ist möglich in Wien. Das muß man sich immer wieder vor Augen halten. Ist halt eine lange Tradition hier. Was woanders eine Droge ist, ist hier Folklore – und somit nicht so schlimm. Aber mein Bruder hielt meine letzte Aussage für pure Angeberei. Da bewegte sich jemand in seinen Augen auf die Spinnerei zu, den galoppierenden Wahnsinn. Er hielt inne, schnaufte und setzte zu einer Abrechnung an:

›So so, der Bundespräsident. Wie interessant. Ich fände es allerdings viel interessanter, wenn ich nicht länger diesen alten Drahtesel von Billigfahrrad fahren müßte, selbst strampelnd, während du ohne jede eigene Kraftanstrengung mit dem E-Bike fährst. Daß du es überhaupt wagst, mich derart zurücksetzend zu behandeln, macht mich, ehrlich gesagt, ein Stück weit betroffen. Ich finde das nur noch traurig. Aber mach nur weiter mit deinem Tourismus-Trip, wenn dir das Spaß macht!‹

Ich erinnerte mich wieder an diesen viel zu schnell genervten, ungeduldigen Tonfall, der schon früher typisch für Manfred war. Der Tonfall aus meiner Kindheit. Die nächsten Tage würden hart werden, denn diesen Tonfall kriegte er nicht mehr weg. Bei jeder Kleinigkeit war er wieder da. Einmal gingen wir in eine Ausstellung, bezahlten zusammen 12 Euro, wobei ich dank meines Presseausweises umsonst hineinkam. Die Karte für Manfred teilten wir uns, wobei ich fünf und er sieben Euro bezahlten, ich hatte es gerade nicht anders.

›Wieso bezahlst eigentlich du fünf Euro und ich sieben, wenn du gerade gesagt hast, wir teilen uns die Kosten? Die Hälfte von zwölf ist sechs.‹

›Klar, ich gebe es dir nachher.‹

›Das sagst du jetzt, *nachdem* ich dich darauf aufmerksam gemacht habe. Das hättest du gleich sagen sollen. Ich finde es ziemlich peinlich, daß man so was immer erst ansprechen muß bei dir. Sonst *vergißt* du es einfach, nicht wahr.‹

Manfred ist geizig, und ich bin es auch. Trotzdem habe ich mich überreden lassen, die Kosten seines Besuches zur Hälfte zu übernehmen. So kam es pausenlos zu absurden Betragsteilungen. Für seinen Flug mußte ich ihm 117,34 Euro überweisen. Selbst das Trinkgeld wurde penibel geteilt. Wir gingen oft in Lokale und bestellten fast überall das billigste Gericht.

Bei diesen Essen sprach Manfred dann Klartext. Er hatte mich dann in den Seilen und konnte mich bearbeiten. Sein Anliegen war es tatsächlich, mich in die Großfamilie des öffentlich-rechtlichen Fernsehens zurückzuholen. Er sparte nicht an Vorschlägen. Einmal sagte er sogar, ich solle eine mehrteilige Serie über in Polen verbliebene ehemalige Sudetendeutsche vorschlagen. Oder hießen die Ostpreußen? Budget eine Million Euro. Ich wäre dann zweieinhalb Jahre lang beschäftigt. Er könne da etwas für mich machen. Zur selben Zeit hämmerte Doreen in mein iPhone. Sie sei gerade mit Xenia im Spital und sie hätten Hölzl wieder ins Leben zurückgeholt. Sie hätten ein Lied von Harry Belafonte gesungen, sein Lieblingslied aus Kindertagen, und ich müsse sofort ebenfalls ins Krankenhaus kommen, er habe nach mir gerufen.

›Manfred, es tut mir leid, aber ich muß sofort ins Krankenhaus. Ein Freund von mir liegt dort im Koma und ist gerade aufgewacht.‹

Manfred antwortete wieder in dem zu schnell genervten, hochfahrenden Tonfall des Beleidigten. Was für ein ›Freund‹ das denn wieder sei?!

›Der Hölzl.‹

›Was? Nie gehört! Hat der auch einen Vornamen?‹

›Nein, es ist *der* Hölzl. Der Künstler.‹

›Ach so. Das imponiert mir gar nicht. Was hast *du* damit zu tun? Wir haben hier wirklich wichtige Dinge zu besprechen!‹

›Er hat nach mir gerufen.‹

›Und ich rufe nach dir!‹

›Aber er war im Koma, Mann!‹

Wir zogen also los, er unwirsch, ich aufgeregt bis zum Anschlag. Beim Zahlen kam es fast zum offenen Kampf. Mir fehlten noch fünfzig Cent bis zum halben Betrag.

Natürlich fuhr ich viel zu schnell, und Manfred stellte mich dafür an einer Ampel wutentbrannt zur Rede. Dann wieder zwang er mich in Höhe des Volksgartens zu einer längeren

Pause, weil er meinte, unsere Räder hätten nicht den optimalen Luftdruck. Er pumpte umständlich sein Rad auf. Wieder beschwerte er sich, ich würde ihn zwingen, sich anzustrengen, während ich ... Mir platzte der Kragen:

›Sei froh, daß ich dir überhaupt das Rad leihe und die Wohnung und alles andere!‹

›Ach, der Herr Bruder will wohl nicht, daß man ihm hilft? Daß man sich hinunterbegibt in den Sumpf, in dem er gelandet ist, wie alle Spatzen es von den Dächern pfeifen?‹

›Mir geht's gut! Und das Erbe hast du dir ganz allein unter den Nagel gerissen!‹

Nun kam es zur großen Auseinandersetzung – aber die konnte ich mir gerade jetzt nicht leisten, und so bog ich alles ab und entschuldigte mich. Endlich erreichten wir das Krankenhaus der barmherzigen Brüder. Wir kamen in den schmalen Gang, an dessen Ende zum Besuchergarten hin Hölzls sonniges Zimmer lag, und wir hörten bereits die hohen Mädchenstimmen Xenias und Doreens, die dieses bekannte, ja allzu bekannte Lied aus den 50er Jahren sangen. Es handelte von Elefanten und anderen Tieren, die im Dschungel schliefen. Es hörte sich zum Davonlaufen an, und ich verstand, daß der Komapatient aus dieser Lage sofort fliehen wollte. Es war Folter.

Ich begrüßte die verstummenden Mädchen nicht und näherte mich gebannt dem Kranken. Er sah freilich aus wie immer. Sekunden vergingen. Ich realisierte schwach, daß außer den Frauen noch ein Schwarzer zugegen war, wahrscheinlich Xenias Drogendealer aus Paris, dieser Moisee. Ich krächzte Hölzls Namen.

Keine Reaktion. Stattdessen fragte mein Bruder, ob man ihn nicht einmal ins Bild setzen, ihn wenigstens vorstellen wolle. Das sei doch wohl das mindeste! Er war ziemlich beleidigt.

›Er schläft ja immer noch?‹ flüsterte ich.

›Ja, jetzt wieder.‹

›Er ist wirklich aufgewacht?‹

›Doch, ziemlich sicher!‹ sagte Doreen.

›Was ... was ist passiert?‹

Sie hatten wohl ziemlich lange das kitschige Lied gesungen, nein, erst das Lied ›Bumba Ya‹, und da habe Hölzl sich stöhnend zur Seite gedreht, von den Frauen weg, zur Wand hin. Dann hätten sie noch andere afrikanische Lieder gesungen, zuletzt das von Harry Belafonte.

›Und ... er hat meinen Namen gesagt?‹

›Nein, das haben wir nur erfunden, damit du kommst.‹

›Ach, schade.‹

›Moisee sagt, es ist gut, wenn noch weitere Anverwandte und Homies mitsingen.‹

›Puh ... das wird schwierig.‹

›Moisee sagt, der Fall ist klar. Er kennt sich da aus. Die Ärzte haben wenig zu tun mit so was ...‹

Ich sah kurz zu ihm und gab ihm die Hand, flüsterte meinen Namen. Xenia stellte uns leise vor. Die laute beleidigte Stimme Manfreds übertönte uns dabei.

›Kann *auch mir* einmal jemand freundlicherweise mitteilen, was da geflüstert und gewispert wird?‹

Hölzls gepeinigter Christuskörper stöhnte, und alle erschraken, bis auf Manfred. Ich mußte aktiv werden. Nachdem ich erklärt hatte, wer Manfred war und wer die anderen, erbot sich der Dealer freundlich, meinem Bruder etwas zu besorgen:

›You need'n sum stuff, man?‹

›Entschuldigung?‹

›It's hard for you, I see it in your eyes, brother. Moisee can help you. Moisee and people here will ...‹

Ich machte hektische Zeichen hinter Manfreds Rücken. Man solle ihn in Ruhe lassen. Die Zeichen wurden aber nicht verstanden. Niemand konnte sich vorstellen, daß ich, der vielleicht beste Freund Hölzls, einen Bruder hatte, der Drogen und insbesondere Kokain für etwas Negatives hielt. Insgesamt war die Situation unbeherrschbar, jeder wollte etwas anderes, ein Konsens unmöglich. Wahrscheinlich waren alle, jeder für sich, so aufgeregt und hilflos wie ich selbst, vielleicht sogar Manfred, der sich deplaziert, unsicher und hintergangen fühlte. Immerhin gefiel mir Xenia. Sie trug ein strahlend weißes Herrenoberhemd und eine dunkelblaue Stoffhose, die ihr gut stand. Sie hatte doch eine tolle Figur, wie ich nun wieder erkennen konnte, so daß ihre Aussage, bald wieder mit mir Sex haben zu wollen, etwas Erfreuliches für mich war, egal was das konkret bedeuten sollte. Immer wieder starrten alle minutenlang und ratlos auf den Kranken, musterten dabei heimlich die Umstehenden. Zum gemeinsamen Kinderlied kam es nicht mehr, nur Moisee übte sich in einigen Versen.

Ich war froh, als wir wieder draußen waren. Das war ein hartes Stück Arbeit gewesen, dieser Rückzug, dieser lange Abschied voller gepreßter Wünsche und Verabredungen. Xenia wollte mich treffen, Moisee von mir und von Manfred gefördert werden, Doreen wollte Hölzl aufwecken und Manfred mich, und Hölzl selbst wollte – so schien es – in Ruhe gelassen werden. Alle schüttelten Hände und redeten schnell. Mein Bruder wartete genervt in der offenen Tür.

Wir suchten ein nahes jüdisches Restaurant auf, wir beide. Dort holte Manfred sein Fotohandy hervor und zeigte mir langweilige Bilder von langweiligen früheren Bekannten. Es wurde trotzdem die erste Stunde mit ihm, die mir gefiel. Seine Absicht war klar: Er wollte mich daran erinnern, was für super Freunde ich früher einmal gehabt hatte und wie scheiße die jetzigen doch waren. Es lief natürlich genau umgekehrt ab bei mir. Mit jedem Foto wurde ich glücklicher über den jetzigen Zustand. Alle Abgebildeten grinsten auf die gleiche nichtssagende und abstoßende Art in die Kamera. Oft waren es Urlaubsfotos. Dann sah man die Lofoten im Hintergrund, Fjorde in Norwegen, Berge in Spanien, Wälder in Frankreich, grauenvoll. Die Leute waren alle entsetzlich alt, oder sahen sie nur so aus? Konnte man mit 38 schon so aussehen, als sei man für immer tot? Sie trugen oft Wanderkleidung, Rucksäcke, lehnten an Fahrrädern oder Wohnmobilen, standen vor furchtbaren Ferienhotels oder stapften durch die malerische Mark Brandenburg. Sie posierten vor der naturbelassenen thüringischen Schweiz oder machten sich in der Lüneburger Heide ihre Gedanken. Heiter wurde es immer, wenn zusätzlich nichtidentifizierbare Kleinkinder im Bild waren. Enkel? Nichten? Leihkinder? Ich sah Gärten, Büsche, Zäune, Einfamilienhäuser, unbekannte graubärtige Nachbarn, dickbauchige Zeitgenossen in kurzen Hosen und mit Gartenschere, immer dumpf in die Linse grinsend. Ach, der fette Alte im schwarzen T-Shirt war *der Olaf*? Pardon, wer? Olaf Müller-Link! Ach ja, natürlich. Und hier, der Weißhaarige, nicht etwa der Vater von Julien Assange, nein, angeblich ein Cousin, mit dem ich aufgewachsen bin, der kleine Heinrich. Tja, und dann sogar Kirstin, meine Ex, nun sah ich sie wieder. In ihrer heutigen Verfassung. Ich mußte die Handykamera weit von mir weghalten, um den Anblick zu ertragen. Manfred ist trotz allem ein guter Fotograf. Er hätte Pressefotograf werden können, so klar und realitätsnah sind seine Aufnahmen. Man wird exakt auf den Stand der Dinge gestoßen. Es gibt kein Entkommen. Man sieht die Welt, in der er lebt, und erstarrt.

Zum ersten Mal seit der stürmischen Begrüßung am Flughafen mochte ich meinen Bruder wieder. Dieses fotorealistische, Jeff-Wall-hafte Festhalten der eigenen Hölle zeigte mir die gemeinsamen Wurzeln. Auch ich hatte etwas davon. Ich habe, mit Unterbrechungen, mein ganzes Leben lang Tagebuch geschrieben und tue es auch jetzt gerade. Was ich als 17jähriger schrieb, war ähnlich traurig, pedantisch und dokumentierend wie Manfreds Fotos. Mit 27 oder 37 erst recht. Nur in den Jahren, wo es etwas aufwärts ging und scheinbar besser lief, habe ich kein Tagebuch geschrieben. Nun, seit der Mitteleinnahme, schreibe ich anders und freier und über andere Dinge. Geblieben ist vielleicht das Pedantische. Und die Fähigkeit, mich adäquat auszudrücken. Wer von Kindheit an jeden Tag ein paar Seiten über das Erlebte schreibt, sozusagen Prosa, kann einfach gut schreiben. Das will ich mir nun zunutze machen. Vielleicht macht auch Manfred eines Tages Fotos von interessanten Menschen. In ihm brodelt soviel, er ist so unzufrieden, womöglich kommt auch bei ihm irgendwann der Umbruch. Ich will ihn nicht gänzlich aufgeben. Aber natürlich sehne ich den Moment herbei, ihn am Flughafen tränenreich zu verabschieden. Er wird sehr enttäuscht sein über die Tage mit mir und das auch sagen, und ich werde so tun, als hätte mir der Besuch unheimlich gut gefallen. Das ist meine Rolle. Hoffen wir, daß es auch wirklich so kommt und alles gutgeht!«

Leider blieb die Lage weder friedlich noch berechenbar. Es zeigte sich zu allem Ärger, daß Bruder Manfred noch ein tieferes, bisher geheimgehaltenes Motiv für seinen Besuch hatte. Ein regionaler deutscher Fernsehsender, bei dem Manfred seit Unzeiten unter Vertrag stand und dem er ein Projekt mit dem allessagenden Titel »Die Braums – eine deutsche Familie« schmackhaft gemacht hatte, beförderte diese Reise. Der zuständige Redakteur hatte Manfred überredet, seinen Bruder miteinzubeziehen. Es ging vor allem um die Zwischenkriegszeit. Stephan Braum, in der Branche kein Unbekannter, sollte Anekdoten erzählen, Geschichten von Großeltern und Onkeln, die er womöglich als Kind gehört hatte, sollte seine Archive und geerbten Fotoalben zeigen. Nicht nur die Legende, wie Tante Gertrude mit Handarbeiten damals die halbe Familie in Schlesien durchgebracht hatte – die wußte Manfred natürlich selbst noch –, sondern auch die sozialen Zustände während der großen Arbeitslosigkeit im Werra-Tal zu Beginn der 30er Jahre. Manfred wartete den richtigen Moment ab, um Stephan in das Projekt einzuweihen. Doch dieser Moment kam nicht. Was Manfred in Wien sah, schien ihm entsetzlich zu sein. So zögerte er.

Stephan wiederum tauchte immer öfter einfach ab. Er ließ den Bruder stehen und ließ sich in ein Abenteuer mit Xenia fallen. Er wußte, daß sie ihn nur ausnutzen wollte, für Moisee, dem sie ein Atelier zuzuschanzen gedachte. Warum sollte nicht auch der Afrikaner in Hölzls Räumen arbeiten? Oder eine Gruppen-Ausstellung zusammen mit Hölzls Werken bekommen? Stephan hielt Verabredungen mit Manfred einfach nicht mehr ein, was diesen rasend machte. Xenia hatte, neben dem klaren Sexversprechen, noch einen weiteren Trumpf in der Hand: das erste reine, vollkommen unverpanschte Kokain, das er bekam. Sie hatte ein Gramm des äußerst seltenen Stoffes von Moisee für genau diesen Zweck erhalten.

Es wurde ein herrliches Erlebnis für Stephan, das er wortreich in seinem Tagebuch festhielt, ein schöner Tag, ein erotischer, sinnlicher Rausch, mit seinem Tochterersatz Xenia und ganz ohne den so realen, leiblichen Bruder. Xenia zeigte sich von ihrer besten Seite. Manfred dagegen war jähzornig, undankbar, rechthaberisch und kleinlich. Beim nächsten Aufeinandertreffen kam es zum Krach. Stephan, ein Leben lang immer weich und nachgebend, der sprichwörtliche gute ältere Bruder, war nun selbst jähzornig, unbeherrscht und hysterisch. Die lauernde, unterschwellige Grundaggressivität, die seinen Bruder auszeichnete, hatte er nun selbst – als hätte er nachgerüstet. Manfred schimpfte auf Xenia, die er – wie schon Doreen – für eine Nutte hielt, während sie gegenüber Stephan nur Gutes über Manfred sagte, ja ihn für bezaubernd hielt. Manfred schimpfte über die Büffelmozzarella-Pizza im Restaurant *Mari*, die Stephan als die beste der Welt bezeichnet hatte. Manfred schimpfte über das Lokal *Anker*, das Stephan romantisch fand, weil er dort mit Xenia den schönen Tag mit reinem Kokain erlebt hatte. Manfred schimpfte über Stephans Wohnung, in der die Kopfkissen nach Nikotin stinken würden. Ein bizarrer Vorwurf, da Stephan seit Jahren nicht mehr rauchte. Manfred schimpfte über das kunsthistorische Museum in Wien, das schlecht gelüftet sei. Er schimpfte über das *Millennium-Multiplex*-Kino und den indischen Film *Best of Luck*, den Stephan ausgesucht hatte. Er hatte einfach ein paar Stunden weit weg sein wollen von der Welt seines Bruders, deshalb Indien. Manfred schimpfte über das Kanzlerfest, zu dem er von seinem inzwischen gut integrierten und vernetzten Bruder mitgenommen wurde. Dort, zwischen sozialdemokratischen Funktionären und Halbprominenten aus Kultur, Kunst und Medien, genau in der sogenannten Bonzen-Ecke, kam es zum finalen Zerwürfnis. Manfred rückte nämlich endlich mit seinem Projekt heraus, dem Film »Die Braums – eine deutsche Familie«.

Er formulierte es von Anfang an negativ. Er hätte ja eigentlich eine Zusammenarbeit gewollt, doch nach allem, was er hier gesehen habe, sei ihm die Lust fast schon vergangen, und zwar gründlich.

Stephan hörte sich die ganze Idee fassungslos an. Er fand das alles, in seiner neuen, verkoksten, naturgemäß paranoiden Verfassung, nur noch extrem uncool. Eine Doku über seine Alten? Wie sie in der Zwischenkriegszeit mit Opa und Oma arbeitslos waren? Wie Tante Ursula Erdbeermarmelade eingekocht hat? Wie Cousine Petra nach ihrer schweren Knie-Operation bei uns Aufnahme fand und so weiter? Warum das denn? Warum nicht einen Film über Rihanna machen? Oder wenigstens ein Interview? Da hätte man mehr Weltgeschehen als in zehn Folgen »Familie Braum«!

Rihanna? Kannte Manfred nicht. Dafür senkte er plötzlich seine Stimme, sah sich sichernd links und rechts um, taxierte einen harmlosen Bonzen in der unmittelbaren Nähe – es war der Sozialminister Mitterlechner – und flüsterte, es gäbe sogar ein Bild des Großvaters mit Adolf Hitler. Aber das zeige er natürlich nicht im Film. Oder nur ganz kurz.

»Ein gutes Bild? Ich meine, ist es scharf?«

»Sogar sehr scharf. Von Leibphotograph Hoffmann!«

»Super ... Das zeigst du dann in der Vorankündigung!«

»Natürlich nicht. Die Braums waren keine Nazifamilie ...«

Man geriet in Streit. Manfred unterstellte am Ende Stephan, ihm die Kontrolle über das Projekt entreißen zu wollen, bloß weil der ein paar gutgemeinte Vorschläge gemacht hatte. Stephan rief dagegen, mit solchen todlangweiligen Heldengeschichten – Oma Mieke soll einmal bettelnden Zigeunerkindern Kuchen gegeben haben – sowieso nichts zu tun haben zu wollen. Seine Nerven waren doch recht dünn geworden, nach über hundert Tagen Kokain.

»Das heißt Romakinder, du mieser Kerl!« konterte der Bruder.

»Jedenfalls will ich diese Generalpredigt über unsere beschissene Familie nicht. Welche Leistung soll das eigentlich sein, mit der wir das verdient ...«

»So?! Beschissene Familie, *wir*? Das bist du, mein Lieber, *dein* Leben ist beschissen! Ich überlege die ganze Zeit, ob ich dich in die nächste Sozialstation einweisen lassen soll!«

»Ganz ruhig, Manfred. Ich will einfach, daß du mich rausschreibst aus dem Skript.«

»Gern! Nur zu gern! Alles hier ist schockierend für mich. Das hat nichts mehr mit unserer Familie zu tun. Ich glaube, du gehörst nicht mehr zu uns.«

»Zu wem?«

»Du verstehst uns ja gar nicht mehr.«

Das stimmte! Stephan Braum sah es auf einmal selbst. Er konnte nicht mehr mit normalen Menschen reden. Bei jedem Gespräch mit einem durchschnittlichen Mitbürger sehnte er sich nach wenigen Minuten nach seinen Borderline-Freunden oder einfach nach dem nächsten erreichbaren, auch unbekannten Borderliner, mit dem er einen lustigen Abend haben würde. Im Laufe der Zeit hatte er viele kennengelernt.

Trotzdem blieb der Bruder volle zwei Wochen. Ein vorzeitiger Rückflug hätte 25 Euro Umbuchung gekostet. Das ließ sein Geiz nicht zu. Er ließ sich am Abreisetag sogar von Stephan wieder zum Flughafen fahren. Ein Taxi hätte fast 40 Euro gekostet. Beim Abschied sagte er, bevor er durch die Absperrung lief und sich in der Masse verlor, ganz ernst und unendlich vorwurfsvoll:

»Und was wird jetzt aus deinem Irakfilm?«

Stephan Braum sah ihm überrascht nach. Der *Irakfilm*? Den hatte er ganz vergessen …

Der Bruder ahnte es wohl. Er drehte sich nicht mehr um.

»Wien, den 1. August 2013
Liebes Tagebuch,
gestern habe ich zum ersten Mal absolut reines Kokain genommen. Es war eine klare Unterbrechung meines Langzeit-Programmes. Xenia hat es mir vorher nicht gesagt, so daß ich leider nicht umdisponieren konnte. Ich hatte die Tagesration schon im Blut, dazu 0,05 Liter Vogelbeerschnaps, was ja nichts ist. Das Mädchen besaß ein halbes Gramm, von dem mir etwas weniger als die Hälfte zugeteilt wurde. Ein weiteres halbes Gramm legte sie zurück, wahrscheinlich für einen anderen Zweck. In Wien sind ja viele auf Entzug, da kann man so was gut einsetzen. Angeblich ist total schlechtes Koks auf dem Markt, in dem praktisch nur Gift enthalten ist. Moisee mußte sie schwören, das ganze Gramm mit mir ›zu zerficken‹, wie sie sich unschön und irritierend ausdrückte. Ich habe schon Leute gesehen, die sich übergeben mußten von dem falschen Koks, das wie Hühnerpisse riecht. Die Typen würden alles geben für ein halbes Gramm von DER Qualität.

Jedenfalls hatte ich soviel Kokain im Körper wie noch nie zuvor. Ich mußte also genauestens beobachten, wie mein

Körper reagierte. Das habe ich auch getan und werde es hier getreulich zu Papier bringen. Das Gewicht ist zuletzt stärker zurückgegangen als im Vormonat. Im Juli verlor ich 6,5 Kilo, im Juni 4,0 Kilo. Das ist eine schöne Entwicklung. Aber schneller als 7,5 Kilo/Monat sollte es nicht gehen, sonst leidet die Gesundheit. Lange Zeit wollte ich Xenia nicht sehen, weil ich nicht in ihre Welt hineingezogen werden wollte. Das ist noch immer so. Man muß aber sehen, daß sie zu mir doch eine Art emotionales Verhältnis hat, nämlich Gefühle wie zu einem Vater, was jetzt zusätzlich zu den normalen und sexuellen Bindungen hinzukommt. Offenbar bin ich bei dem armen vaterlosen Ding in diese Rolle hineingerutscht. Dadurch ist es eben doch mehr als nur ficken und ausnutzen, und ich fühle nun fast so etwas wie eine Verantwortung. Das ist seltsam, da doch die Droge sonst eher die Gefühle abnehmen läßt.

Ich habe, während Xenia in Paris war, kaum Kontakt zu der Kleinen gehabt. Ich wußte zum Beispiel nicht, daß sie mit Moisee zwischendurch auf Geschäftsreise in Acapulco gewesen ist. Das muß eine phantastische Stadt sein, jedenfalls für Freunde reinen Kokains. Was Moisee dort getrieben hat, läßt sich denken. Xenia hat mir davon nichts, aber von allem anderen viel erzählt.

Zur Zeit ist es sehr heiß, es geht bis auf 40 Grad, auch gestern. Ich fühlte mich nach der Einnahme trotzdem großartig, wurde schnell sexsüchtig und begann stark zu schwitzen, was ich aber als angenehm empfand. Die Poren fühlten sich sehr frisch an, sie schienen zu atmen, spürten den Wind. Ich fühlte mich alterslos und zeitlos, nicht häßlich, nicht dick, nicht alt, sondern wie eine Instanz, wie eine Macht. Ich war ein goldener Gott, der alle Probleme lösen konnte. Xenia dagegen war nackt und makellos, eine Choreographie von Linien, eine lebendige Materie, ein Wesen, ein Körper. Sie lag auf dem Bauch, das eine Bein abgespreizt, bewegte die Lungenflügel sanft. Ich hatte solch einen Energieschub, daß ich sofort in sie eindringen mußte. Aber anders als sonst war es damit nicht in absehbarer Zeit vorbei, sondern fing erst an. Es war die Ouvertüre. Der Geschlechtsakt war das Vorspiel. Ich hatte ein phantastisches Ego und somit alles andere als Scham- und Schuldgefühle nach der Ejakulation. Alles war schön und gut. Während ich in meinen jungen Jahren immer nur das Ziel hatte, meiner Frau zum Orgasmus zu verhelfen, gab es nun kein Ziel mehr. Das Ziel war stets um uns, wir mußten es nicht anstreben.

Xenia legte ›Vitalic‹ auf, angeblich eine Kokainband. Bald hörte ich den Refrain:

›Dance like a machine / cocaine …‹

Und so fühlte ich mich auch. Wie eine Maschine. Nein, als wäre ich selbst eine Live-Band, die das Stück gerade spielt. Alles Negative war ausgeblendet. An meinen Bruder, mit dem ich zur selben Zeit verabredet war – er wollte mit mir zum *Impulstanz-Festival* gehen –, dachte ich nicht mehr. Der treibende Geilheits-Techno verstärkte die Wirkung der Droge. Noch weitere Musik dieser Art folgte, zum Beispiel Polaroid Cocaine von Ingrid Caven, und zwischendurch unterhielten wir uns oder verfielen wieder zuckend in sexuelle Handlungen. Es lag an der Wahrnehmung, die anders war, nämlich sexuell gesteuert. Ich nahm sexuell wahr, nicht geistig, und das Irrste daran: Ich war mir selbst sexuell attraktiv. Meine Haut schien sich verändert zu haben. Ich atmete die Welt ein, mein Atemzug ging über Meter, auf und nieder, ohne Begrenzung. Mein Puls beschleunigte sich bei den Handlungen immer mehr, was mich aber nicht störte. Es ist aber medizinisch von Belang und sollte nicht unerwähnt bleiben. Bestimmt hat sich mein Kreislauf in den letzten zehn Jahren nicht so verausgabt wie gestern. Ich finde aber nicht, daß dabei ein Schaden entstanden ist. Wenn ich zurückdenke an das Erlebnis, fühle ich mich gut.

Trotzdem war ein Stimmungseinbruch heute morgen zunächst nicht zu vermeiden. Die Enttäuschung darüber, eben doch nicht der alles möglich machende Gott zu sein, sondern nur ein ganz kleiner Mitmensch, ist groß und macht traurig. Ohne die sofortige Tagesration wäre ich vier Tage lang abgestürzt. Das sagt jedenfalls Xenia. Sie weiß viel über das Mittel. Selbst bei reinem Kokain hat man nach dem Rausch einen 25-prozentigen Stimmungsabfall über eine halbe Woche. Am Strand von Acapulco kann man damit aber umgehen. Man springt ins Meer, ißt etwas Gutes, zum Beispiel Langusten. Das Salzwasser ist super für die Haut. Dazu kann man sich aus den USA ein rezeptfreies Medikament mitbringen lassen, das 5-HTP heißt und alle Entzugsqualen wegmacht. Es handelt sich um die Elementarteile von Serotonin. Die rich kids nehmen das ganz selbstverständlich, immer gleich nach dem Aufstehen. Eine interessante Information. Sollte mein K-Programm eines Tages auslaufen müssen, etwa nach dem Erreichen des Idealgewichts von 80 Kilogramm, sollte ich 5-HTP im Haus haben.

Wir lagen lange auf Xenias IKEA-Bett und redeten erstaunlich wenig. Der große Laberflash, den ich bei soviel Koks erwartet hatte, blieb erst mal aus. Es lag wohl daran, daß der sonst immer beigemischte Speed fehlte. Einmal verzog sich Xenia sogar ins andere Zimmer und las ein Buch. Dann badete sie lang. Ich blieb glücklich in meiner Größenwahn-Welt. Als ich einmal unter die Dusche stieg, prickelte das Wasser auf meiner Haut wie Champagner. Dann lag ich auf dem Sofa, und schwere Gedanken zogen wie Wolken vorbei. Für alle Weltprobleme hatte ich Lösungen. Ich war so tough. Obwohl ich mich so verausgabt und das Girl glücklich gemacht hatte – sie befriedigte sich inzwischen selbst –, war ich nicht müde. Ich konnte jederzeit wieder wie eine Maschine abgehen. Gern hätte ich nun ein Glas eiskalten Gin Tonic getrunken, aber Xenia hatte nichts Rechtes im Haus.

Außerdem gilt mein Gesetz weiterhin, keine Nebengifte dem Kokain hinzuzufügen.

Man hätte gemütlich zu zweit durch das sommerheiße Wien fahren können. Aber Xenia hatte irgendwann doch Lust auf den Laberflash. Und so redeten wir über Gott und die Welt und Moisee. Am Ende nur noch über ihn, was echt ein bißchen nervte. Er soll ja so ein toller Künstler sein, meint sie. Er bräuchte bloß ein gutes Atelier, wie das vom Hölzl. Da könnte er richtig loslegen mit seiner Kunst. Und dann könnte ich doch eine Sammel-Vernissage machen mit seinen und Hölzls Arbeiten. Blöderweise ist Moisee aber kein Künstler. Ich bin auch kein potentieller Opernstar, wenn ich acht bis zehn Lieder auswendig lerne und im Badezimmer vortrage, von *Yesterday* bis *So ein Tag, so wunderschön wie heute*. Dazu gehört einfach mehr. Ich sagte es ihr, worauf sie meinte, Max hätte nur mit rassistischen Ressentiments zu kämpfen. Wer sei denn Max, fragte ich zurück und erfuhr, daß Moisee von einer deutschen Mutter in Straßburg abstammt und laut Paß den Namen Max Priebe trägt. Das wunderte mich, denn er schien mir zu dunkel für einen Mulatten zu sein. Aber es ist sicher die Wahrheit. Leider spricht er trotzdem kein Deutsch und nur unbeholfenes Migranten-Englisch. Ich nahm es aber alles positiv auf, in meiner Superman-Laune, und hörte mir die Geschichte aufgeräumt bis zum Ende an. Moisee-Max hatte ein Boot, mit dem hatte er mehrere Kilo Ware von Afrika nach Spanien transportiert, und zwar plastikverschweißt an einer Schnur hinter sich herziehend. Der Stoff befand sich somit im Wasser und nicht im Boot. Als die Polizei ihn aufbrachte, schnitt er vorher die Schnur durch, und sie fanden nichts. Nun aber fehlt ihm Geld, denn die Ware hatte er ja finanzieren müssen. Der Mann hatte Pech gehabt, man mußte ihm helfen. Hölzls Atelier, eine Ausstellung, ein Bilderverkauf auf der kommenden Art Basel Miami, irgend etwas in der Art, am besten alles zusammen. Und Xenia wäre immer zur Stelle, würde mithelfen und hätte Zeit für mich und vor allem immer Lust. Der Sex war doch turbogeil vorhin. Und ich war doch so einflußreich in der Kunstszene und überhaupt so ein potenter Mann. Sie sah mir treudeutsch und fest in die Augen, hatte dabei aber leider einen Gesichtsausdruck, der mir mißfiel. Verlogen ist das falsche Wort dafür, eher *dümmer, als die Polizei erlaubt*. Ich war peinlich berührt und bat um Bedenkzeit. Ich war einer der Masters of the Universe und konnte jedes Problem lösen – warum sollte ich mich in eine billige, erpreßte Zusage flüchten müssen? Mit ernster Stimme sagte ich, erst nach meiner Berlinreise etwas entscheiden zu können. Nebenbei bemerkt stimmt das sogar ein bißchen. Bevor ich mich nicht mit Harry Schmeling in Berlin geeinigt habe, geht in Sachen Kunst gar nichts mehr.

Ich wollte nun irgend etwas tun. Die Wirkung ließ nach, wir brauchten einen Ortswechsel. So sind wir noch ins Freibad gefahren und haben später ein großes Eis gegessen. Es war ein schöner Tag, am Ende mit einem echten ... Urlaubsgefühl! Es war für mich ein Segen, eine Pause vom Bruder zu haben. Der ist ja immer noch in der Stadt, und gleich geht es weiter mit ihm. Wer weiß, wie DAS noch endet und was der Typ eigentlich will. Manfred ist womöglich noch gefährlicher als unser schwarzer Superdealer aus der Banlieue von Paris, jedenfalls für mich!«

Im Briefkasten befand sich eine Einladung des Außenministers. Der hohe Herr, zugleich Vizekanzler des ehemaligen Riesenreiches, lud Stephan Braum zum Wahlkampfauftakt ein, bei dem tausend freiwillige Wahlkampfhelfer der Öffentlichkeit vorgestellt werden sollten. Der Mann trug den desavouierenden Namen Schwindelacker, was gar nicht zu ihm paßte, denn er wirkte bescheiden und in Maßen sogar integer. Braum hatte ihn einmal fast gemocht, in den vergangenen Zeiten seiner öffentlich-rechtlichen Karriere. Damals war es für ihn wie für alle staatlich bezahlten Fernsehredakteure selbstverständlich, zu den Größen des linken und rechten politischen Lagers Kontakt zu halten. Auf dem Kanzlerfest war er schon gewesen, nun mußte er eigentlich auch zur Opposition. Aber er zögerte. Erst als er eine persönliche SMS von Schwindelacker auf seinem Handy aufleuchten sah, lenkte er ein:

»Lieber Stephan, ich freue mich, Dich wieder auf unserer Party zum Wahlkampfbeginn begrüßen zu können. Bis morgen, herzlich, Alois«

Diese SMS bekamen Tausende, aber Braum fühlte sich trotzdem angesprochen. Es rief Erinnerungen an eine gewisse Normalität in ihm wach, und da es eingerahmt war in zig SMS von Doreen, die ihm schon wieder esoterischen Schwachsinn über das Sterben, die Liebe, das Weinen und ihre gemeinsame Beziehung geschrieben hatte, sagte er zu. Außerdem hatte er Lust, Menschen zu treffen. Rebecca Winter war da und sogar Ursula Töle, Hölzls geheimnisvolle Vertraute, vor der er – noch – Angst hatte und die er durch sein Erscheinen vielleicht beeindrucken konnte.

Braum nahm das Auto und fuhr bis vor das parkartige Areal, auf dem sich die tausend Freiwilligen rund um ein ehemaliges Landschloß tummelten. Sie trugen alle gelbe T-Shirts mit dem aufgedruckten Slogan des Kandidaten: »Schwindy – auf geht's!«. Der Oppositionsführer wollte durch die Wahl im September Österreichs Kanzler werden. Mit elastischen Schritten strebte Braum auf das Gebäude zu, das auf einer leichten Anhöhe lag. Den Höhenunterschied bewältigte er mühelos. Noch bei seinem letzten Besuch vor fünf Jahren hatte man ihn fast hochtragen müssen. So erkannte ihn natürlich keiner.

Die jungen Helfer sahen weitgehend undefinierbar aus, Braum konnte sie nicht einordnen. Wer hatte sie geschickt, die Eltern, *welche* Eltern? Gewiß gab es ein paar Tausend gutbezahlte Funktionäre in der Partei, Nationalräte, Abgeordnete aus den Landesparlamenten, Kreisräte, Bürgermeister – alle schickten sie bestimmt ihre Kinder in den freiwilligen Wahlkampf. Also die, die das mitmachten. Das waren leider nicht die wohlgeratenen, hübschen, coolen Exemplare, sondern die mißglückten Schlechtaussehenden vom Typ Außenseiter. Wie zu allen Zeiten war es peinlich für Jugendliche, sich für eine konservative Partei zu engagieren. Am schlimmsten war es für die Mädchen, deren Lächeln zu Grimassen erstarrte, durch die befohlene Begeisterung für den Kandidaten, und die bei alldem noch nicht einmal sexy aussehen durften. Vier Fernsehsender filmten jede Regung, und alles mußte zwar enthusiastisch, aber brav wirken. Bloß keine Monica Lewinski auf einem Bild mit dem Vizekanzler! Keine dunkelroten Lippen! Nur helle, endlose, schließlich grimassierte Freude von erotikfreien jungen Körpern: Jugend für Schwindy!

Braum setzte sich rasch auf den für ihn reservierten Platz in der ersten Reihe der Veranstaltungshalle. Zum Glück saß sein ehemaliger Vorgesetzter nicht gerade neben ihm. Es genügte, ihm und einigen anderen zuzunicken. Stephan registrierte dabei das positive Erstaunen mancher. Sie hatten nicht gedacht, ihn so vital und schlank zu erleben. Er trug neue Sachen, die er selbst ausgesucht und gekauft hatte, ein bißchen beraten lediglich von Rebecca Winter: ein leichter petrolfarben-grauer Anzug, der ihm schon wieder zu weit wurde, was aber locker aussah, ziemlich teuer, und ein dunkelblaues, weit geschnittenes Oberhemd mit kleinem Kragen. Vorbei war es mit dem schnaufenden Auftritt eines Heinz-Erhardt-Wiedergängers, mit dem humorlosen bis bemitleidenswerten Habitus eines 50er-Jahre-Generaldirektors. Heute hätte man Stephan Braum fast schon für einen Mann in den besten Jahren halten können, um im alten Jargon zu bleiben.

Aber auch Schwindelacker war modern. Künstlicher, computergesteuerter Endlos-Techno, der ständig rauf- und runtergeregelt wurde, je nach Situation, rieselte aus den Dolbysound-Lautsprechern. Das war ursprünglich einmal Supermarkt-Einschlafmusik, doch hier, durch geschickte, feinfühlige Anpassung an die Rhythmik des redenden Kandidaten, wirkte es aufpeitschend und trieb die Emotionen in ungeahnte Höhen. Bald kochte die Halle, und das war umso erstaunlicher, als Schwindy eigentlich ein schlechter Redner war. Sogar ein miserabler Redner. Er konnte es einfach nicht. Kein Witz kam ihm über den lippenlosen Mund, keine spontane Geste. Braum starrte den seltsamen Menschen, den er früher halbwegs gut gekannt hatte, an, als sähe er ihn zum ersten Mal. Die extrem lange, hängende Nase, die sogar über die nicht vorhandenen Lippen hing, bestimmte unweigerlich den ersten Eindruck, etwa wie beim späten Ulrich Wickert, dem deutschen Fernsehmoderator, der dauernd für kleine Mädchen Geld einsammelte und sich für kleine Jungen mitnichten so begeisterte. Mit so einer Nase konnte man eigentlich nicht Kanzler werden, außer eben in Österreich. Immerhin war er tiefbraun gebrannt, perfekt frisiert und schwitzte nicht, mitten im heißen August. Politiker durften nicht schwitzen. Alle im Raum taten es, nur Schwindelacker nicht. Das war schon mal nicht schlecht. Braum hielt ihm das durchaus zugute, aber das Gesicht des Politikers war einfach abstoßend: verbissen und böse, wenn es lächeln wollte, und so gar nicht freundlich, wenn es einnehmend gucken wollte. Braum konnte nicht in diese Augen schauen, die ihm, kokainbedingt feinfühlig und übersensibel geworden, wie er inzwischen war, an die Augen von Norman Bates in dem Hitchcockfilm »Psycho« erinnerten. Es erschien ihm grotesk, daß er mit diesem Bösewicht einmal zu Mittag gegessen hatte, im internen Restaurant des Parlaments. Auch die Körpersprache war schrecklich. Bei jeder Silbe fuhr er mit Armen und Händen auf und nieder, als würde er Holz hacken. Und dann die Sätze! Es waren komplett abstrakte und somit nichtssagende Aussagen: für das

Gute, gegen das Schlechte, für mehr Qualität in der Politik, mehr für die Menschen tun, vorwärts gehen und nicht zurück, siegen statt verlieren, zu den Gewinnern gehören, die Wirtschaft voranbringen, der Bevölkerung helfen, die Bürger dort abholen, wo sie seien, und dann ihre Lage verbessern, anstatt sie nur immer weiter zu verschlechtern!

Bravo! Genau! Weiter so! Die tausend Helfer trampelten vor Freude und Irrsinn. Die untergründige Synthi-Endlosschleife – eine aufgepimpte Instrumentalversion von »Dann sind wir Helden« der Band *Die toten Hosen* – wurde in den Beifall hinein- und hochgeregelt, was einen tollen, überwältigenden Effekt machte.

Schwindelackers Mundhöhle stand staunend offen, während des unverhofften Jubels, wobei er trotzdem grinste – ein schreckliches Bild. Er machte weiter:

»Wir, liebe Freunde, sind die Besseren. Wir sind besser als die anderen. Wir haben die guten Konzepte. Wenn die anderen von höheren Steuern reden und von Krise, sagen wir: runter mit den Steuern und rauf mit dem Wirtschaftswachstum! Denn das ist gute Politik! Eine Politik nämlich, die den Menschen nutzt, anstatt ihnen zu schaden! Nicht weiter abwärts soll es gehen, meine Freunde, nein, ich sage es euch, und ihr sagt es den Leuten draußen auf der Straße: Aufwärts soll es gehen, voran soll es gehen, das ist unsere Losung, für unser geliebtes, wunderbares Österreich!«

Jaaaaa! Wieder gespenstischer Jubel, technisch-akustisch verzehnfacht. Im Grunde blieben die Buben und Mädel schon im Rahmen; sie taten ihr Bestes, und das war doch ziemlich begrenzt. Keiner flippte wirklich aus. Zwar kreischten sie bei prägnanten Sätzen wie »Nur dann nämlich, wenn die Wirtschaft wirklich wächst, meine Freunde, haben wir am Ende auch Wirtschaftswachstum, und dafür werde ich sorgen!«, aber ihre Stimmen klangen kraftlos. Es waren Stimmen harmloser Stubenhocker. Die Fans von Obama hatten bestimmt mehr Power. Schwindelacker wußte das wohl. Immer wieder lugten seine Augen arglistig prüfend aus den Augenwinkeln, wie beim alten Ratzinger, der ebenfalls keinem Jubel traute. Dabei hatte er noch einige Pfeile im Köcher:

»Und ich sage euch, meine lieben jungen Freunde, geht auf die Straße und erzählt es den Menschen: Wir sind für die Freiheit und gegen die Bürokratie! Und das ist gut so! Die anderen wollen noch mehr Bürokratie, aber wir nicht, im Gegenteil, wir wollen weniger Bürokratie! Und dafür wollen wir mehr Freiheit, für den Einzelnen und für alle! Ja, mehr Freiheit und weniger Bürokratie ...«

Und so weiter. Und mehr Arbeitsplätze und weniger Steuern. Und bessere statt schlechtere Lebensumstände. Und mehr Geld statt weniger im Portemonnaie. Ein erbärmliches Gedudel, das nach dreißig Minuten endlich in einer griffigen Formel endete:

»Und deswegen, meine Freunde, heißt es jetzt bis zum Wahltag am 29. September dreierlei: Auf geht's, anpacken, siegen! Und jetzt alle:

Auf geht's!

Anpacken!

Siegen!«

Der Synthi-Pop rauschte nach oben, aus tausend Kehlen röhrte der dreigeteilte Schlachtruf, noch ein paarmal. Auf geht's ... anpacken ... siegen, das war nämlich vorher schon geprobt worden. Dann zerstreute sich das Publikum.

Draußen waren Biergartenbänke und -tische, aber Braum stand lieber. Bald kam der Kandidat aus der Halle, wirkte nüchtern und emotionslos, wie auch die meisten anderen. Das Fernsehen hatte seine Bilder bekommen. Nun fehlten noch ein paar Statements. Schwindelacker gab sie. Die Sender hatten vier Kameras aufgebaut, eine nach der anderen wurde ein- und nach einer Minute wieder abgeschaltet. Stephan, einer zufälligen Neugierde folgend, stellte sich daneben und hörte zu. Es war so absurd nichtssagend, daß er danach selbst den Kandidaten befragte, trotz der vielen Medienleute, die herumstanden und etwas wollten.

Gerade rechtzeitig erinnerte er sich daran, mit dem Mann per Du zu sein. Begrüßt hatte er ihn ja schon.

»Sag, Alois, du machst doch mit Strache und Stronach eine Koalition nach der Wahl, nicht wahr – brauchst jetzt nix sagn, ist ja eh vertraulich – und da frag ich mich, warum du den ganzen Wahlkampf gegen die Linken machst ...«

Er mußte nicht weiterreden, Schwindy verstand sofort. Es war völlig wurscht, ob er mehr oder weniger Stimmen als der jetzige Kanzler bekam. Das war der Punkt, mußte aber geheim bleiben. Er nickte heftig und lächelte, diesmal ohne offene Mundhöhle. Es war somit ein echtes Lächeln, ein freudiges, befreites, und dazu paßte auch der bedeutungsschwere folgende Satz:

»Ich werde keine Koalition mit jeglicher Partei eingehen, die den Austritt aus der EU fordert!«

Strache und Stronach hatten ihre radikalen Positionen dazu längst und in aller Ruhe geräumt. Das hieß: einer Koalition stand nichts mehr im Wege.

»Genau! Du, Alois, noch mal fünf Jahre mit den Linken, dös warat eh' furchtbor gworn.«

»Fuurchtbooor!« echote Schwindelacker ungewohnt deutlich zurück. Er lachte nicht. Er blickte wirklich entsetzt drein.

»Dann alles Gute, Schwindy!«

»Wort amol, Stephan, i hob a neie security number.«

Er kritzelte sie auf die Rückseite seiner Visitenkarte und gab sie dem alten Wegbegleiter. Auch wenn er ihn jahrelang nicht gesehen hatte und davor auch nur selten – ein Politiker merkte sich alles und jeden, das zeichnet ihn aus. Braum fühlte sich geschmeichelt und tappte weg, Richtung Eisstand.

Er war noch ganz in Gedanken, als er angesprochen wurde. Besser gesagt, als eine unbekannte und doch irgendwie vertraute Frau auf ihn zugesegelt kam und ihm seinen Namen entgegenrief.

»Braumi! Mensch, Braumi, alter Junge!«

An der Stimme erkannte er sie schließlich. Das war doch ... ja, tatsächlich, das war Desiree Grützke, ein Mädchen, das in einem anderen Jahrhundert und einem anderen Leben eine zentrale Rolle für ihn gespielt hatte. Seine erste Liebe, um es genau zu sagen. Vielleicht auch seine einzige, denn danach kamen ja nur noch Krampf, Fettleibigkeit und Entsagung. So sah er das jedenfalls später.

Hinter Desiree humpelte noch eine weitere Person heran, das war ihre Hippiemutter. Auch die kannte er von früher. Beide Personen hatte er Jahrzehnte nicht mehr gesehen. Ein Wunder, daß sie ihn erkannten. Vielleicht lag es daran, daß er allmählich wieder so schlank wurde wie zu Beginn seines erwachsenen Lebens. Sie waren Teenager gewesen damals.

Freilich hatte Braum in jener schwermütig-romantischen Phase einen anderen körperlichen Makel, der ihn fast so behinderte wie später das Übergewicht: große, rötliche, pockenartige Pickel, die das ganze Gesicht verunstalteten. Seine Haut glänzte unschön, als hätte er sie mit Margarine eingerieben. Dazu trug er lange, dichte, wellige Haare, auch sie alles andere als schön und seidig. Er wußte es nicht, aber er war, für einen Jugendlichen, ziemlich abstoßend. Nicht nur für Mädchen, sogar für Jungen. Er erinnerte sich noch an seinen einzigen Freund. Tee hatten sie immer zusammen getrunken und sich *gut unterhalten*. Lange ging das nicht, vielleicht ein Jahr. Dann schenkte der Junge ihm ein altes Tonbandgerät der Marke Tesla und verschwand. Sein Nachfolger wurde Desiree, mit der er ebenfalls diese *guten Gespräche* hatte. Auch sie war ja keine Schönheit, hatte ein grobschlächtiges Gesicht, bestehend aus einem überdimensionierten Kiefer, einer dicken Stumpfnase und kleinen Schlupfaugen. Aber Braum war so verliebt, daß er um Dimensionen über sich hinauswuchs. Täglich traf er die heiß Geliebte in seinem Kinderzimmer zum Teetrinken. Er ging auf ein altgriechisches Jungengymnasium und wohnte noch bei den Eltern. Das alles fiel ihm jetzt nicht ein, als sie wieder vor ihm stand, aber es mußte sich ein unterschwelliges Gefühl der Enttäuschung gebildet haben – anders war sein Verhalten nicht zu erklären. Außer durch das Kokain natürlich. Seine Ration hatte er ja brav im Blut.

»Gut siehst du aus, Mann! Wie hast du denn das hingekriegt?« begann die Frau. Sie sah ihn anerkennend an und stellte die Mutter vor. Braum erinnerte sich schnell. Die Hippiemutter war damals durchgebrannt, nach Amerika, hatte Desiree einfach sich selbst überlassen. Deshalb konnte Stephan den großen Frauenversteher geben, den tröstenden Kameraden, den echten Freund. Es war sehr innig gewesen. Seine Gefühle konnten mit den größten Sturm-und-Drang-Werken mithalten. Werther dürfte seine Charlotte nicht mehr angeschmachtet haben als er dieses verlassene Mädchen. Eines Tages war sie dann aber mit dem Türsteher eines angesagten Clubs ins Bett gegangen, was Braum zerschmetterte. Er verstand das nicht. Es war seine schönste Zeit gewesen. Es hätte jahrelang so weitergehen können. Er schnitt sich die Haare ab, machte Abitur, wurde dick.

»Danke. Ich fahre viel Rad in letzter Zeit.«
»Elektrorad, ha ha ha ...«
»Ich gehe auch wieder spazieren. Das entdecke ich gerade. Ich werde gerade ein richtiger *Flaneur*.«
»Ach nein – wir sind doch viel rumgelaufen damals!«
»Ja, damals.«
»Du bist doch lange Zeit so dick gewesen?«
»Ja. Weißt du, wenn man so monströs fett ist, kann man ja gar nicht flanieren. Ich habe es immer in meinen Lieblingsbüchern gelesen, ohne es selbst tun zu können.«
»Jetzt spinnt er wieder«, bemerkte die Hippiemutter trocken.
»Hey, Mann, wir müssen mal zusammen essen gehen!«

»Können wir doch hier tun. Was machst du eigentlich hier?«
»Bei Schwindelacker?«
»Ja.«
»Fundraising.«
Sie setzten sich auf die aufgestellten Holzbänke, zu den vielen hundert Parteigängern. Hostessen im Dirndl und mit Partei-Stickern im Haar servierten Bier und Würstl. Die Hippiemutter wollte reden, aber Braum ließ es nicht zu. Er sah verstohlen auf die legendäre Jugendfreundin. Nein, sie hatte keinerlei Reiz mehr für ihn. Er war erkaltet. Sein Bruder Manfred hatte ihm das in einer ihrer Auseinandersetzungen auf den Kopf zugesagt. Eine Nebenwirkung der Droge wahrscheinlich. Die Frau vor ihm bedeutete ihm nichts mehr. Er wollte nicht mit ihr reden und tat es trotzdem.

Wien, Hamburg, Städtevergleich, Ländervergleich, das Thema Ausländer, der Wahlkampf, Schwindelacker. Dabei war das einzige, was er von diesem fremden Menschen wissen wollte, die Frage von damals: Warum hatte der Türsteher damals das Rennen gemacht und nicht er?

»Wir waren ja damals sehr verliebt ineinander!« brach es aus ihm hervor.

»Ja, das stimmt. Wir haben soviel Scheiß' miteinander erlebt, wir waren echt beste Freunde, Mann.«

»Und sooo verliebt ...«

»Verfickte Scheiße Mann, ja. Oh Mist, damals hatten wir noch Gefühle, ha ha ha ...«

Sie hob die rechte Hand zum ›Gimme five‹. Braum, der das nicht konnte, klatschte unbeholfen dagegen. Er wollte immer noch wissen, was damals passiert war, und fragte nun ganz offen danach.

»Desiree, du bist dann mit einem anderen gegangen. Warum eigentlich?«

»Mit wem? Wieso?«

»Mit diesem Türsteher.«

»Äh ... mit Timmi, genau. Und?«

»Ja, warum?«

»Ja, warum? Warum nicht?«

»Na ja, eigentlich waren doch wir ... also, weißt du noch, wir sind jeden Tag drei Stunden lang um die Alster gegangen und haben uns unterhalten.«

»Wir haben uns *echt* gut verstanden! Scheiße auch, das haben wir ...«

»Bestimmt viel, viel besser als mit diesem ›Timmi‹.«

»Klar!«

»Du warst so schlagfertig, so lebendig, so ein tolles Mädchen, das gab es damals sonst nicht. Du warst deiner Zeit um Jahre voraus. Sozusagen ... also für mich warst du *tank girl!* Und zwar in Deutschland!«

»Oh, danke, Mann!«

»Du warst nicht klassisch schön, aber diese Vitalität, diese Frechheit, diese totale ...«

»Hey, Scheiße, das war jetzt aber nicht nett!«

»Entschuldige, du warst die Schönste, klar. Ich meine nur, wir verstanden uns so gut, und trotzdem ...«

»Trotzdem WAS?«

»Du hast mich doch auch geliebt?«

»Oh Scheiße, ja, total! Natürlich! Ich hab' mich nie wieder so gut verstanden mit einem Freund, sag ich mal. Das gilt natürlich nicht für jetzt.«

»Schon klar. Trotzdem fandest du Timmi ... attraktiver.«

»Ach Quatsch! Timmi, den kleinen Schisser? Überhaupt nicht!«

»Aber warum hast du dann ...«

»Ach so! Jetzt kommt's! Ich hätte ihn nicht FICKEN sollen!«

»Nee, das ist es nicht, ich meine eher, also ich hab' mich nur gefragt damals, warum du mit ihm gegangen bist.«

»Warum ich nicht DICH gefickt habe!«

»Halt, halt, Desiree! Du mußt das theoretisch sehen. Also, das hat doch mit uns nichts zu tun. Wenn es eine Person A gibt, zum Beispiel, und die ist wahnsinnig verliebt in Person B und würde den rechten Arm dafür geben, sie zu kriegen, und ebenso würde die Person B ...«

»Hey verdammter Mist, du *hast* mich gekriegt! Du hast echt viel von mir gekriegt! Also wirklich!«

Braum hielt inne und dachte darüber nach. Was konnte sie gemeint haben? Er sah sie prüfend an. In ihren Augen hatte sie ihm enorm viel gegeben damals. Sie sprach es aus:

»Du hast echt ALLES von mir gekriegt, Braumi. Bloß gefickt hab' ich dich nicht.«

Braum sah betreten auf den Bierzelt-Tisch. Sie machte weiter.

»Das ist jetzt echt enttäuschend, Mann. Ich fühl' mich richtig ein bißchen beschmutzt. Du bist also wie alle Männer, es geht dir nur ums Ficken.«

»Nein, Desiree, nein, ein Mißverständnis! Du mußt das anders sehen, unpersönlicher. Ich will es dir anhand von Goethe erklären. Das wirst du doch akzeptieren?«

»Scheiße, Goethe, klar.«

»Nehmen wir Werther und Charlotte.«

»Wer ist Charlotte?«

»Werthers Angebetete. Er liebt sie mehr als sein Leben. Als sie sich für einen anderen entscheidet, obwohl sie eigentlich ihn liebt, bringt er sich um. Alles ohne Ficken! Das Ficken ist also gar nicht der Punkt.«

»Verstehe ich nicht. Er wollte gar nicht, daß sie ihn fickt? Ist ja krank!«

»Also, das Ficken ist doch nur das Symbol dafür, sich für jemanden entschieden zu haben. Also wichtig ist die Entscheidung, nicht das Symbol. Wie bei einem Geldschein. Nicht der Fetzen von Geldschein ist begehrt, sondern die Sachen, die man sich damit kaufen kann.«

»Junge, du beginnst zu spinnen. Ich bin vielleicht nicht so oberschlau wie du, aber wenn ich dich immer noch ficken soll, dann sag es.«

Die Hippiemutter schaltete sich auf unangenehme Weise ein.

»Ihr Männer seid doch alle gleich. Desiree war damals noch fast ein Kind. Du warst älter als sie, fast 18, so gut wie volljährig, und wolltest die Kleine durchvögeln. Im Nachhinein find' ich das ganz schön pervers!«

»Aber wir haben uns so gut verstanden. Ich weiß gar nicht, ob ich ... das wollte. Ich war mit 20 noch Jungfrau!«

»Ja ja, umso schlimmer. Verklemmt, notgeil und dann die kleinen Mädchen penetrieren. Pfui Teufel!«

Braum wollte die Alte am liebsten würgen. Andererseits hatte er plötzlich eine Erkenntnis. Zwischen ihm und seiner ersten Freundin hatte einfach nur eine Ideologie gestanden. Nämlich der von der Mutter eingepflanzte Feminismus. Somit hatte sich keiner der Liebenden fehlerhaft verhalten, und keiner hätte etwas retten können; die von Kindesbeinen an aufgesogene Hetze saß zu tief.

Was nun tun? Das Gespräch fortzusetzen war sinnlos. Braum hatte Lust, auf die Toilette zu gehen und sich eine Extraration zu gönnen. Er spürte, daß sein Leben anders und glücklicher verlaufen wäre, wenn die erste Liebe nicht derartig danebengegangen wäre. Die Pockennarben verschwanden nicht wirklich, sondern wanderten nach innen, sozusagen zum Herzen. Er vergaß das wilde Mädchen, ließ sich nie wieder mit dergleichen ein und wurde Spießer. Die Hippiemutter hatte eine Tracht Prügel verdient, und Braum war in der Verfassung, sie ihr zu geben. Jähzorn stieg in ihm auf. Er hörte sie weiter hetzen.

»... Und eines sage ich dir, ich hätte die Bullen geholt, wenn ich dich mit der Kleinen im Bett erwischt hätte!«

»Du warst doch in Amerika.«

»Eben! Ich sage ja, ich *hätte* das getan, Konjunktiv, du Penner, Möglichkeitsform!«

»Entschuldigt mich. Ich muß einmal für kleine Jungs.«

Er stand umständlich auf. Plötzlich fühlte er sich wieder so schwer wie vor der Gewichtsabnahme. Er war von Herzen froh, ein bißchen Kokain bei sich zu haben. Das war die übliche Sonderration im Portemonnaie, die seit der Verdoppelung der Tagesdosis eigentlich verboten war.

»Viel Spaß beim Onanieren!« rief ihm die Hippiemutter so abfällig wie lautstark hinterher, daß es wahrscheinlich sogar Schwindelacker hörte. Die »unkonventionelle« Alte war imstande, ihm auch noch »Päderast« und »Du Möchtegern-Kinderficker« zuzurufen, sodaß Braum seinen raschen Abgang auf französisch einleitete. Er lief hektisch zu den Waschräumen, betankte sich mit dem Gute-Laune-Mittel und strebte dann direkt dem Ausgang zu.

5

Der Herbst setzte früh ein, schon Mitte August, und brachte nicht nur Ruhe in Stephan Braums Leben. Gewiß, es gab auch Anzeichen für ein gutes Ende seiner ungewöhnlichen Unternehmungen. Vielleicht kam er tatsächlich durch mit allem? Wurde schlank, gesund, reich und glücklich, fand echte Freunde und eine kleine Frau, die ihn mochte? Leider gab es auch andere Entwicklungen.

Ursula Töle, die seltsame Vertraute Hölzls, setzte ihn unter Druck. Sie wußte mehr über Hölzl als dieser selbst. Natürlich hatte sie Braums kriminelles Treiben als erste durchschaut. Aber auch sein Bruder Manfred recherchierte auf eigene Faust gegen ihn, wahrscheinlich im Namen einer falschverstandenen Familienehre. Er rief bei Harry Schmeling an, dem eigentlichen Galeristen Hölzls. Zum Glück waren beide, Ursula Töle und Harry Schmeling, selbst keine Freunde der Polizei. Schmeling war im Gegenteil sehr daran interessiert, seine millionenschwere Ware nicht durch einen Fälschungsskandal zu gefährden. So ähnlich dachte auch Ursula Töle, die ebenfalls ihre persönlichen Aktien im Hölzl-Business hatte. Sie war Fotokünstlerin und wollte als solche noch hoch hinaus.

Natürlich mußte Braum bei Harry Schmeling in Berlin vorstellig werden. Doch vorher zwang ihn Ursula Töle, sich mit ihr zu einigen. Sie, die Schmeling gut kannte, hielt ihn, den Topgaleristen, der gerade die Art Basel Miami vorbereitete, solange hin. Zu Hölzls Erbschaft gehörte offenbar auch ein sexuelles Verhältnis mit der angejahrten Töle, das Braum nun zu übernehmen hatte. Es kam zu einem Date.

Ursula Töle erwies sich dabei als neurotische, böse Intellektuelle, verbittert, weil alt geworden, die aber immer noch mit durchsichtiger Bluse am Tisch des Café Landtmann saß und einige Blicke auf sich zog. So hatte sich Braum immer Bianca Jagger vorgestellt, als er noch, vor mehreren Millionen Jahren, die Rolling Stones hörte. Kein Zweifel – dieses Weib war nicht mit den Kokshasen Doreen und Xenia zu vergleichen. Sie ließ ihn schnell spüren, daß sie alles über die Welt der Kunst und die Geschäfte Hölzls wußte. Dann erzählte sie ihr Leben, vielleicht, weil sie gern angeberisch redete. Zum Glück zwang sie Braum nicht dazu, ebenso auszupacken.

Hölzl und Töle waren vor langer Zeit das Power-Couple der Stadt gewesen, das ideale Paar, sehr verliebt, sehr tatkräftig. Später, als die Schönheit der Jugend verging, hatte er immer öfter mit den Galerinas geschlafen, jenen ahnungslosen, ambitionierten und eßgestörten Nachwuchskräften der Galerie Schmeling.

»Nicht nur mit denen«, kommentierte Braum trocken.

Nun wurde sie gefühlvoll. Sie beschwor die Freundschaft von damals, die wahre Menschlichkeit zwischen Mann und Frau, die Herrlichkeit des echten Liebesaktes jenseits der Pornographie, und sie ergriff irgendwann Braums Hand und ließ sie nicht mehr los. Sie war sichtlich angetrunken und sprach sogar vom gemeinsamen Älterwerden. Braum wußte: In dieser Nacht war er fällig.

Aber konnte er das überhaupt? Doreen hatte es ihm leicht gemacht, mit ihrem attraktiven und hysterisch zuckenden Körper. Auch Xenia, trotz Esoterik und Ketten-Unsinn, sah so gut und jung aus. Die hätte selbst den Papst triebhaft werden lassen. Doch nun sollte er diese furchteinflößende Alte, die ihm wie ein Transvestit vorkam, glücklich machen. Dabei war er noch vor einem Jahr der impotenteste Mann überhaupt gewesen. Wie sollte das gutgehen? Vielleicht wollte sie nur Kuschel-Sex, da sie so romantisch von den »true emotions« schwärmte? Er versuchte es.

Unbeholfen wanderten seine Hände auf ihrem Körper hin und her. Die Finger tappten auf ihren entblößten Armen, dann drückte er seinen zwar entschlackten, aber immer noch etwas zu massigen Körper gegen ihr Skelett. Dazu intonierte er ebenfalls naive Sätze.

»Du, ich find' es bewegend, daß der Hölzl dich immer angerufen und geheult hat, wenn er am Boden war, morgens um vier, nach dem Kokstrip. Du warst sein bester Freund, das glaub' ich, das weiß ich jetzt ... Ich würd auch gern so einen besten Freund wie dich hab'n, glaub' ich.«

Er gab ihr vorsichtig ein Küßchen. Sie zuckte zusammen, als müsse sie einen Lachkrampf unterdrücken.

»Aber das Gefummel laß bitte bleiben!«

»Ja, öh, ich mein' ja nur, oft ist Zärtlichkeit viel schöner als ... so ein kaltes, blödes Vögeln.«

»Wie?! Stephan, solch einen Blümchensex machen wir seit den 70er Jahren nicht mehr!«

Er hatte zuletzt schon andere Überraschungen auf diesem Gebiet erlebt und reagierte sofort. Die Dame kam wohl selbst aus der Kokainszene und wollte es gern hart. Da fiel ihm sofort sein Künstlerfreund Thomas Draschan ein. Inzwischen hatte er Draschan so oft im Atelier besucht, daß er seine sexuellen Vorlieben genauestens kannte.

»Hey, Ursula, kein Problem – die Ketten hängen aber alle bei Thomas.«

»Thomas Draschan?«

»Jop.«

»Und?«

»Laß uns hinfahren!«

Sie fuhren später tatsächlich dahin. Vorher gingen sie »gut essen« und schmiedeten ihren informellen Pakt für die Zukunft. Stephan mußte versprechen, doch noch einen prominenten Beitrag für das Fernsehen zu drehen – über die große Fotokünstlerin Ursula Töle. Dem einzuwilligen, fiel ihm schwer. Sein alter Beruf war ihm fremd geworden. Als freier Mitarbeiter hatte er ohnehin nur noch ein Gnadenbrot beim ORF bekommen. Würden sie überhaupt noch einen Film von ihm annehmen? Immerhin trat er jetzt selbstbewußter auf als früher, das konnte helfen. Er versprach es, ging aufs Klo und gönnte sich auf den Schreck eine Extra-Ration.

Dafür spielte Jutta bei seiner getürkten Nachlaßverwalterschaft weiter mit. Sie trank jetzt viel. Er solle mitsaufen, meinte sie, denn er war ihr noch nicht wild genug. Für Braums Verhältnisse war er schon viel zu wild. Er merkte, wie er aggressiv wurde und irgend etwas Gewalttätiges tun wollte. Das gefiel ihm nicht. Es entsprach nicht seiner Natur. Er hätte diese Frau Töle gern verprügelt, aber so wollte er sich nicht sehen. Es war unter seiner Würde. So war er froh, als er sie endlich volltrunken aus dem georgischen Edelrestaurant ziehen konnte.

Es war mitten in der Nacht, als er bei Thomas Draschan klingelte. Er öffnete nicht, weil die Klingel seit Jahren tot war. Einer wie er ließ mit dem iPhone anklingeln. Das war Tag und Nacht eingeschaltet.

Braum rief ihn an, erklärte in einem Satz die Lage und wurde mitsamt seiner Begleitung hereingelassen. Die Wohnung war schrecklich. Eine typische, von einem Mann bewohnte Künstlerwohnung. Braum verstand, warum sich Thomas so gern im weiträumigen Atelier des erfolgreichen Hölzl aufhielt. Hier, in der 300-Euro-Wohnung, stellte der junge Mann seine Produkte her, wandgroße Collagen, und schlief, aß und lebte auch noch darin. Es gab nur einen großen Raum, in dessen Mitte eine Duschkabine stand. Draschan hatte sie beim Einzug selbst installiert. Das sah grotesk und traurig aus. Daneben gab es nur noch einen Flur, in den Braum seinen

Freund zog und ihm etwas zuflüsterte. Es ging um den bevorstehenden sadomasochistischen Geschlechtsakt. Draschan war sofort freudig bei der Sache.

Er legte Musik auf. In diesen Kreisen war es ganz normal, mitten in der Nacht unangemeldet aufzukreuzen, denn unter Kokain vergißt man die Zeit. Ursula bekam ein großes Glas Wodka, während Draschan sie ignorierte und vergnügt mit Braum plauderte. Durch die laute Musik – Daft Punk – konnte niemand sie hören.

»Es muß sein«, erklärte Stephan kategorisch. Ursula wisse von den Fälschungen, mache zudem Hölzls Buchführung und habe auch schon Thomas im Atelier bei der ›Arbeit‹ beobachtet. Er stehe mit einem Bein im Gefängnis, wenn er nicht mitmache. Thomas lachte nur. Er machte das doch gern. Bei diesem Job war er ganz in seinem Element. Als erstes ließ er Ursula nackt und auf allen vieren zigmal um die Duschkabine kriechen. Dabei gab er kurze, klare Befehle. Als er sah, daß es lief, ging er zum gemütlichen Sofa zurück und unterhielt sich weiter angeregt mit seinem Freund. Da er vorher schon geschlafen hatte, trug er immer noch eine rosa Jogginghose und ein T-Shirt. Das T-Shirt zog er dann aus, als es mit der Frau zur Sache ging. Aber das dauerte noch. Er ließ sich Zeit. Wenn die Frau nicht mehr kriechen wollte, schrie er sie an, daß sie weitermachen solle.

»Komisch, das alles«, murmelte Stephan Braum, während er für beide je eine Line auf dem Couchtisch legte. »Erst hat sie was erzählt von wahrer Liebe, in den Sonnenuntergang gehen Hand in Hand, ein großes Herz haben, zusammen alt werden, du ahnst es nicht, und dabei will sie SO WAS.«

»Ist bei allen Frauen in dem Alter so.«

»Na, ist mir auch recht. Ich hatte eine Wahnsinnsangst, daß sie eine Beziehung will ...«

Draschan kettete den weiblichen Gast an zwei Rennräder, die in dem Zimmer standen. Noch einmal kam er zum

Sofa zurück, ließ die Gefangene schmachten, redete in seiner beschwingt-liebenswerten Art auf Braum ein. Sie sprachen über lokale Politik, über den Wahlkampf, über den Vorstoß der grünen Fraktion zur Errichtung weiterer Fußgängerzonen. Braum berichtete über seine Begegnung mit Schwindelacker. Es war ein richtig schönes Gespräch, und irgendwie hatte es damit zu tun, daß im Hintergrund Hölzls böse Witwe für ihre Sünden büßte. Schließlich brachte der Hausherr seinen Freund zur Tür und verabschiedete sich überschwenglich. Er freute sich auf das, was er gleich tun würde. Er war ein ein Meter neunzig großer, viel zu kräftiger Mann und liebte diesen Job.

Am nächsten Tag ging es Stephan Braum zunächst gar nicht gut. Drei Rationen von dem ansonsten bewährten Mittel waren auf schreckliche Weise zuviel gewesen. Auch das Nachlegen der normalen Tagesration konnte einen Anfall von Entzug nicht stoppen. Es nutzte auch nichts, daß er Ursula Töles Drängen zum Saufen widerstanden hatte. Er nahm ein salzhaltiges Frühstück zu sich – umsonst. Panik stieg in ihm auf. Gerade rechtzeitig bekam er eine SMS, die ihn ein bißchen beruhigte und die alle Drogen und Mühen der vergangenen Nacht zu rechtfertigen schien. Sie kam von Ursula Töle:

»Danke für die traumhaften Stunden. Habe wieder zu mir selbst gefunden und zu meiner Jugend.«

Ja, servus! Draschan war ihre Jugend. Später erfuhr er, daß sie Thomas reich entlohnen würde. Sie nahm ihn mit auf die Design Art Miami, eine Parallelveranstaltung der großen Kunstmesse. Die gute Frau designte offenbar auch noch Küchenmöbel. Für den armen Draschan war so eine Reise bombe. Und auch Braum gönnte sich nun eine Belohnung. Er hatte soweit abgenommen, daß er in ein echtes Yamamoto-Sakko paßte. Er ging zu EMIS, der edelsten Modegalerie der Stadt Wien, und kaufte sich von dem Geld des Bilderverkaufs einen coolen Dandyanzug für über zweitausend Euro. Der Laden hatte gerade Schlußverkauf, und viele Sachen waren herabgesetzt, aber Braum wählte dennoch einen Anzug zum regulären Preis.

»Berlin, den 8. September 2013
Liebes Tagebuch!
In aller Form will ich nun festhalten, wie die ganze Geschichte mit Harry Schmeling ausging. Ich dachte ja, nun würde womöglich alles auffliegen. Harry Schmeling, der wahre Galerist Hölzls, der Mann, der die Leipziger Schule erfunden hatte, der alle Topkünstler der letzten 15 Jahre erfunden hatte, Neo Rauch, Tim Eitel, Armin Boehm – und vor allen anderen Josef Hölzl! Den mußte ich nun treffen. Ein Multimillionär, eines Tages vielleicht Milliardär, dem ich ins Geschäft pfuschte. Ein Mann, den mein Bruder angerufen und mich dabei denunziert hatte. Wenn nicht längst die Kriminalpolizei ermittelte, würde es vielleicht nun dazu kommen. Womöglich saß bereits ein Kriminaler mit am Tisch? Für Thomas Draschans letzte ›Hölzl‹-Serien ›Lena‹ und ›Fahrräder‹ hatte ein Starnberger Sammler 160 000 Euro überwiesen. Das war ungefähr das Preisniveau von 2002, wie ich vorher ermittelt hatte. Bei Harry Schmeling wäre eine vierteilige Hölzl-Serie nicht unter 100 000 weggegangen. Ich hatte also nicht gerade zu Dumpingpreisen verkauft – das wäre verdächtig gewesen –, aber dennoch die Preise ein wenig verdorben, für den wahren Galeristen. Konnte ich das Geld wenigstens zurückzahlen? Nur mit Mühe.

Ich war ziemlich lange nicht mehr in meiner deutschen Hauptstadt gewesen. Diesmal hatte ich – anders als bei dem Paris-Trip – meine Rationen mit ins Flugzeug genommen. Ich wollte keine Panne, keinen Entzug riskieren. Säuberlich abgefüllt und gefaltet steckten die Tütchen in den für Kreditkarten vorgesehenen Schlitzen der Brieftasche, die wiederum im Handgepäck lagerte. Ich konnte mir nicht vorstellen, daß Drogenhunde bellend ins Flugzeug einfallen würden. Natürlich war es trotzdem gefährlich, und ich schwor, so ein Vorgehen nicht zu wiederholen. Immerhin sah ich sonderbar aus. Ich trug den weißen Yamamoto-Anzug, der mir bereits wieder zu weit war und am Körper schlotterte, und ebenso cremeweiße Bowlingschuhe. Ich sah wie ein Dandy aus oder wie ein introvertierter amerikanischer Schriftsteller, aber es kann schon sein, daß mich gerade das schützte. Man erwartet keine Drogen bei einem Menschen, der wie eine Droge aussieht.

Berlin hatte sich sehr verändert. Je dicker und unbeholfener ich wurde, desto mehr war ich dieser jungen, umtriebigen Stadt ferngeblieben, in der ich so deplaziert war wie eine Schildkröte beim Pferderennen. Nun war alles noch jünger, krasser, bunter und szeniger geworden. In der Schönhauser Allee, wo ich im Hotel Zarenhof abstieg, hatte es früher die drei, vier angeblich wichtigsten Lokale gegeben, etwa das ›White Trash‹, ›Bassy‹, ›Kaffeehaus Burger‹ und Kaminers ›Russendisko‹. Sehr selten hatte ich dort sein müssen, etwa nach Premieren oder Events des Fernsehens. Nun zählte ich über 40 Lokale dieser Art, eines neben dem anderen, und die Menschenmassen verstopften sogar die Straße davor, so daß das Taxi im Schritt fahren mußte. Sehr unheimlich. Das war das neue Berlin. Und das schon mittags! Ein einziger studentischer Riesen-Campus, ausgestreckt auf eine ganze Stadt. Ob ich da nun besser hineinpaßte, in meinem Koksanzug und dem fitgewordenen Body? Ich mußte es bezweifeln, denn die jungen Leute sahen so anders aus als ich. So abgerissen, ungepflegt und antiindividuell.

Ich ließ mich zur Auguststraße fahren, in das alte Galerie-Viertel, wo Harry Schmeling seinen Laden hatte. Die anderen guten Galerien waren inzwischen zum Potsdamer Platz gezogen, etwa Monika Sprüth, Christian Nagel oder Bettina Semmer, aber Schmeling sah keinen Grund zur Veränderung. Was sollte für ihn noch besser werden? Er hatte alles erreicht. Eher würde er in den Hamptons noch ein Haus dazukaufen, wie man wußte, als im spinnerten Berlin ein weiteres Mal umzuziehen. Ich traute mich nicht direkt vorzufahren. An der Ecke zur Rosenheimer Straße stieg ich aus.

Ich ging die vielen Galerien in der Auguststraße entlang. Die Top-Studios waren weg, die langweiligen aber waren noch da. Jeder zweite Eingang war eine Galerie, daneben wieder diese Cafés, in denen Künstler, Galeristen, Angestellte gemütlich frühstückten, mit ihren Kindern spielten oder Zeitung lasen. Es wirkte sehr entspannt. Es war das Künstler-Biotop und das einzige Viertel Berlins, in dem junge Eltern und Geld eine Symbiose eingingen. Junge Eltern gab es in den anderen Vierteln wie Sand am Meer, aber hier waren sie auch noch reich. Der SUV war Pflicht, schon wegen der Kinder. Wer es nur zum Jeep Cherokee brachte, galt schon als knickrig. Ich sah das alles so genau, weil ich mich nach hundert Metern ängstlich in eines dieser offenen Cafés setzte, um mir meine Situation intensiv zu verdeutlichen. Wer war ich, wo war ich, was erwartete mich? Wenn ich den Hals reckte, konnte ich Harry Schmeling sehen. Die Galerie lag schräg gegenüber. Schmeling sah unsympathisch aus. Ein mißmutiger Chef im rostbraunen Dreiteiler, Anfang 50, mit einem Haarkranz rund um die unansehnliche Glatze. Dazu trug er wichtige Papiere in einer alten, speckigen Aktentasche, wahrscheinlich Kaufverträge oder frühe Skizzen von Neo Rauch ... oder von Hölzl! Mir brach der Schweiß aus.

Gebannt blieb ich sitzen. Ich sah, wie eine Geschäftsfrau mit ihm verhandelte. Zurückgekämmte blonde Haare, strenges Gesicht, auch sie im Anzug, auch sie mit einer förmlichen Tasche. Das ging nicht lustig zu. Immer wieder schüttelte der griesgrämige Alte den Kopf. Mit dem war nicht gut Kirschen essen. Ich sah gleich drei weibliche Angestellte, alle ähnlich gekleidet, sogenannte Galerinas. In allen Galerien der Welt traf man sie an: dünne, ätherisch-schöne Frauen zwischen 25 und 35, leicht verblüht, kunstsinnig und eingebildet, mit einem Hang zum Masochismus und zum Dienen. Ihre Götter waren die von der Galerie vertretenen männlichen Künstler. Zwei der Mädchen standen hinter einer weißen Balustrade und bewachten die Treppe, die zu den Geschäftsräumen des Chefs führte. Eine dritte Frau betreute die Artefakte im hinteren Teil der Galerie. Gleich vorn neben dem Eingang thronte eine überlebensgroße Hölzl-Skulptur: eine etwa vier Meter große schwarze, archaische, die Antike zitierende Bronzefigur mit brutalen, nazihaft-geometrischen Gesichtszügen und herrlichen Brüsten. Hölzl fertigte nur selten Skulpturen an, und so war diese bleischwere Über-Frau bestimmt besonders wertvoll. Wahrscheinlich unverkäuflich.

Nun kam die dritte Galerina nach vorn, und ich sah sie genauer. Eine echte Schönheit, muß ich sagen. Galerinas waren ja immer schön, das gehörte zu ihrem Berufsprofil, sie wurden sonst gar nicht angestellt. Aber diese hier war extrem in ihrer Attraktivität. Eine Gesichtszeichnung wie gemalt, fast wie bei der Nazi-Skulptur, alles perfekt: die pechschwarzen Augenbrauen, die helle Haut, die großen dunklen Augen, der große Mund mit den tiefroten Lippen. Natürlich trug sie nur ein weites, lässiges Unterhemd, das ihren Oberkörper freigab, sobald sie sich bückte, und diese schwarzen Ballett-Strümpfe, die alle Galerinas tragen. Ich hatte zum ersten Mal Lust, in den Laden zu gehen, und machte mich auf zur Toilette, um eine Extraration zu nehmen. Das war eigentlich nicht geplant, und ich war schlecht ausgerüstet. Ich mußte eine kleine Menge in die Kerbe meines Wohnungsschlüssels tun und dann daraus ziehen. Es gab sonst keine benutzbare Fläche in dem schäbigen kleinen Raum. Ich nahm wohl etwas zu viel, ich merkte eine eisige Kälte am Zahnfleisch und im Rachen, Frost breitete sich in meinem Mund aus, insgesamt aber fühlte ich mich besser.

Das Dumme an Kokain, wenn man es genommen hat, ist,

daß man von da an, von dem Moment der überschäumenden Euphorie an, keinen richtigen Plan mehr machen kann. Es ist dann im Grunde *alles* toll. Wenn der große Galerist dann mit einem spricht, ist es toll, aber auch, wenn er es nicht tut. Und so sah ich auf einmal fasziniert auf die vielen Menschen, die an dem Café vorbeigingen. Die Galeristen erkannte ich sofort und unterschied sie von den anderen: Sie waren meist Mitte 40, trugen Anzüge, hatten den stechenden Blick der geborenen Bildmenschen. Sie trugen kurze Haare, manchmal sah man auch letzte Exemplare der aussterbenden Gattung der blonden WASPs unter ihnen (»white anglo saxon protestants«). Frauen kamen auf hohen Fahrrädern daher, auf alten schwarzen Hollandrädern, und sahen darauf aus wie Reiterinnen. Ich fand das wunderbar, diese erhobenen Häupter der Amazonen, die waren alle für die gute Sache, für Umweltschutz, Kinder, Natur, für grüne Energie, gegen Autos. Sie hatten grundsätzlich flache Schuhe an, denn hohe Absätze waren frauenfeindlich. Ich hörte die Geräusche eines offenbar in unmittelbarer Nähe liegenden Fußballplatzes, das Gebrüll der bolzenden kreativen Mitte-Buben und die anfeuernden Rufe ihrer neuen deutschen Väter. Wie ich später sah, waren da wirklich ein neuer umzäunter Bolzplatz direkt neben der Augustraße sowie insgesamt drei große Abenteuer-Kinderspielplätze im Laufe der 400 Meter langen Straße. In den Cafés war der Wickeltisch auf den Unisex-Toiletten obligatorisch.

Zurück zu Schmeling. Zum Glück fiel mir noch ein, daß wir ja verabredet waren. Ich sah die hübsche Galerina, die immer leicht gezierte, affektierte Bewegungen machte, etwa wenn sie sich beim Gehen an der Wand festhielt, was irgendwie kindlich und unpassend und somit dann besonders authentisch aussah. Ich wollte da rein. Sie streckte sich und ich sah ihren Bauch, dessen Haut so weiß war wie die ihres Gesichts. Dagegen war das männliche Geschlecht hier verloren für jede Art von Stil und Schönheit. Außer den Galeristen.

Die Männer sahen einfach scheiße aus, unappetitlich und uninteressant. Bedachte man, daß es doppelt soviele zugezogene junge Frauen wie Burschen in Berlin gab, wurde die Sache rätselhaft. Die vielen hunderttausend jungen Mädchen wollten wohl einfach das Leben genießen, ohne Freund, ohne Verpflichtungen, ohne langes Beziehungsgerede. Die Männer waren Drohnen, die ab und zu sexuell benutzt wurden und ansonsten ihres Weges zu gehen hatten – so sahen sie jedenfalls aus. Triefäugig, die Base Cap tief ins ernste, selbstgerechte Gesicht gezogen, humorlos, mit hängendem Hosenboden und grundsätzlich unrasiert. Da hatten die Girls lieber Spaß mit sich selbst, das wurde mir nun klar. Ob ich den Galerinas etwas anbieten sollte? Mit gutem Stoff war man überall der König, soviel hatte ich inzwischen gelernt.

Ich zahlte und ging hinüber. Die Frauen sahen durch mich hindurch. Ich nannte meinen Namen, und sie schienen zu denken: na und? Was für blasierte Gesichter! Ich fühlte, daß ich ungeduldig und hektisch war, eben auf Kokain. Brüsk wandte ich mich ab und ging auf den Ossi-Rentner im rostbraunen Dreiteiler zu. Ich sei Stephan Braum, aus Wien, wir hätten eine Verabredung.

Er lächelte freundlich. Durchaus verbindlich, aber auch so arglos, als wisse er im Moment nicht viel mit dem Namen anzufangen.

›Es geht um die kleinen Neon Rauchs, nicht wahr? Ich weiß, ich habe es nicht vergessen ...‹

›Ähm, durchaus. Und – die kleinen Hölzls, sozusagen.‹

›Hölzl! Ah, das ist schlecht im Moment.‹

›Ja, ich weiß, er ... er ist sehr krank. Ich kenne mich gut aus mit Hölzl, ich bin ein guter Freund.‹

›Ja, ja.‹

›Eine traurige Geschichte.‹

Er seufzte zustimmend und blieb gedankenverloren ein paar Momente stumm.

›Ja, ja, eine dumme Sache.‹

Er sah sich verhohlen um. Dann schlug er vor, nach oben in sein Büro zu gehen.

Es wirkte staubig und unaufgeräumt, wie das Büro eines alten Tuchhändlers, der sein Leben gelebt und seine Millionen sicher hat. Er zog eine große Künstlertisch-Schublade auf und holte Zeichnungen hervor. Junger Hölzl, zehn, fünfzehn, zwanzig Jahre alt. Wirklich wunderbares Material, ganz ausgelassen und unstrategisch. Während ich darin versank, schien Schmelings in Fachkreisen berüchtigtes fragmentarisches Gedächtnis endlich anzuspringen. Er wußte jedenfalls nun, wer ich war, und fragte:

›Haben Sie davon auch etwas?‹

Er meinte solche Hölzl-Zeichnungen. Ich bejahte lebhaft. Da ging das Telefon, und Schmeling redete mit Amerika. Als er aufhörte, schien er jünger geworden zu sein.

›Das war Miami! Gerade alles eingetütet mit Hölzl. Wir müssen das jetzt alles auf die Beine stellen!‹

Er ging nun auf mich zu, klopfte mir auf die Schulter und fragte rundheraus, ob er ihm helfen wolle.

›Deswegen bin ich gekommen, Herr Schmeling.‹

›Gut. Es gibt da ein Problem, das wissen Sie ja. Der Markt ist in diesem Jahr *verrückt* nach Hölzl – und der kann nicht liefern! Aber da ist ja noch sein ... Atelier.‹

›Genau. Zum Glück!‹

›Was ... hätten Sie da noch auf Lager, wenn ich einmal fragen darf?‹

›Wissen Sie, der arme Josef, also der arme Herr Hölzl, liegt zwar jetzt im Koma, hat aber vorher eine extrem kreative Phase gehabt ...‹

›Habe davon gehört.‹

›Und, ja, da wäre schon was. Durchaus, Herr Schmeling!‹

›Deswegen wollte ich Sie sehen, Braum.‹

›Tja, ich auch, also ... aber wegen eines Problems wollte ich auch noch vorsprechen. Es gibt da, Herr Schmeling, ein Gerücht, die ... äh, die Originalität der Werke betreffend. Haben Sie davon gehört?‹

›Keine Sorge, Braum! Bisher stand die Frage nach der Originalität eines Werkes immer schon im Raum, seit über 2000 Jahren. Das adelt doch jedes Werk. Ich hoffe natürlich, daß die Erkennbarkeit der Sachen als echte Hölzls gewährleistet ist.‹

›Das kann ich reinen Herzens garantieren! Ich arbeite nur mit einer absoluten Spitzenkraft zusammen, ich meine, was jetzt die Sichtung, Auswahl, Bewertung und so weiter, also was die Positionierung im Markt und so weiter anbetrifft. Als bester Freund kann ich das ja auch.‹

›Mensch Braum, das ist doch wunderbar. Ich brauche das Zeug, und ich brauche es hier. Es ist gute Ware, habe es ja gesehen ... Ich laß Ihnen einen Transporter kommen, damit wir loslegen können! Wir sind nämlich wirklich im Verzug ...‹

Er zählte die Messen des nächsten Halbjahres auf. Dabei ging er im Zimmer umher. Er sprach vom Kunstbetrieb und dem Auf und Ab des Marktes. Es klang wie eine Einführung in die Aufgaben eines neuen Mitarbeiters. Schließlich sagte er überraschend, bei weiteren Fragen könne ich mich ja einfach an Ursula Töle wenden.

›Gern ... gute Freundin, die Ursula.‹

›Ach Mensch, der Hölzl, der Käpt'n, es ist menschlich natürlich bitter, Braum! Aber glauben Sie mir, von der Verkaufe her verdreifacht sich alles, wenn er ...‹ Er machte eine Kunstpause und flüsterte: ›Sie glauben nicht, was *dann* los ist.‹

Er bot mir eine Zigarre an.

Ich schwieg betroffen. Offenbar rechnete der Galerist mit dem baldigen Tod meines Freundes. Ich sagte, andere Stimulanzien zu bevorzugen, und fragte launig, ob er noch im Nachtleben aktiv sei. Nein, sagte er, das überlasse er Elena. Die bringe ihm die besten neuen Künstler in die Galerie, direkt aus dem Nachtleben.

›Elena, ist das die sensationell Gutaussehende da unten?‹

Ich lachte dabei unsicher, und er fiel dröhnend-altmännerhaft darin ein.

›Exakt, Braum, gutes Auge! Ha ha ha!‹

›Elena. Mit *der* würde ich gern einmal ausgehen …‹

›Das werden Sie!‹

Bester Dinge gingen wir in den Ausstellungsraum. Er war weiß, konventionell gestaltet und mit 18 normalen Neonröhren, die an der hohen Decke angebracht waren, beleuchtet. Um den Raum höher zu machen, hatte man eine Etagendecke aus dem 1840 erbauten Gebäude herausgeschlagen. Ich sah verblüfft auf ein Bild, das ich einmal selbst in der Hand gehalten hatte, nämlich ›Das größere Wunder II‹ von Josef Hölzl, in Öl, 2013, handsigniert, original. Der weise Harry Schmeling hatte es rasch und unbemerkt aufgekauft.

Er machte nun das Mädchen klar.

›Elena! Das hier ist unser guter Meister Braum, der baldige Nachlaßverwalter vom Hölzl! Kümmer dich mal heute um ihn, das ist bald dein wichtigster Kollege! Zeig ihm mal, wie man in der Szene Spaß hat!‹

Die viel zu Schöne kräuselte die Lippen. An den Gedanken mußte sie sich erst gewöhnen, wozu sie genau eine Sekunde benötigte. Dann leuchtete sie wieder. Wahrscheinlich war sie so liebreizend, wie sie aussah, und Harry Schmeling, nun offenbar in Topstimmung, tat ein Übriges, indem er, wie wahrscheinlich schon oft, ihr Loblied anstimmte:

›Elena ist die perfekte, die ideale Frau, Urmutter, Botschafterin der Menschheit für die Außerirdischen, rein im Körper und im Geist, keine Fleischesserin, keine Umweltverschmutzerin …‹

So ging es noch einige Zeit weiter. Elena war es furchtbar peinlich, den anderen Galerinas auch, nur ich fand es recht interessant und treffend. Elena war sein bestes Pferd im Stall. Es mußte unterhaltsam werden mit ihr. Später vertraute er mir an, sie schon mit in die Hamptons genommen zu haben. Sie war somit eine neuzeitliche Ursula Töle, eine einflußreiche Frau, mit der man weit kommen konnte.

Es war nicht schwer, sich passend zu verabreden. In der Neuen Nationalgalerie stellten an dem Abend die vier erfolgreichsten Berliner Gegenwartskünstler aus. Es war ›a big thing‹ und begann um 20 Uhr. Um nicht ins Hotel zurückzumüssen, was mich stimmungsmäßig raus- beziehungsweise runtergebracht hätte, schlug sie vor, in ihrer Wohnung in der nahen Linienstraße etwas vorzuglühen. Sie hatte gleich gesehen, daß ich Koks genommen hatte. Sie sah es nicht an den Augen, sondern an der Haut, am leicht grimassierenden Lächeln, der Ausstrahlung und an meinen etwas fahrigen Händen, die ein eigenes Leben zu führen schienen und die ich dadurch zu bändigen versuchte, daß ich sie zu Fäusten ballte. Sie kannte sich aus, da sie im Berliner Nightlife zu Hause war. Seit einem Jahr hatte sie angeblich nichts mehr genommen, aber sie war immer mit ›Nasenbären‹, so ihr Ausdruck, zusammen, und an dem Abend hatte sie Lust, es auch zu tun. Warum und ob das für mich sprach oder gegen mich, konnte ich noch nicht wissen. Ich begriff, inzwischen überall auf der Welt von den entsprechenden Leuten als Süchtiger wahrgenommen zu werden, als Kokainist, als ›Nasenbär‹. Das war ärgerlich und traurig. Oder lag es an dem weißen Yamamoto-Anzug?

Wenn man noch nicht lange in Berlin lebt, sagte sie, braucht man eine schöne Wohnung. Sonst halte man es nicht aus. Ich glaubte es ihr gern. Selbst vor dem Mauerfall hatte ich es nie länger als ein paar Tage dort ausgehalten. Doch nun war ja alles anders, mit der Droge und dem funktionsfähigen, vitalisierten Körper. Es waren letzte Sommertage in Berlin, unverhofft gekommen, nachdem der Herbst bereits in Wien mit Bodenfrost gewütet hatte, und von diesen Sommertagen hieß es ja, sie seien herrlich: Bei gutem Wetter sei

Berlin die schönste Stadt der Welt, bei schlechtem die deprimierendste. Sagte Elena. Elena Muti, die Künstlerin. Sie war übrigens gar nicht bei Schmeling angestellt, sondern half ihm nur ein bißchen. Gewiß hatte sie Aktien in dem Laden, sozusagen. Vielleicht gehörte ihr ein Teil? Oder er pushte ihre Karriere, und sie verlieh seinen Kundengesprächen das gewisse Flair? Ich fragte mich die ganze Zeit, ob sie Hölzl Modell gestanden hatte, etwa für die Skulptur im Eingangsbereich der Galerie, und ihn also besser kannte als ich. Aber sie sprach von ganz anderen Dingen. Von dem ›big thing‹ in der Neuen Nationalgalerie und was sie anziehen solle. Sie probierte etwa zehn verschiedene Outfits aus. Vorher hatten wir das Mittel genommen. Elena zwei Lines und eine kokshaltige Bodylotion mit Goldflocken und Weihwasser aus der Herz-Jesu-Kirche Berlins, ich nur letzteres, wobei ich nur Gesicht und Arme einrieb, Elena ihren ganzen Oberkörper. Sie verschwand dazu im Bad. Vorher legte sie Move-D auf, lockere, flockige Happy Music, unspektakuläre, aber angesagte Dancefloor-Spezialisten aus Heidelberg, wie mich das artige Kind sogleich unterrichtete. Sie war eben in allen Punkten eine gewissenhafte, ernst zu nehmende Person oder gar Künstlerin, Kokain hin oder her.

Das vielfältige Aus- und Anziehen machte enorm Spaß, da es unserer ohnehin hohen drogenbedingten Erregtheit entsprach. Wenn man Koks hat – wir hatten uns aus meinen Beständen bedient –, lernt man schnell Menschen kennen. Das Leben ist dann plötzlich so geil, wie es in den Träumen war. Ich dachte: So ist das Leben, wenn es perfekt wäre. Man will die ganze Zeit Sex haben, aber anders als sonst. Es geht nicht um den Vollzug, es ist eher eine permanente, zeitlose Vorfreude. Es war Donnerstag, ohnehin ein guter Tag zum Ausgehen, ein Tag, bevor ALLE ausgehen. Draußen dieses Sommerwetter, ein lupenreiner Sonnenuntergang beherrschte den Himmel, wir waren frisch und gut drauf, konnten den

Abend kaum erwarten. Ich erzählte von Wien, und Elena versprach, mich zu besuchen: Am 14. September hatte sie mit Tim Eitel eine Ausstellung im Essl-Museum.

Wir gingen spazieren, zur Museumsinsel. Elena kannte eine geheime Stelle, die man nur durch ein bißchen Kraxeln erreichte. Unter einer Brücke und entlang eines Pfades neben der Spree lag der verborgene Platz. Ich legte nach, und wir redeten über Zukunftspläne. Elena hatte offenbar eine Karriere vor sich, von der ich nichts ahnte. Jetzt erinnerte ich mich, schon einmal ein Bild von ihr in einer österreichischen Zeitung gesehen zu haben. Elenas Konzept war wirklich revolutionär und vollkommen bahnbrechend. Zehn Künstler stellten auf ihren Befehl hin Kunstwerke her. Es waren keine plumpen Handwerker, aber auch keine gut eingeführten Namen im Kunstbetrieb, sondern junge, bei Harry Schmeling unter Vertrag stehende und von ihm hochgradig abhängige Nachwuchskräfte des Kunstbetriebs, die anonym blieben. Alle Werke waren Elena Mutis Werke, sie gab Signatur, Namen und Gesicht – und hoffentlich auch die Idee dazu. Schließlich war ein Kunstwerk allein durch die dahinterstehende Idee definiert. Man mußte kein Prophet sein, um einer potenten, aus dem Vollen schöpfenden modernen Künstlerin, die den schönsten Körper seit Gina Lollobrigida hatte, eine glänzende Karriere vorherzusagen. Erst in den Medien, dann im ganzen Art Business.

›Was ist denn nun mit Hölzl‹, fragte sie einmal, ›ist er eigentlich schon tot? Ich meine, klinisch tot?‹

›Wieso das denn? Er liegt im Krankenhaus, ganz normal.‹

›Harry sagt, da ist nichts mehr. Die müßten nur noch den Stecker rausziehen.‹

›Ach was, der wird schon wieder. Hast du mit ihm etwas gehabt?‹

›Mit Hölzl?! Du spinnst wohl! Das mußt du doch wissen, als sein Freund.‹

›Ja, klar. Entschuldige.‹

›Geschlafen schon, natürlich. Das ging ja nicht anders bei dem. Aber das war's dann schon.‹

›Aha.‹

Hölzl hatte wohl mit allen Frauen geschlafen, aus Naivität. Er konnte sich einfach keinen anderen Umgang mit dem schönen Geschlecht vorstellen. Hätte er etwa mit ihnen reden sollen? Dazu fehlte dem Hölzl die Phantasie.

›Du bist anders‹, sagte sie, ›alle sind anders als Hölzl. Er ist wirklich der krasseste Mann, den ich hatte. Weißt du, was er zuletzt von mir verlangt hatte?‹

›Ja, das weiß ich! Leider!‹

Ich hatte das wütend gesagt. Bitte nicht noch einmal diese Kettengeschichten! Elena sah mich verständnisvoll mit ihren strahlenden dunklen Koksaugen an und meinte, ich sei ja auch jünger als Hölzl. Perversionen kämen oft erst im Alter. Ich rechnete schnell nach. Hölzl war Anfang Vierzig, und sie hielt mich für jünger. Nun, der Typ sah ja auch total ramponiert aus … trotzdem: die Gewichtsabnahme machte mich definitiv jünger, es stand nun endgültig fest. Noch vor Jahresfrist hätte mich Elena für 70 gehalten.

Als nächstes legten wir einen Stopp in der ehemaligen jüdischen Mädchenschule ein, den heutigen Hansy-Sälen. Wir trafen dort eine Theaterintendantin, die ich aus meinem früheren Leben kannte. Ich wußte ja erst jetzt, wie langweilig das staatlich subventionierte Theater war, und beim Anblick der Leute in dem Lokal bestätigte sich das. Alte freudlose Gesichter, die Weißwein tranken, für den sie acht Euro pro Achtel bezahlten. Elena checkte die Toiletten, ob man dort nachlegen konnte. Ich hätte etwas gebraucht haben können, da ich fürchtete, die Bodylotion halte nicht für den ganzen Abend. Aber sie hielt. Das Zeug war verdammt nachhaltig. Um keine schlechte Laune zu bekommen, beendeten wir abrupt das Gespräch über Flimms Iphigenie-Inszenierung auf der Ruhrtriennale in Bochum und begaben uns in die nahe Sophienkirche, um dort im Beichtstuhl etwas zu uns zu nehmen. Es war natürlich Elenas Vorschlag. Sie fand es sündig und prickelnd, in einer Kirche etwas so Verbotenes zu tun. Ich war sofort wieder hocherregt und euphorisiert, und als wir in der Kirche waren und den Beichtstuhl nicht sofort sahen, nötigte ich das schöne Mädchen, das T-Shirt hochzuziehen und sich auf den Altar zu legen. Ich schnupfte dann von ihrer festen Bauchdecke.

Zur Neuen Nationalgalerie fuhren wir noch mit der U-Bahn. Von einem bestimmten Zeitpunkt an im Nachtleben geht nur noch das Taxi, und man gibt Unsummen dafür aus. So freuten wir uns über diese letzte Billigfahrt und beobachteten dabei die Berliner Normalbürger. Das Normale an ihnen war, daß sie alle anormal aussahen. Lesbisch, arbeitslos, betrunken, mit fetten Hunden, tätowiert, gepierced, mit blauem Auge, als Supernerd im Konfirmationsanzug, als Politiker mit Bodyguard: Jeder konnte sofort als ›Typ‹ in einem schlechten deutschen Spielfilm gecastet werden. Und auch wir beide sahen ›speziell‹ aus, ich in dem Dandy-Anzug, Elena in dem fast kleidlangen, übergroßen, kardinalsroten T-Shirt und der zerfetzten Strumpfhose. Warum nicht einmal so ›frech‹ handeln, wie man aussah? Ich nahm das Feuerzeug aus Elenas Baby-Handtasche und begann grinsend, die zotteligen Haare einer schlafenden lesbischen Frau, die ihren aufgedunsenen Kopf schief auf die Schulter ihrer ebenfalls müden Partnerin gelegt hatte, anzuzünden. Elena griff kreischend vor Freude ein. Ein großer Spaß. Ich war nun 15 Jahre alt, zum ersten Mal in meinem Leben …

Es waren gut 2000 Leute auf der Ausstellung. Trotz unseres Outfits wären wir keinem aufgefallen, so voll war es. Selbst unsere besondere Ausstrahlung, unser Koks-Charisma, half uns nicht viel weiter. Nur Elenas in diesen Kreisen bereits erlangte Berühmtheit holte uns heraus aus der Masse.

Bald hörte ich überall ihren Namen. ›Ah, da ist Elena Muti!‹ ›Hey, Elena Muti, smile!‹, ›Elena, zeig es mir! Ja, zeig es mir, ja, ja!‹ Manche Fotografen waren dabei, die meisten wollten nur ein Handyfoto machen. Am nächsten Tag war ich im ›Tagesspiegel‹ mit ihr auf der ersten Seite abgebildet. Ich weiß nicht, wer der Zeitung meinen Namen gesagt hat. Na, wahrscheinlich die Agentur Schmeling. Jedenfalls kamen wir in eine Vierergruppe hinein, mit anderen Künstlerfreunden von Elena, und steckten dort auf einmal fest. Die eigentlichen Super-Stars, also die ausstellenden Künstler, waren nicht zu sehen. Die waren frühzeitig zur After Party zu Sarah Wiener gegangen und hatten sich die eigentliche Eröffnung einfach gespart, da alles Wichtige ohnehin auf der After Party passieren würde. Wir standen also mit 2000 unwichtigen Idioten in einem vollgestopften Saal auf der falschen Party.

Unsere geile Energie verpuffte schnell. Fast eine Stunde verloren wir in diesem Menschenkessel. Draußen gab es natürlich keine Taxis mehr, weil alle, wie in Neapel beim Vesuv-Ausbruch, den verfluchten Ort fliehen und zur After Party wechseln wollten.

Endlich waren wir da, gerade noch rechtzeitig, denn das Sarah-Wiener-Restaurant war exklusiv und konnte nur 200 der 2000 Celebrity-Süchtigen aufnehmen. Auch wir kamen nur rein, weil meine Begleiterin selbst berühmt war: Elena Muti! Allerdings war die Atmosphäre hier noch weitaus negativer – es war die kunsttypische Machtatmosphäre. Jeder wollte etwas, bastelte an seiner Karriere, checkte seinen Platz in der Hierarchie, wollte in die nächste Gruppenausstellung, wollte netzwerken, Kontakte knüpfen, gut dastehen, aufsteigen. Wer an den Tischen sitzen durfte, stellte etwas dar. Alles andere war dagegen bedeutungsloses Stehpublikum. Die wenigen Sitze an der Bar waren den Besten vorbehalten: Zwei der vier ausstellenden Stars saßen dort mit Begleitung. Um sie herum diese großen, mächtigen Männer in schwarzen Anzügen. Je näher man den Künstlern kam, desto zahlreicher wurden diese kraftstrotzenden Machtmenschen, die seltsamerweise alle so groß waren, als gäbe es wirklich eine Verbindung von Macht und Körperumfang. Ziemlich scheußlich. Was uns dann rettete, waren Elenas Charme und ihr Talent zum Smalltalk. Ein anderer Künstler, den sie kannte und der die Stars gut kannte, führte uns ganz nach oben auf der unsichtbaren Leiter der Wichtigkeit. Wir wurden den beiden Göttern an der Bar vorgestellt. Elena benahm sich überaus reizend und plauderte abgezählte neunzig Sekunden mit den Koryphäen. Dann drehte sie ab, kriegte auch den Abgang noch mit der besten Haltungsnote hin. Die langen Haare flogen, die langen Finger zwirbelten ein ›Ciao‹ in die Luft, in den Abschlußwitz hinein, den sie in die Konversation gezaubert hatte. Dabei nahm sie mich unmerklich mit, ich mußte mich nur ihren Körpersignalen hingeben, um wie beim Synchronschwimmen als Paar die Bühne zu verlassen. Kein Zweifel: Die Muti hatte es drauf! Das dachten sicher auch die Allgewaltigen hier, die mit brennenden Augen verfolgten, wie sie sich aus deren Blickfeld entfernte.

Nun war die Stimmung bei uns wieder bombe. Wir hatten es geschafft, waren bis ganz nach oben durchgestoßen. So sollte es sein, so sollte eine solche Party laufen! Wir trieben uns nun überall rum, wollten beachtet und angebetet werden. Größenwahn überkam uns. Ich hatte den Drang, den Arm hochzureißen, in die Luft, an die Decke, bei jedem Beat der Musik. Wir schwebten durch den Saal, ganz in dem Bewußtsein, Gewinner zu sein. Und wirklich hörte ich immer wieder, wie sich Leute nach Elena Muti erkundigten. Wer ist Elena Muti? Wer ist diese strahlende Schönheit? Welche Kunst macht sie? Bei welcher Galerie ist sie? Ich verlor jede Schwäche, jede Unsicherheit, hatte die ganze Klaviatur des menschlichen Daseins zur Verfügung. Ich konnte alles sein und alles schaffen, dabei hatte ich – in meinem Wahn – ohnehin schon alles erreicht. Ich war Gott und konnte noch viel mehr werden, wenn ich nur wollte, konnte jede Aufgabe hier anpacken und meistern. Elena checkte schon einmal die Toiletten, auch hier, vorsichtshalber. Man wollte ja nicht vorzeitig abstürzen.

Noch nie zuvor war ich so per se mit dem Leben verbunden gewesen wie jetzt. Was immer passierte, es war gut. Und so erklärt sich auch der folgende Vorfall. Elena hatte die Klos für praktikabel erklärt, und ich ging hinein. Inzwischen machte mir die negative Macht-Atmosphäre nichts mehr aus, im Gegenteil, ich bekam Kontakt mit allen möglichen Leuten. Andere Koks-User erkannten mich als einen der ihren und boten mir etwas an. Ich selbst bot einem anderen Kokainisten etwas an, und wir verschwanden in einer Kabine. Man ist ja ungeheuer nett in solch einer Lage, in diesem intimen Moment. Es ist alles so geil, man ist so glücklich, den anderen zu kennen. Das ganze Leben vibriert; das normale Leben ist ja viel grausamer, da hat man das nie. Ein Sternenhimmel explodiert im Gehirn. 40jährige sind plötzlich wie 15jährige, total nett und entzückend, eigentlich wie Zehnjährige.

Wir kamen wieder heraus und verloren uns. Ich merkte nämlich, daß die Toiletten immer stärker frequentiert wurden und man wohl bald nicht mehr hineinkam. Ich wollte lieber noch mal pinkeln und stellte mich an die Latrinenwand. Nach einigen Sekunden ging das Licht plötzlich aus. Es war auf einmal vollkommen finster. In derselben Sekunde fühlte ich lauter Hände an meinem Körper, bestimmt vier oder sechs gleichzeitig.

Ich wurde ausgeraubt. Eine kleine eingespielte Gang konnte das leicht machen. Ich hätte mich wehren können, doch dann wäre mein weißer Yamamoto-Anzug bekleckert worden. Da ich in Damenbegleitung war, wollte ich das auf keinen Fall.

Das Licht ging wieder an, und alles war wie vorher. Neben mir standen immer noch dieselben Personen und pinkelten. Sie blickten arglos drein, als hätten sie das eben nicht erlebt.

Meine Hochstimmung hielt an. Die Geldbörse lag zerfleddert auf dem Boden, vor meinen Füßen. Der Verlust schien verkraftbar, was waren schon ein paar Scheinchen.

Gutgelaunt schwankte ich wieder zurück in den Saal. Natürlich konnten wir nun nicht mehr nachlegen, denn auch das Koks war weg. Aber ein paar Stunden hatten wir noch. Einmal ging eine Kokszigarette herum, und zehn Leute konnten daran ziehen. Jemand hatte eine Marlboro oben angefeuchtet und das weiße Pulver draufgestreut.

Dann überraschte mich Elena mit der Info, im Cookies auf der Gästeliste zu stehen. Wir fuhren hin und tanzten erst mal kräftig ab. Für mich war das neu, aber da ich immer noch Gott war und alles konnte, machte ich unverdrossen alles nach, was Elena an Bewegungen vorgab. Bei meinen letzten Bemühungen in diese Richtung war ich 17 und ging zur Tanzschule. Meinen ersten Discobesuch mit 18 hatte ich vorzeitig beendet, da man mich ausgelacht hatte. Nun also wieder: tanzen. Endlich klappte es. Ich wurde zwar wieder ausgelacht, interpretierte das aber anders. Es war bestimmt anfeuerndes Freudenlachen. Die Leute achteten ohnehin mehr auf Elena Muti. Doch allein, daß ich mit ihr im Cookies tanzte, gab mir eine Wichtigkeit, die ich im Nachtleben Wiens nie gehabt hatte. Ich spürte, buchstäblich über Nacht jemand geworden zu sein in dieser Stadt. Auf jeden Fall potentiell. Eine Tür ging für mich auf, schon wieder, in diesem tollen Jahr, dem Kokainjahr ...

Dann ließ die Wirkung nach. Das Cookies bestand aus drei Ebenen, und auf der untersten gab es Betten, auf denen man ausruhen und schlafen konnte. Elena tat das. Danach war sie wieder fit und tanzte erneut. Ich verabschiedete mich lieber. Sie war immer noch wie am Anfang, ja eigentlich noch frischer, unschuldiger und reiner. Aber als sie mich fragte, ob es noch etwas gäbe, was ich mit ihr tun wolle, sagte ich in einer letzten Sekunde des Größenwahns, ja, mit ihr schlafen. Sie nahm es sportlich und sagte mit dunkler Stimme:

›Hey, du bist doch nicht etwa der neue Hölzl?‹
›Doch, genau der bin ich!‹
Wir sahen uns an. Und dachten wahrscheinlich beide das gleiche. Wir prüften, ob der Satz womöglich stimmen könnte, auf irgendeine Weise. Mal sehen.

Sie gab mir Geld für das Taxi, und ich fuhr ins Hotel Zarenhof. Elena landete später in einem lokalen In-In-Club namens ›Kater Holzig‹, wo sie um halb sechs Uhr morgens in die Spree geworfen wurde. Auch sie verlor in dieser Nacht einiges durch diesen kriminellen Vorgang: vor allem ihr Handy, das bei dem unfreiwilligen Bad fett draufging. Dennoch war sie am nächsten Tag wieder unerschütterlich sie selbst und zuversichtlich, während ich mit gemischten Gefühlen aufwachte. Eigentlich hätte es ja den ersten suizidären Totalhangover meines Lebens geben müssen. Jeder, der Kokain nur vom Hörensagen kennt, würde das vermuten, ja zwingend vorhersagen. Noch nie hatte ich soviel genommen. Alle Kontrollen und Dosierungen hatte ich gesprengt und mißachtet. Dennoch erinnerte ich mich zunächst an die Ziele, die ich an dem Abend erreicht hatte. Vor allem in Bezug auf Harry Schmeling. Ich dachte an Elena und fühlte die Verliebtheit in mir. Ja, es überwogen tatsächlich die positiven Empfindungen! Natürlich hatte ich gleich am Morgen meine im Hotelzimmer deponierte Sicherheitsration genommen. Später aß ich gesund, hörte beruhigende Musik und sah belanglose Tiersendungen im Fernsehen. Beim Duschen hatte ich einen Schüttelfrost, selbst bei 35 Grad, und beim Hotelfrühstück herrschte ich die Kellner unfreundlich an. Ich telefonierte mit Freunden, bei denen ich wußte, daß sie einen ähnlichen Drogenkonsum haben wie ich, etwa Stefan Draschan, sowie mit der schönen neuen Freundin. Sogar mit Doreen unterhielt ich mich, da ich absurderweise hoffte, ihre esoterischen Binsenweisheiten würden eine nervenlindernde Wirkung auf mich haben.«

Nein, es ging ihm nicht schlecht, und der wahre Einbruch würde ohnehin erst am zweiten und dritten Tag kommen, prophezeite ihm Stefan Draschan, und so hängte Braum einfach noch einen Tag dran. Harry Schmeling meldete sich am Telefon und verhielt sich ausgesprochen freundschaftlich, ja fast väterlich, wohl nicht wissend, daß er jünger war als sein neuer Schützling. Er lud Stephan Braum abends in das Restaurant Borchardt ein.

Konnte es wirklich sein, fragte sich Braum, daß es Schmeling ganz egal war, wer die Hölzl-Bilder malte? Es hatte den Anschein. Das radikale Spielen mit der Identität des Künstlers, mit Fragen des geistigen Eigentums und der sogenannten Originalität galt gerade als besonders avantgardistisch. Es war gewiß kein Zufall, daß auch Helene Hegemann zu den Freunden der Galerie gehörte. Schmeling hatte sie ebenfalls eingeladen sowie Braum auf die Liste einer Hegemann-Lesung am Abend setzen lassen. Die Frau hatte weite Teile ihres letzten Bestsellers von der Website eines armen Bloggers abgeschrieben. An dem Tag erschien nun mit großem Getöse ihr zweites Buch.

Wieder holte Braum Elena ab, um mit ihr im Taxi zur Lesung zu fahren. Sie wirkte fahrig, unsicher, unentschlossen. Sollte sie die Haare vorher färben? Sah sie gut aus? Sie brauchte ewig zum Anziehen. Um 18 Uhr sollte es beginnen, und um 20 Uhr war sie immer noch im Badezimmer. In Berlin war das aber wohl nicht schlimm. Während sie die nassen Haare fönte, rief sie, laut gegen den Fön schreiend:

»Ich habe viel Material gesammelt! Künstlerisch sehr wertvolles Material ... Weißt du, ich setze mich viel mit mir selbst auseinander!«

»Aha, das ist gut.«

»In Deutschland läuft vieles falsch. Man soll ganz auf sich allein gestellt sein ...«

»Ja!«

Er mußte auch laut sein, damit sie ihn hörte. Er fragte sich, wie weit sie mit dem *pre drinking* schon fortgeschritten war. Oder hatte sie Drogen genommen? Sie hatte doch keine. Pitschnaß war sie zuletzt aus der Spree gekrabbelt. Sie schrie weiter:

»Aus Spanien kommen hier täglich viele hundert Leute an. Und die müssen bei uns U-Boote kaufen. Uns geht's richtig gut. Wir sind eigentlich die Täter.«

»Stimmt. Gut erkannt!«

»Ich bin für die Umwelt!«

»Aha! In deinem Werk oder privat?«

»Und für die Ausländer! Sie sind der Reiz der Stadt!«

Sie sprach über die Gestaltungsfreiheit in der Kunst, ihre Arbeit, den Abhörskandal des amerikanischen Geheimdienstes. Sie würde seit gestern die Kameralinse ihres iPhones immer abdecken ...

»Arbeiten wirklich zehn Künstler für dich?«

»Insgesamt, ja. Im Moment sind es nur zwei!«

Sie erzählte ein bißchen darüber, zeigte Fotos. Auch bei Femen hatte sie einmal mitgemacht. Es war tiefe Nacht, als sie endlich im Taxi saßen. Das Outfit hatte sie dreimal gewechselt. Sie trug nun ein sehr enges schwarzes Unterhemdchen mit Spaghetti-Trägern, darüber ein wollenes grobes Etwas, eine Art Schal mit Ärmeln. Die Tasche spannte sie mit einem Gurt quer über den perfekten Oberkörper, der dadurch noch mehr zur Geltung kam, die Haare trug sie offen. Braum schämte sich, keinen zweiten Anzug mitgenommen zu haben. Er ging wieder ganz in Weiß. Vielleicht würde man ihn jetzt bereits wiedererkennen? Ja, das war schon möglich.

Als Stephan Braum aus dem Taxi stieg und auf die vielen hundert Menschen zuging, die vor der Sankt-Anna-Kirche, in der die Hegemann-Lesung stattfand, warteten, hatte er sich verändert. Er war einen Kopf größer als in Wien. Berlin sah in ihm eine Berühmtheit! Vor allem sah er sich selber so. Die meisten Menschen reagierten natürlich auf das Beauty Girl an seiner Seite. Er hörte immer wieder, wie ihr Name geflüstert wurde:

»Das ist Elena Muti ...«

»Guckma, da, die Muti!«

»Ist die nicht die Elena Muti?«

»Elena Muti ...«

Tatsächlich hatte die Lesung gerade erst angefangen, mit vier Stunden Verspätung. In einer riesigen, klobigen Kirche im klotzig-geometrischen Stil des 50er Jahre-Futurismus hatten sich rund tausend Vertreter des Berliner Kultur-Establishments eingefunden. Die Wände waren aus nacktem Zement und furchteinflößend hoch. Der Bau hätte von Albert Speer sein können: An den Seiten fraßen sich Lichtdome von schweren Scheinwerfern nach oben, der übrige Raum blieb gespenstisch dunkel. Auf der erhöhten, kargen Bühne – sonst wohl der Altar – saß stecknadelklein die jugendliche Autorin. Sie las aus ihrem neuen Roman »Reite zwei Tiger«. Links und rechts von ihr saßen zwei Stichwortgeber: ein befreundeter junger Autor und eine Journalistin.

Die Lesung war bahnbrechend. Helene Hegemann las immer nur Bruchstücke, Sätze, Silben, unterbrach sich selbst oder ließ sich unterbrechen, um spontan auszuschütten, was sich gerade in ihrem kaputten Hirn zusammengebraut hatte. Erinnerungen, Gefühle, andere Sätze, mögliche bessere Variationen der Textstelle, Entstehungsgeschichte des Satzes, Reaktionen des Lektors, der besten Freundin, des Hundes, der Bild-Zeitung. Es war wie James Joyce's Ulysses, ein Bewußtseinsstrom, nur unendlich unterhaltsamer und klüger als die staubtrockenen Gedanken des irischen Bildungshubers. Es war die erste gute deutschsprachige Lesung seit dem Tode Gottfried Benns. Braum war zutiefst angetan. Natürlich stand Helene Hegemann schwer unter Drogen. Man merkte es, als die Journalistin auf der Bühne, eine ältliche Frau des

Qualitätsblattes »Die Zeit«, nach den Anteilen von selbst erlebten und ausgedachten Elementen im Text fragte und die junge Schriftstellerin daraufhin einen echten Lachkrampf erlitt. Das wiederholte sich, als die Dame später nach der *Lehre* fragte, die Helene aus dem betrüblichen Plagiatsskandal ihres ersten Buches gezogen habe. Sie prustete und spuckte vor Lachen, stieß das Autorenglas mit Mineralwasser um, antwortete endlich:

»Alter, da war keine Leere, das war voll der Spaß!«

Alter war eine geschlechtsneutrale Anrede in der Szene. Für Braum war das alles neu und großartig. Zu seiner Zeit waren Lesungen anders gewesen. Er merkte es, als er in der Pause einen alten Kollegen von früher traf, Sven Lager, ein altgedienter Fernsehmann und Kulturfunktionär, der einst im Sender Freies Berlin tätig gewesen war.

»Mensch, Braumchen, bist du et oder bist du dein Sohn? Siehst ja fabelhaft aus! Wart ihr im Urlaub?«

»Sven, alter Schwede ... nee, wir waren nicht im Urlaub.«

»Wieso siehste so verdammt jung aus, Mensch!«

»Nicht jung, sondern nicht mehr dick!«

»Ich versteh's nicht ... du warst doch praktisch schon im Rollstuhl! Dachte, du wärst tot, Mann! Statt dessen gehe *ich* jetzt auf Krücken ... Wie geht's Kirstin, ist sie hier?«

Um Gottes willen! Kirstin hatte er vollkommen vergessen. Er wechselte lieber das Thema:

»Kirstin ist zu Hause, bei der Katze, bei, äh, Nelly. Der geht es nicht so gut, weißt du. Sag mal, die Lesung war sensationell, oder?«

»Na, hatse wieder allet abjeschrieben, die Hegemann, wa.«

»Nun ja, es war doch aber ein Erlebnis. Das Buch ist ein Hammer, finde ich, und ohne Helene Hegemann gäbe es das Buch nicht.«

»Ein abgeschriebenes Erlebnis sozusagen, ha ha ha ...«

»Nein! Wenn der Künstler die Ursache einer neuen,

großartigen Kunst ist, die es ohne ihn nicht gäbe, dann … dann …«

»Dann is et immer noch jeklaut, wa.«

»Aber, allein die Sprache, merkst du nicht, wie toll die Sprache ist?«

»Wat soll daran denn dran sein?«

»Nun zum Beispiel, daß sie gar nicht erst versucht, ›gut‹ zu schreiben oder einen ›guten Roman‹ zu schreiben, daß sie darauf pfeift, was zu einer ungeheuren Lebendigkeit im Text führt, zu einem Rausch geradezu oder jedenfalls zu etwas, das enorm anregt, den Leser zumindest!«

»Die Kleene soll sich ma' nich in die Hose machen.«

Es war aussichtslos mit dem Mann. Braum schloß die Augen, konnte nur mit Mühe seinen Abscheu verbergen. Er hätte sich gern einfach abgewandt – in seiner Kokainzeit hatte er solch kaltes Verhalten durchaus gelernt –, aber sein Gegenüber wechselte nun in den Diskussionsmodus und sagte in leicht geänderter Tonlage:

»Weeßte, in so ner Zeit, wo's allen dreckich jeht, mit so ner Nummer zu kommen, dit is zynisch!«

»Was?! Allen geht es dreckig? Es geht ihnen gut! So gut wie nie zuvor! Aber ich weiß schon, was du meinst. Die Germanen jammern seit zweitausend Jahren. Das ist ihre Mentalität, das ist unausrottbar. Die Krise, immer die Krise, nie gibt es etwas anderes. Sinkende Löhne, steigende Preise, die Renten gehen runter, die Gesundheit läßt nach, und das seit Generationen! Ich sage dir aber, es gibt eine Alternative!«

»Ach wie schön – Helene Hegemann?«

»Ja, genau, Menschen wie sie, Leute mit Spaß! Wie ich zum Beispiel. Die ausgehen, jemanden kennenlernen, das Leben mit allen Sinnen aufnehmen, tanzen, trinken, Witze machen …«

»Die Witze vergehen mir! Wenn ick an den Sozialabbau denke, den die jetzige Regierung zu verantworten hat. Wat wählst'n du eigentlich, Merkel?«

Merkel. Das Reiz- und Buhwort. Braum konnte so tun, als verletze ihn das. Er starrte Sven Lager »wutentbrannt« an und ging weg.

Wahnsinn – in solchen Kreisen hatte er einst verkehrt! Leute, die inzwischen so gut wie dement waren. Immerhin war das Jahrzehnte her. Die meiste Zeit hatte er in Schweden, dann in Stuttgart, schließlich in Wien verbracht. Das altlinke Milieu Westberliner Journalisten hatte er frühzeitig seinem Bruder Manfred überlassen.

Braum wurde der Autorin vorgestellt. Im großen Troß ging es nach der Lesung zum Restaurant Borchardt. Im Auto saß er neben einer für ihr Alter erstaunlich energischen und elegant gekleideten Freundin von Helene Hegemann, die das Event in der Sankt-Anna-Kirche gemanagt hatte. Sie hieß Mirna und kannte sich in allen kulturellen Milieus aus. Nirgends werde soviel gekokst und gefickt wie in der Kunstszene, meinte sie zu Braum, den sie offenbar auf Anhieb richtig einordnen konnte.

Im Lokal sah es auch ganz danach aus. Man konnte das Zeug fast riechen, so kokain- und strichningeschwängert wirkte die Luft. Überall standen diese verkehrswilligen Kunstgroupies herum, die die angesagten Stars umschwirrten wie die Motten das Licht, um es mit Marlene Dietrich zu sagen. Es war gerade eine dieser Vernissagen-Nights in Berlin, und Tausende Menschen dieses Berufszweiges waren unterwegs. Das Lokal Borchardt mußte alle gut einordnen und selektieren. Braum erlebte, wie die ehemalige Schauspielgröße Veronika Ferres keinen Tisch bekam, er aber schon. In der Kunstaura wollten alle mitschwimmen. Als Braum gegen 23 Uhr auf Harry Schmeling zusteuerte, saß der mit dem ehemaligen Chefredakteur der größten Boulevard-Zeitung Europas zusammen und war definitiv betrunken. Der Zeitungsmann sprach einfach weiter, und zwar davon, künstlerisch anspruchsvolle Filme drehen zu wollen.

»Richtig, Kai, nur die wirklichen Arthouse-Filme zählen!«

Man mußte in diesen Kreisen entweder mit den Künstlern befreundet sein oder selbst Kunst herstellen. Nur dann bekam man die guten Frauen und konnte denen immer etwas erzählen. Kai Diekmann trug einen Vollbart, hatte einen Laptop neben dem Teller stehen und kommunizierte auch noch mit einigen jungen Leuten am Nebentisch. Das waren wohl jene neuzeitlichen *computer hereos*, deren Status sich bereits dem der Kunst-Stars annäherte. Zu einem nuschelte Diekmann:

»Hey Alter, laß uns was gemeinsam machen, cross over, video art goes media ...«

Man sei jetzt im Vorstand übereingekommen, bei Bild.de eine *art section* einzurichten, ohne Bezahlschranke! Denn die follower gerade unter den jungen Leuten würden damit ...

Braum besann sich auf Schmeling und hörte nicht mehr zu. Aber der wollte durchaus wissen, was Diekmann da vorhatte. Da ergab es sich, daß andere das Gespräch mit Braum suchten. Er bewegte sich jetzt in einem neuen unsichtbaren sozialen Kräftefeld. Er war bedeutend, gehörte dazu, war neu und interessant, hatte die besten Freunde. Während er mit Ricarda Roggan von der art berlin contemporary über ihre Ausstellung am 19. September plauderte – auch sie saß im Harry-Schmeling-Körbchen –, dröhnte Diekmanns Stimme weiter über mehrere Tische: Harry Schmeling sollte chief curator in der geplanten art section werden. Albert Oehlen war angeblich als art director gewonnen worden.

»Albert ist top! Der war jetzt vier Jahre in Vietnam, um sich mal wieder selbst zu sortieren ...«

Braum hatte Elena an den pockennarbigen Großkünstler Armin Boehm verloren, was relativ gefährlich war, denn der stand in dem Ruf, es sexuell am ärgsten zu treiben, und so lenkte sich unser weißgewandeter Held mit einer Garderobiere ab, und nicht nur er tat das, sondern das halbe Lokal.

Viele kamen sogar ihretwegen her. Sie trug ein enganliegendes Minikleid mit Paillettenflügeln, wie ein Offizier vom anderen Stern. Eigentlich hätte sie auch ein russisches Topmodel sein können oder ist es sogar gewesen. Im Borchardt war es natürlich unterhaltsamer. Der Modelberuf war bekanntlich der ödeste überhaupt. Etwas für geistig Unterbelichtete wie Heidi Klums kleine Idiotinnen. Diese Garderobiere aber hatte es in sich. Nicht nur Harry Schmeling, auch andere große Männer sollen ihr schon nachts um drei auf allen vieren hinterhergekrochen sein. Nun begann Braum sich intensiv für sie zu interessieren. Er beobachtete sie über Stunden, ihre langen Beine, roten Haare, hohen Wangenknochen, ihre intergalaktische Uniform. Sie war ungeschminkt, einfach perfekt, mit ihren sibirisch-eisgrauen Augen. Schmeling ließ weitere Flaschen auffahren, wollte wissen, warum Braum nicht mit Elena geschlafen hatte. Man hatte ihm also Bericht erstattet oder erstatten müssen.

Irgendwann kamen Daniel Richter und Werner Büttner, der eine enfant terrible der postwilden Malerei der Nullerjahre, der andere sein Lehrer. Braum redete mit beiden. Zu dem Zeitpunkt lag Kai Diekmanns Kopf auf dem Schoß Harry Schmelings, der versuchte, die Zottelhaare des Journalisten wieder nach hinten zu ziehen, in die alte Form, es fehlte aber das nötige Haargel. Alle meinten, die alte Frisur habe ihm besser gestanden. Braum ging zur angeschmachteten Garderobiere, erklärte ihr das Problem, worauf sie sagte, sie habe um drei Uhr Schluß, und ihm ihre Handynummer gab. Er konnte hier offenbar der Mann der Saison werden. Ab Mitte September gingen in Berlin alle wieder aus, auch die, die vorher mit ihren Familien und Kindern die Zeit auf Ibiza totgeschlagen hatten. Man sprach dann von der beginnenden Saison und meinte die dunklen, aber geselligen Monate bis Weihnachten.

Alles wäre gut gewesen, wäre nicht Ursula Töle auch noch aufgekreuzt im stilvollen Borchardt. Schmeling, plötzlich für

Sekunden nüchtern, tauschte lange Blicke mit Braum, dem der späte Gast genauso lästig war. Wer voll ins soziale Leben einsteigt, muß immer auch mit peinlichen Konfrontationen rechnen. Das muß man handhaben können, und hier beginnt die eigentliche Kunst des Socializing. Braum fühlte sich noch nicht soweit. Er verabschiedete sich auf französisch, sagte lediglich Harry Bescheid, der geistesgegenwärtig anmerkte, der Transporter für die Hölzl-Arbeiten sei schon gebucht und käme am Montag nach Wien.

Ein Taxi brachte ihn ins Hotel. Es half ihm nichts, Ursula Töle fuhr hinterher. Sie fand ihr Verhalten unkonventionell und sich selbst, seit ihrem Verhältnis mit Thomas Draschan, wild und »spannend«. Stephan dachte: »Das muß ich noch lernen, dann ist alles gut: wie man die Frauen abwimmelt.« Er mußte begreifen, daß sein erotischer Marktwert ständig stieg, und das berücksichtigen. Er hatte dafür kein Verhalten parat. Nie war ihm jemand hinterhergelaufen. Als nun Ursula mit rauchiger Stimme sagte »läuft noch was, oder stehst du nur auf lange Beine und Titten«, hätte er brutal antworten müssen: So ist es, Baby, so sind wir Männer! Statt dessen löschte er das Licht, um das Unvermeidliche nicht grell beleuchtet ertragen zu müssen. Als sie im Bad war, kippte er rasch alle Fläschchen der Minibar in sich hinein. Auch hatte er im Koffer noch die Packung Viagra liegen, die er vor Monaten für die Parisreise mit Doreen organisiert, aber nie gebraucht hatte. Nun dankte er dem Himmel dafür, für diesen Zufall. Ursula Töle wollte er nicht zum Feind haben.

Seine Bemühungen wurden ihm gedankt. Ursula erzählte nach der entsetzlichen Tat viel Wissenswertes: ihr Leben, ihre Geschichte mit Harry Schmeling, mit Hölzl, mit der Berliner Szene. Er wußte nun alles über sie. Einen Film über ihr Œuvre mußte er danach nicht mehr machen. Nur noch lieb sein.

Einen weiteren Turbo-Tag in der deutschen Hauptstadt riskierte Braum lieber nicht mehr. Stefan Draschan hatte recht gehabt: Der Hangover war merklich schlimmer am nächsten Morgen. Der Anblick der schnarchenden und derangierten Ursula Töle neben sich im Hotelbett war zuviel für ihn. Er schlich sich weg, malte hastig einen »lieben« Abschiedsbrief, den er ins Bad legte, checkte aus und fuhr direkt zum Flughafen.

In Wien mußte er nun den Kater voll ausbaden, es ging nicht mehr anders. Er hatte keine Extra-Rationen mehr, bevor er nicht die Wohnung erreichte, denn er nahm nichts mehr mit ins Flugzeug. Doch auch nach der ersten Ration zu Hause wurde es nicht besser. Es ging ihm körperlich schlecht, sein Kreislauf hing durch. Doreen wollte ihn treffen, und er hatte keine Lust dazu. Eigentlich wäre sie das beste Mittel gegen den Ursula-Töle-Schock gewesen. Mit ihr konnte er das bizarre Erlebnis abwaschen. Deswegen ließ er die Verabredung zu. Aber es freute ihn nicht, und wieder dachte er, er müsse lernen, Frauen abzuwehren. Es regnete, das Wetter war hier endgültig in Herbst umgeschlagen. Er fuhr mit dem geliebten Elektrofahrad zur Mariahilferstraße. Der Regen peitschte ins Gesicht, machte die Hosenbeine naß und klebrig, drang in die Kleidung ein, bedrohte den ohnehin geschwächten Körper innerhalb einer Viertelstunde mit der ersten Herbsterkältung. Doch das Schlimmste kam erst jetzt. Als er in die lange Einkaufsstraße einbiegen wollte, gab es sie nicht mehr. Die grüne Stadträtin für Verkehr hatte die Mariahilferstraße am Tag zuvor zur Fußgängerzone erklärt!

Braum mußte absteigen. Ungläubig schob er sein Rad den Berg hinauf, und schon nach wenigen Metern herrschte ihn ein fanatischer Fußgänger an, er möge demnächst sein Rad ›dahoam lassen. Dös is Fußgängerzone!‹. Das war irritierend. Stephan wollte sich ein Bild machen, zog weiter.

Er hörte jetzt andere Geräusche als früher, nicht mehr die Töne der Tätigkeit, Handels und Wandels, der aufstrebenden

Volkswirtschaft, sondern die nichtssagenden Gespräche der Rentner, die früher Gott sei Dank vom Autolärm übertönt wurden.

Alles Großstädtische war wie weggeblasen. Auch die tollen jungen Frauen fehlten. Eigentlich war die hiesige Bevölkerung doch recht häßlich, aber wie überall auf der Welt gab es eine kleine Schicht, die das wieder wettmachte: eben die bunten, gekonnt aufgebrezelten jungen Mädchen, die ein Gespür für Stil, Form und Farben hatten, für aufreizende Kombinationen, und die jeden Tag zwanzig brillante Outfit-Ideen hatten, um ihren Körper optimal und neuartig zu präsentieren. Das war vor allem das Kapital der proletarischen Jugend. Und diese Personen waren auf einmal verschwunden. Statt dessen verbreiteten die vielen Rentner und Touristen die Atmosphäre einer ostdeutschen Küstenstadt im Winter, wenn nur die Reha-Zentren weiterlaufen und die schlecht gelaunten Patienten auf die Strandpromenade gerollt werden. Schlagartig waren auch die üblichen Verdächtigen jeder Kleinstadt-Fußgängerzone aufgetaucht, Feuerschlucker, Leierkastenmänner, depperte Trommler, Flötenspieler, in überdimensionalen Stoffbären steckende Witzbolde und Zuckerwatteverkäufer. Im McDonald's bedienten nun alle in Ronald-McDonald-Kostümen, und zwar draußen: Man hatte zwanzig Tische auf die Straße gestellt. Überall wuchs die Fläche zu, die einst Straße gewesen war: Unzählige Restaurants expandierten nach draußen. Wie ein kühler See, auf dem einst junge Entenfamilien schwammen und der dann zur Gänze von sumpfigen Seerosen zugewachsen war, wuchs die freie Fläche der einst schönsten Einkaufsstraße der freien Welt zu. Braum konnte dabei zusehen. Je länger er voranschritt, desto dichter wurde das Gedränge. Immer mehr Menschen strömten in die neue Zone, beschlagnahmten und zerstörten dieses Stück Welt. In langen Marschkolonnen trotteten sie heran, in Siebener-, Achter-, Neuner- oder Zehner-

Reihen. Braum sah dicke Frauen mit um den Bauch gebundenen Säuglingen, krückentragende Bettler, aus den Vorstädten kommende Alkoholiker-Pärchen mit fetten Hunden, und nirgends sah er etwas Vornehmes, eine Dame im Kostüm, einen Anzugträger, Geschäftsleute und Manager. Inzwischen hatte der Entzug seine Sinne so gereizt, daß er nur noch Verrücktes sah, Fratzen, Visionen, Einbildungen. Obdachlose mit frechem Lachen, Roma und Sinti, überall eine gierige, gestaltlose Masse. Als doch einmal eine gutgekleidete Business Lady dabei war, glaubte er, sie würde verhöhnt und weggebissen vom »Volk«, und ein Schicksal stünde ihr bevor wie einem jungen Papagei, der in einen Riesenschwarm hungriger Tauben gerät.

Keine Frage, dieses Areal einer besseren Zeit wurde für immer geflutet, nie wieder würde Braum hier glückliche Stunden verbringen. Sein Kopf brannte und schmerzte. Die neuartige Stille der Straße hatte etwas Beunruhigendes, als braute sich etwas zusammen. Er mußte weiter, weil er im Café Ritter mit Doreen verabredet war. Inmitten der gestaltlosen Masse entdeckte er, direkt auf der Straße, also der ehemaligen Straße, einen Stand der grünen Partei. Es standen ja Wahlen bevor, in Deutschland wie in Österreich, und die Grünen hatten deshalb den Coup mit der plötzlichen Fußgängerzone noch rechtzeitig durchgezogen. Nun feierten sie mit den »Bürgern« das, was sie da angerichtet hatten. Braum wollte erst hingehen und einen der Verbrecher zur Rede stellen – aber sein Kopf tat zu weh, und der Schüttelfrost wurde so stark, daß er fürchtete, nicht mehr sprechen zu können.

Als er Doreen sah, war er doch froh. Beim Blick auf ihre weichen, großen Brüste wurde er wieder sanfter, sozusagen Mensch. Ihr Dekolleté war wie immer sensationell, er hatte es ganz vergessen. Seine Augen ruhten während des Gesprächs unausgesetzt und absichtlich auf diesen rosigen Äpfeln, damit die Panik nicht zurückkam. Würde sie merken, wie kaputt er war? Nein, sie hatte etwas zu Wichtiges mitzuteilen.

Hölzl war aufgewacht.

Stephan hielt sich am Tisch fest. Es war die unerwartetste Nachricht, die er je vernommen hatte. Katastrophe oder das Gegenteil? Stimmte es überhaupt?

Doreen erzählte den neuesten Stand und alles, was sie wußte. Hölzl war wieder unter den Lebenden. Das Ereignis hatte sich angekündigt, als er offensichtlich alpträumte und dabei Worte oder wortähnliche Silben ausstieß. Eines Tages holten sie ihn dann ganz zurück, wobei Doreens Freund eine gewisse Hilfestellung gab. Hölzl sei dann ganz normal aufgewacht, wie aus einem langen, extrem erholsamen Schlaf. Er berste nun vor Tatendrang, müsse nur die Muskeln ein paar Wochen trainieren.

»Weiß er alles von mir?« fragte Stephan.

»Du, er ist so dankbar für alles! Er sieht, was für ein guter Mensch du bist. Ich glaube, er würde jetzt ALLES für dich tun.«

»Warum denn nur?«

»Weil du das BIST, ein guter Mensch.«

»Versteh' ich nicht.«

»Das ist das Unsichtbare, Stephan. Du kannst es nicht sehen, aber der Kleine Prinz, der sieht es, auf der Rückseite des Mondes.«

»Um Gottes willen, was redest du da?«

Dann dachte er daran, daß sie schon immer so gesprochen hatte. Es war doch Doreen, die peinliche Esoterikerin. Da entspannte er sich.

»Alles wird gut! Hölzl lebt, dein bester Freund! Ist das nicht einfach wunderbar?«

Stephan Braum nickte und fügte sich in sein Schicksal.

Wie es wirklich war, sein Aufwachen, erzählte Hölzl seinem Freund Stephan Braum erst Wochen später. Offenbar hatte Doreen geglaubt, man müsse auf Komapatienten ständig einreden, und das hatte sie getan, wann immer sie neben dem Krankenbett saß. »Alles ist Liebe, alles ist Licht, das findest du auch hier, da mußt du doch nicht durch einen Tunnel gehen ...« Zweieinhalb Wochen hatte er Muskel-Aufbautraining gemacht, er war beim Physiotherapeuten und anderen Spezialärzten. In der Zeit kümmerte sich Braum rührend um ihn. Er wollte, daß es ihm gut ging, daß viel Zeit verstrich und ihre Freundschaft wuchs. Seine Hoffnung: Hölzl würde vergessen, welche Bilder er zuletzt gemalt hatte und wie.

Der große Künstler erholte sich zusehends. Auch Braum lebte gesünder als sonst, nahm seine genauen Protokolle der Essens- und Drogeneinnahmen wieder auf. Gegessen wurde nur im Lokal. Zu Hause hatte er nichts, was ihn zur Völlerei verführen konnte – der Kühlschrank war leer und sogar abgeschaltet. Im Restaurant hinderte ihn sein natürlicher Geiz daran, zuviel zu bestellen. Auf diese Weise konnte er den täglichen Kokainkonsum auf die lächerlich geringe Anfangsdosis zurückfahren, ohne gleich wieder zuzunehmen. Er stellte sich innerlich darauf ein, sich das Zeug bald nicht mehr leisten zu können. Denn erst jetzt merkte er, wie sehr doch ein richtiger harter Drogenkonsum ins Geld ging. Er machte eine Art kleinen Entzug durch, der schrecklich genug war. Es gab quälend lange Tage, an denen er nur sterben wollte. Das einzige, was er dann wollte, war eine fette Überdosis Koks. Nur der fast schon ausgemerzte Spießer in ihm, der alte Pflichtmensch, brachte ihn dazu, durchzuhalten. Und vielleicht sogar der Patient Hölzl, der im Laufe der vielen Koma-Monate vollkommen clean geworden war. Der von seinem neuen Zustand schwärmte:

»Mensch, Braum, ich bin jetzt clean! Mein Blut ist so klar wie Quellwasser! Nie wieder will ich so absinken ...«

Das Leben verlangsamte sich endlich wieder, und Braum war es recht. Es wurde Oktober, es wurde November. Er wog nun 87,5 Kilogramm – bei einer Körpergröße von 1,88 Meter ein Idealgewicht, das er halten wollte. Er ging gern spazieren, anfangs oft in das nahe Krankenhaus der barmherzigen Brüder, in das Hölzl zur Reha verlegt worden war.

Hatte sich Hölzl verändert? Wohl eher nicht, denn er hatte schon nach den ersten Besuchen nur noch Augen für die beiden Krankenschwestern, die ihn versorgten. Seine Kraft – er hatte von Natur aus die Konstitution eines Ochsen – kam erstaunlich schnell zurück. Eines Tages brachte er den zurückhaltenden Freund mit der Nachricht in Verlegenheit, »die Jasmin« habe ihm einen »geblasen«:

»Junge, stell dir vor, alles funktioniert wieder!«

Er stieß den Satz heraus wie aus einer Fanfare.

»Schön. Das ist ... super«, sagte Braum gequetscht.

»Zwischen Visite und Mittagessen. Du ahnst nicht, was man da alles machen kann in einem ruhigen Zimmer ...«

Um mitreden zu können, hielt Braum den Kontakt zu Doreen, was sich erstaunlich gut einfügen ließ in die ruhigen Tage mit den langen Herbstspaziergängen. Er mußte an seinen Opa denken, der früher mit ihm spazierengegangen war, als er, der kleine Stephan, fünf Jahre alt gewesen war. Jeden Tag nach der Arbeit. So fühlte er sich jetzt selbst, wenn er mit der kleinen Doreen den Donaukanal entlang ging und sie vom kleinen Prinzen oder den Eigenschaften der Sternzeichen plapperte. Kinder konnten so niedlich sein, eben wie 31jährige Frauen mit Dachschaden.

Es gab aber einen in seiner Welt, für den sich nicht alles verlangsamt hatte, nämlich Harry Schmeling. Der Galerist hatte die großen Messen erfolgreich mit den neuen Arbeiten Hölzls bestritten und arrangierte nun eine große Gesamtwerkschau in Berlin. Der Erfolg in Basel, London und Miami legte das nahe. Braum hatte im Zusammenspiel mit den Ärzten – gern sonnten sie sich noch länger im Ruhm des prominenten Patienten – und mit den befreundeten Krankenschwestern Hölzl daran hindern können, das Bett zu verlassen und eine dieser Kunstmessen zu besuchen. Er hätte dort »seine« Arbeiten als die Thomas Draschans erkennen können. Thomas hatte in seiner Hölzl-»Spätphase« ziemlich eigenständig gearbeitet. Die meisten Vorlagen waren schon verbraucht gewesen, und so trat sein eigener künstlerischer Ehrgeiz immer mehr hervor. Er hatte Wege gesucht, Hölzl »weiterzuentwickeln«, ihn »neu zu denken«. Zum Glück war Draschan selbst kein schlechter Maler. Mit etwas Glück und einem anderen Geburtsjahr hätte er ebenso berühmt werden können – womöglich. Nur charakterlich fehlte ihm das letzte Quentchen zum Superstar. Er redete zuviel. Große Künstler mußten geheimnisvoll schweigen können. Er aber war unbeherrscht.

So schrie er jetzt den guten Stephan Braum an, ihm ein Flugticket nach Berlin zu bezahlen.

»Ich muß vor Ort sein, um die Arbeiten zu interpretieren! Nur ich weiß, wie Hölzls Gehirn funktioniert hat, damit diese Werke entstanden und keine anderen! So was kannst du nicht, und Hölzl kann es auch nicht, nur ICH kann es!«

Damit meinte er: SEIN Talent war es, sein übergroßes, das Hölzl über sich selbst hinauswachsen ließ. Braum buchte den Flug, und bald stellte sich heraus, daß halb Wien nach Berlin fliegen wollte. Jeder wollte zum *inner circle* gehören. Das war so eine besondere Eigenschaft der Wiener, und offenbar hatte Hölzls Karriere noch einmal einen Sprung nach oben getan. Er war jetzt der sogenannte *very hot shit* des Kunstmarktes, was nur zum Teil mit Draschans visionärer Fortschreibung des einzigartigen Werkes zu tun hatte, mehr noch mit der äußerst medientauglichen Koma-Story. Der Jahrhundertkünstler, der schon tot war: Das brachte Hölzls Bekanntheitsgrad nach vorn. Für Braum war es eine feine Gelegenheit, als Hölzls Sprechpuppe in viele Zeitungen zu kommen, als rechte Hand des Meisters, als Kunstkenner und, wichtiger, zu korrumpierender Mittelsmann.

Schon am Anfang trat eine gewisse Saskia Jungborg auf

den Plan, die ein großes Interview mit Braum über Hölzl – noch mit Foto am Krankenbett – in der Frankfurter Allgemeinen Sonntagszeitung plazierte. Es war, wie man später erkannte, der Startschuß zu Braums dritter Karriere als Kunstexperte. Diese Saskia Jungborg hatte ihm gut gefallen. So eine Frau, hatte er sofort gedacht, wäre eine *richtige* Freundin für ihn, nicht so ein schlechter Scherz wie die S/M-Groupies der Hölzl-Entourage. Aber dann vergaß er sie wieder. Jetzt rückte die Werkschau näher. Journalisten standen bei ihm Schlange. Die Air-Berlin-Flüge für den 4. Dezember von Wien-Schwechat in die deutsche Hauptstadt waren schon fast ausgebucht. Alles nahm wieder an Tempo zu. Längst hatte Hölzl seinen Freund auch um Kokain angehauen, schon im Krankenhaus. Mit der Begründung, den Schwestern im Spital einen würdigen Abschied zu gönnen, hatte Stephan ein wertvolles Gramm aus seinen schrumpfenden Beständen opfern müssen. Hölzl garnierte es mit dem Versprechen, fortan ebenso *kontrolliert* Drogen zu nehmen wie Braum.

»An dir sieht man, wie man es richtig macht mit Drogen! Du schaust super aus. So soll es sein!«

»Ich nehme jetzt aber viel weniger als früher.«

»Na schau: Ich hab' lange hier im Koma gelegn, und ich fand's cool, endlich a Ruhe zu haben. Aber dann hab ich gmerkt, daß der Sinn des Lebens das Leben ist. Die Jasmin und die Koko haben mich ins Leben zurückgeblasen ...«

Er lachte quiekend. Er wollte wieder richtig leben, auf deutsch: vollgekokst mit jungen Frauen schlafen. Braum wollte lieber spazierengehen, die frische Luft in den Lungen spüren, stundenlang flanieren, Menschen beobachten, mit fremden Frauen flirten, mit einem Wort: schlank bleiben. Aber er war an Hölzl gekettet.

Selbst Stefan Draschan wollte mitfliegen, der unterschätzte kleine Loser-Bruder Thomas Draschans. Braum war das jetzt auch schon egal und er zahlte ihm die billige 6.45-Uhr-Maschine. Xenia und ihr afrodeutscher Liebhaber saßen auch darin, auf eigene Kosten.

Als der große Tag der Eröffnung kam, befanden sich so gut wie alle Menschen, die Braum in seinem neuen, zweiten Leben kennengelernt hatte, aber auch viele aus seinem alten ersten, in demselben Gebäude, nämlich wieder in der Nationalgalerie, dem Mekka der deutschen Gegenwartskunst und dem Haus- und Lieblingsmuseum Harry Schmelings. Schmeling war in diesem bedeutenden Kunstjahr 2013 an seinen Konkurrenten Sprüth, Nagel, Koenig und Capitän vorbeigezogen. Er war der Galerist der Stunde. Er hatte alles getan, um das Event noch zusätzlich zu pushen. Um nur ein Beispiel zu nennen: Seine Telefonmädchen hatten selbst in Schloß Bellevue angerufen, um den Bundespräsidenten zum Kommen zu überreden. Eine Zeitung streute prompt das Gerücht, er werde kommen.

Statt dessen war aber Boris Becker auf dem Parkett. Der war Gift für das Image, und Harry Schmeling schloß erschrocken die Augen, als er ihn sah.

»Shit! Wie ist denn das passiert?«

»Na wieso, der kommt doch überall rein«, lispelte eine Galerina.

»Nein, nur mit Einladung! Die Tür weiß doch, daß Typen wie Hansi Hinterseer oder Lothar Matthäus medienwirksam abgewiesen werden sollen!«

»Hauptsache, er kommt nicht auch noch ins Adlon.«

»Das ist noch gefährlicher. Die Adlonportiere haben wir nicht im Griff. Da können wir nur sagen: bitte Boris Becker nicht reinlassen. Aber wir können nicht sagen: alle prominenten Sportler und Schlagersänger abweisen.«

»Warum nicht?«

»Die verstehen das nicht!«

Für einen Moment war er überfordert, der neue Kunst-König aus kleinen Berliner Verhältnissen. War es falsch, ausgerechnet das spießige Adlon für das anschließende Sammler-Dinner zu mieten, dieses Mega-Symbol für falsches neues Geld und Möchtegern-Reichtum? Braum fiel auf, wie fett Boris Becker geworden war. Tatsächlich sah er fast so aus wie Braum vor der Kokaindiät. In noch einmal fünf Jahren würde er jedenfalls so aussehen. Braum dagegen sah dann aus wie Gary Cooper in »Zwölf Uhr mittags«. Schon jetzt hatten sich recht ansehnliche Gesichtszüge aus der einst aufgedunsenen Fleischmasse des Gesichtes herausgearbeitet, Gesichtszüge, von denen Braum bis dahin keine Ahnung gehabt hatte, denn schon als Teenager hatte er so ein speckiges und pickliges Gesicht gehabt. Bei Becker war es anscheinend genau umgekehrt verlaufen. Sein Kopf war inzwischen ein einziger fetter Kürbis mit zwei Punktaugen und einer Säufernase. Von Gesichtszügen keine Spur mehr. Braum überlegte, ob er zu ihm gehen und den Tip mit dem Kokain geben sollte.

Früher hätte sich Stephan Braum in so einer großen, verschwitzten Menge extrem unwohl gefühlt. Er sah jetzt die unglücklichen Menschen. Er hatte sich einen leichten Anzug bei »The Corner« gekauft, genau gesagt sogar mehrere Garnituren. Erst gefiel ihm ein Anzug von Margiela, aber als Saskia Jungborg ihm sagte, die Marke sei von »Diesel« aufgekauft worden, besann er sich auf Dries van Noten. Auch Jungborg hatte er in Berlin wiedergesehen, und sie spielte einen Nachmittag lang seine Modeberaterin.

»Berlin, den 5. Dezember 2013
Liebes Tagebuch,
gestern war das große Ereignis: Hölzls Werkschau! Ich glaube, das war sehr wichtig für mich und meine zukünftige Entwicklung. Es war einfach bombe! Ich will das alles genau festhalten. Vielleicht sehe ich Hölzl und die Clique nie wieder, da muß ich die letzten Tage und Stunden genau beschreiben. Hoffentlich gelingt mir das.

Kai Diekmann war da, Doreen, Boris Becker, mein ehemaliger Chef vom ORF, Wolfgang Joop, Angelika Taschen, Sven Regener, mein Bruder, Ursula Töle, der Sterman von ›Stermann & Grissemann‹, Meinhard Rauchensteiger, Hans Christian Strache, glaube ich, Sebastian Kurz, Veronika Ferres, obwohl, bei der weiß ich nicht, ob sie es wirklich war. Das war bereits im Wellness-Bereich im Adlon, im Dampfbad, da konnte ich nicht mehr viel erkennen. Harry hatte das ganze Restaurant und das halbe übrige Adlon gemietet. Ein Wahnsinn. Viele, vor allem die Kokser, sind ins Grill Royal geflüchtet, weil sie dieses Joop-Aufsteiger-Berlin ungeil finden. Aber ich mußte natürlich bei Schmeling und Hölzl bleiben. In der Nationalgalerie fing alles an. Nein, für mich fing es schon vorher an, am Nachmittag beim Einkleiden, mit Saskia Jungborg. Ich glaube, sie glaubt jetzt, sie ist meine Freundin. Es ist für mich schwer zu glauben das alles, ich kann das nicht mehr ernst nehmen. Ein Beispiel: In Hölzls Suite lungerten alle möglichen Miezen herum, ich weiß nicht mehr, wann. Eine hatte ganz offensichtlich schon Sex mit ihm gehabt, wohl kurz davor, und sie hockte in der Toilette neben der Schüssel und übergab sich. Entweder das Koks oder der Sex oder der Hölzl selbst waren ihr nicht bekommen. Da ich ja dauernd die Verpflichtung spürte, mich um Hölzls Angelegenheiten und Probleme zu kümmern, nahm ich mich der Frau an und versuchte, mit ihr vorsichtig zu kommunizieren. Sie spürte das und schüttete mir ihr Herz aus.

›Ich glaube, es ist Liebe‹, sagte sie. Was meinte sie?
›Was meinst du damit?‹ fragte ich sanft.
›Die Geschichte mit ihm ... es ist ... mehr ...‹
Sie meinte, Hölzl hätte sich in sie beim GV verliebt! Frauen denken ja so etwas! Ich wich zurück, sagte endlich:
›Ja, glaub' ich auch ... es ist Liebe, denn irgendwann ist immer das erste Mal, nicht wahr?‹
Sie lächelte dankbar und beugte sich wieder über die Schüs-

sel. Da sie auch magersüchtig war – was ihr blendend stand –, konnte es auch das übliche Zwangserbrechen nach dem Fünf-Sterne-Dinner sein. Aber ich erzähle das ja nur, um zu zeigen: Die Frauen spinnen alle. Ich muß erst Abstand gewinnen, um zu beurteilen, ob Saskia nun *meine Freundin* ist.

Viele der diversen angereisten Art-Business-Figuren wohnten gleich im Adlon, zum Beispiel Boris Becker. Ich habe tatsächlich mit ihm gesprochen. Harry wollte nicht, daß er ins Adlon reinkommt, aber er wohnte bereits da. Ein netter Kerl, aber irgend etwas ist mit seinem Leben nicht in Ordnung. Ich erzähle das noch. Vorerst waren wir in der Nationalgalerie, und Hölzl zog mich, gleich als er mich sah, an sich und zeigte stolz auf die vier wandgroßen Panoramabilder an der Nordseite, die mehrheitlich von Thomas Draschan stammen. Er sagte:

›Braum, ich wußte nicht, wie gut ich bin, hab es eigentlich nie gewußt. Jetzt weiß ich es!‹

›Ja, ja.‹

›Ich hab' da wieder einmal ne ganz neue Kurve genommen, ich hab' da was gespürt … frag' mich nicht, wie mir das immer wieder gelingt!‹

Er war ganz überwältigt von sich selbst. Echte Künstler führen nicht Buch über ihre letzten Werke, und sie erinnern sich auch selten daran, was und wie sie etwas genau gemalt haben. Auch Schriftsteller lesen manchmal Stellen in ihrem Buch, an die sie sich nicht erinnern können. Hölzl war offenbar ahnungslos, oder war er einfach berauscht? Oder hatte sich Draschan tatsächlich kongenial eingefühlt in den Meister? Ich kann es nicht sagen, und die Alternative mag ich mir nicht vorstellen: Schock, Befremden, Fragen, Verhöre, Polizei, Gefängnis. Nur eines fand ich seltsam: Hölzl behandelte Draschan, seinen Fälscher, den ganzen Abend so ungewöhnt liebenswürdig. Okay, sie waren Freunde, auch aus künstlerischen Gründen, aber warum mußte er ihm ausgerechnet jetzt sagen, er habe das Zeug, ebenso groß zu werden wie er? Dafür gab es keinen Anlaß.

Aber ich will chronologisch bleiben. Ich fand auf einmal meinen weißen Anzug affig. Ich trug ihn seit vielen Wochen, und er drohte mein Markenzeichen zu werden. Saskia Jungborg, die meinen Essay in der ›taz‹ gelesen hatte, war wieder in meine Umlaufbahn getreten. In der linksradikalen ›taz‹ über die verhaßt-turbokapitalistische Kunst zu schreiben hatte außer mir niemand verstanden, Fräulein Jungborg aus Kopenhagen schon. Hölzls verquältes Gesicht werde ich nicht vergessen, als ich ihm die Seite hinhielt. Die ›taz‹! Nicht einmal eines seiner Bilder hatte man in Hochglanz-Vierfarbdruck in den Text eingefügt, auch kein ›interessantes‹ Foto von ihm, zum Beispiel mit offenem Hemd, Bierflasche und Rebellenblick. Statt dessen hatte ein altgedienter ›taz‹-Zeichner namens Touche ein Porträt von ihm gemacht: Hölzl, das große Kind. Sehr gelungen übrigens. Der Kunstmarkt hat von dem Artikel nichts erfahren, aber die deutschen Berufsredakteure, die alle die ›taz‹ heimlich lesen, interessierten sich nun für das Thema, zumindest für die Werkschau. Jedenfalls kam so Saskia wieder auf mich zu, und wir telefonierten viel. Ich war von ihrer Stimme mehr als angetan: Die erotische Stimme eines schüchternen und gutwilligen Mädchens, das gerade Abitur gemacht hat, nun in England studiert und wie France Gall aussieht, mit dem man stundenlang reden kann, weil am anderen Ende so eine unterdrückte Grundbegeisterung zu spüren ist: darüber, ernst reden zu dürfen und nicht sexistisches Blödelniveau bieten zu müssen, das man nicht zur Verfügung hat. Oder das nicht wie France Gall aussieht, nicht in England studiert, aber so spricht wie sie, in Christiania lebt und mit Katrine Foensmark befreundet ist. So könnte ich jetzt weitermachen, aber noch so ein paar Assoziationen, und ich stehe als jemand da, der selber verliebt ist. Ich bin also mit ihr zu ›The Corner‹ am

Gendarmenmarkt gegangen. Übrigens war sie vor mir mit Fachinger zusammen. Die Welt ist klein, nicht wahr, liebes Tagebuch? Sie sagte, mich würde sie mehr mögen, weil ich so gut aussähe. Fachinger würde sie wegen seiner Kolumne sehr mögen. Ich verstehe das, weil die Kolumne die beste Kolumne im deutschsprachigen Raum ist. Man kann Fachinger verehren, ich kenne ihn ja. Aber ich sehe selbst, daß er im Vergleich zu mir regelrecht häßlich ist. Ich fürchte, nach unserer gemeinsamen Nacht kann sie unmöglich zu ihm zurückkehren. Ich habe ja inzwischen kinnlange Haare, die so interessant fransig ins Gesicht hängen, und kein schmieriges krauses Unkraut auf der hinteren Schädeldecke, und ich trage auch keine Baumfällerhemden.

Nein, wir kauften ganz was Feines ein. Ganz hohes Revers (»Ihnen mit Ihrer guten Figur steht das«), türkisfarbene Allwetter-Lederschuhe mit Kreppsohle (»Mit Maßschuhen kommt man in Berlin nicht weit«) und einen hochgeschlossenen Mantel, alles von Dries Van Noten. In der Boutique liefen auf riesigen Projektionsflächen Filme von der letzten Modenschau des Mode-Gottes. Ständig liefen diese jungen Dostojewski-Männer durchs Bild. Ernst, bärtig, langhaarig, aber elegant, poetisch, entschieden – Leute, die gerade ›Der Idiot‹ schrieben oder zumindest im Kopf hatten. So *entschieden* wollte ich auch aussehen.

Früher waren solche Kleidungskäufe die größte denkbare Tortur für mich. Ich fürchtete mich davor, mein Spiegelbild zu sehen. Ich fürchtete mich vor Spiegeln generell, auch beim Friseur oder zu Hause. Und jetzt plötzlich gefiel mir mein Spiegelbild! So orderte ich noch eine zweite Garnitur, die mir zusammen mit dem fleckigen weißen Anzug ins Adlon geschickt wurde. Aus alter Gewohnheit zahlte ich mit Hölzls Platin-Kreditkarte, zum letzten Mal. Ich trug sie aus Versehen immer noch bei mir. Vor Monaten hatte ich sie schützend an mich genommen, damit sie nicht in unbefugte Hände fiel.

Aber noch am selben Abend, also gestern nacht, gab ich sie zurück. Im Grunde bin ich ein guter Freund.

Wieder draußen, noch im Kopf meine gute Figur im Spiegelbild, fiel mir auf einmal Sigmund Freud ein. Ich sah in den Himmel und dankte ihm. Ja, Freud, dessen mutige ›Schriften über Kokain‹ mir den richtigen Weg gewiesen hatten, oder mich darin bestärkt hatten, ihn zu gehen. Saskia war noch im Laden, um eine kleine Lack-Tasche für sich zu kaufen. Ich sagte halblaut, den Blick nach oben:

»Danke, Professor Freud! Vielen, vielen Dank, daß ich jetzt diese Figur habe!«

Heute hätte selbst eine Superautorität solch ein Buch nicht mehr schreiben dürfen, nicht einmal Stephen Hawkins, Dr. Eckart von Hirschhausen oder Günther Jauch. Der von der amerikanischen Regierung ausgerufene ›Krieg gegen die Drogen‹ gab die Tonlage zwingend vor. Und natürlich diese in unserer Kultur in Sachen Kokain vorgegebenen *role models,* also angefangen von Janis Joplin, Jimi Hendrix und Jim Morrison bis hin zu Snoop Dogg und dem Frontmann von Aerosmith, bestenfalls noch Christoph Daum und Michel Friedmann, besoffene bildungsferne Rockmusiker und vulgäre erfolgssüchtige Immobilien-, Medien- und Banker-Arschlöcher, eben Leute ohne Stil, Kultur und Tiefe. Das war bei Freud ja ganz anders. Das Kokain wurde auf silbernen Tabletts in Salons serviert, und deshalb wirkte es in anderer Weise. Die großbürgerliche Boheme, die sich im Palais zur Cocain-Runde einfand oder im Novembernebel in der Kutsche durch den Prater fuhr, eine Prise Coca im Blut. Freud hatte elegante Patientinnen, Damen aus der Oberschicht, Anna O., Cäcilie M., Anna von Lieben, Ida Bauer ... Gustav Mahler ...

Ich wurde aus den Gedanken gerissen. Saskia, die mich natürlich schon wieder für ihre Zeitung einspannte, hatte einen Fotografen bestellt, der nun auftauchte und mich in lässiger

Pose in dem neuen Outfit abfotografierte. Das Bild kommt angeblich ganz groß, und schon dafür hat es sich gelohnt, finde ich. Ein glaubwürdiger Kunstexperte muß gut gekleidet sein. Saskia wollte wissen, warum ich Hölzls Kreditkarte bei mir trug, und ich merkte beim Antworten, daß sie eines Tages auch fragen konnte, warum ich zu einer bestimmten Tageszeit stets ein weißes Pülverchen zu mir nehme. Übrigens nehme ich es nicht mehr morgens. Ich bin ein echter Profi geworden und nehme es am frühen Nachmittag. Bis dahin wirkt die Einnahme vom Vortag nach. Die Verschiebung hatte ich mir angewöhnt, als ich auch abends und nachts noch nachschoß. *Vormittags nie* ist nun mein neues Motto – es sei denn, ich wache neben einer Frau auf. Dann nehme ich gern noch was. Daß Kokain impotent macht, hat sich als Vorurteil herausgestellt, jedenfalls bei mir. Bei anderen mag es so sein, manchmal. Man kann einfach länger, das ist alles. In Berlin hat mir Hölzl noch einmal eine dicke Ladung Koks zugesteckt, am Abend im Adlon. Ich sollte mich damit um diverse Freunde ›kümmern‹, also ihnen Stoff geben, wenn sie es brauchten, so stimmungsmäßig. Ich durfte das selbst einschätzen.

In Hölzls Adlon-Suite ging es schon bald hoch her. Die Prominenten aßen noch, als oben schon die ersten Hosen- und Hemdknöpfe aufgingen. Lag wohl daran, daß zusätzlich noch ein halbes Dutzend Tausend-Euro-Hostessen für Schmeling Dienst taten an diesem Abend. Später war ich dann selbst in der Suite und mußte buchstäblich den Verkehr regeln. Ich hatte die Aufgabe bekommen, nur noch coole Leute durch die Tür zu lassen. Das war das Wichtigste, das ich je für Harry tun mußte. Denn drinnen war die pure Walpurgisnacht ausgebrochen. Als dann seriöse Leute kamen, zum Beispiel mein ehemaliger Chef, der ORF-Intendant, mußte ich sie wegschicken. Immer mit der Begründung, der frischgenesene Komapatient Hölzl brauche gerade eine Pause. Die Szene mit dem Intendanten war geradezu denkwürdig. Er sagte:

›Na, du? Deine Reportage über Turkmenistan, das war noch gutes Fernsehen!‹

›Aha. Ist ja lange her, wann war das?‹

›Doch, wollte ich dir immer schon mal sagen. Gehen wir rein?‹

›Das geht nicht. Hölzl ist immer noch in der Rekonvaleszenz und braucht seine Ruhe.‹

›Na, Mensch ... dann laß uns doch unten in der Bar noch einen Absacker nehmen. Ich sitz' da mit Nadja Bernhard. Ich stell sie dir vor, die geile Alte!‹

›Das ist nett. Aber hier ist noch business, verstehst du? Ich kann jetzt nicht weg. Trink etwas mit Nadja, das ist bestimmt lustiger.‹

Gleich danach kam Boris Becker. Ich hatte Lust, ihn reinzulassen, einfach, um Hölzl zu erschrecken. Aber ich verhielt mich natürlich loyal. Statt dessen plauderte ich mit ihm ein bißchen zum Zeitvertreib – warum sollte ich der einzige sein, der keinen Spaß hatte – und schickte ihn dann ausdrücklich an die Bar zum Intendanten und Nadja. Sollte er doch *ihnen* die Stimmung absenken!

Einmal wurde es ganz hart. Ursula Töle wollte hinein. Ich wußte aber, daß inzwischen die reine Orgie dort ablief. Auch in anderen Zimmern und vor allem im Wellness-Bereich, der sich ebenfalls im fünften Stock befand, lief die gleiche Sache. Im Grunde war es sinnlos, die Suite noch ›zu bewachen‹. Aber ich sagte zu Ursula, wobei ich mir Mühe gab, warmherzig zu bleiben:

›Ach Ursula, dir muß ich doch nichts vormachen. Dort drinnen läuft eine Orgie mit Prostituierten, und du bist doch keine. Ich darf dich nicht hineinlassen.‹

Ich sah Angst in ihren Augen. Sie, die mächtige Ursula Töle, vor der ich gezittert hatte, fühlte sich nun klein, alt und unterlegen. Sie fürchtete sich vor mir. Ich merkte schlagartig, daß sie nichts mehr gegen mich tun konnte. Sie schien nicht einmal mehr Worte zu finden, sondern hob zaghaft ihre Hand, führte sie zu meiner Wange und begann sie zu streicheln. Ich konnte damit nicht umgehen, und als mein Handy gleichzeitig ein Vibrationssignal abgab, zog ich es aus der Hosentasche, dankbar, mich ablenken zu können. Es war eine Nachricht von Doreen. Sicher sprang sie auch gerade auf einem Hotelbett herum, ich hatte sie ja gesehen. Mit wem sie es wohl gerade trieb? Mit Boris und Mathieu Carriere gleichzeitig? Mit Alexander Dobrindt? Ich las:

›Hallo mein lieber Braumi,

du guter Mensch,

heute habe ich dich gerade sehr, sehr gern, weil du so eine reine Seele hast ... heute spür ich das so tief ...‹

Ursula Töle nahm ihre welke alte Hand von meiner Wange. Sie machte aber noch immer keine Anstalten zu gehen. Ich hob meine Augenbrauen und machte ein ernstes Gesicht. Ursula Töle sollte denken, ich läse gerade wichtige Anweisungen. Tatsächlich mußte ich gerade folgendes entziffern:

›... magst du bei mir sein am Jul-Fest, mein Braumibär? Du weißt, Jul, die Wintersonnenwende, Geburtsfest der Sonne. Das Symbol der Sonne: das Rad (›jol‹). Früher wurden zum Julfest Räder angezündet und den Abhang heruntergerollt. Das Julfest ist der erste Abend vor den zwölf Rauhnächten ...‹

Ursula sank vor mir zusammen. Ich spürte es fast körperlich, wie ihr Widerstand erlosch, während ich die SMS zu Ende las:

›... die Rauhnächte, die den Seelen der Verstorbenen geweiht sind. Die Germanen glaubten, daß die Seelen in dieser Zeit – bis zum sechsten Januar – zurückkehren. Die Göttin des Lichts wird in dieser Zeit wiedergeboren und ...‹

Ursula wandte sich von mir ab.

›Warte, Ursula, ich lese hier gerade unglaubliches Zeug. Das muß ich dir vorlesen: ,Die Göttin des Lichts wird jetzt wiedergeboren und zu Ehren der Sonnengöttin Lucina werden Kerzen angezündet ...‹

›Danke, Lieber‹, sagte sie nur.

Und ging.

Doreen, das gute Kind. Schrieb artig Verse, anstatt im Gang Bang zu versinken. Oder währenddessen. Sie schien mich wirklich zu mögen und half mir auch noch aus der schwierigen Situation mit Ursula Töle. Am Ende hatte ich sie doch noch liebgewonnen.

Nachdem ich gefühlt eine Stunde lang Wache geschoben und hundert Leute abgewiesen hatte, ging ich hinein und übergab den Job Stefan Draschan. Das war mein Glück, denn wenig später war mein Bruder Manfred an der Tür. Draschan sah ihn von oben bis unten an und fragte, wie er denn bloß ins Adlon gekommen sei.

›Ich habe meinen Hochzeitsanzug angezogen! Und ...‹ – Er kramte in seinem alten Hochzeitsanzug und brachte einen zerknitterten Zeitungsausschnitt hervor – ›ich habe ihnen den Text aus der ›taz‹ gezeigt. Ich bin nämlich sein Bruder!‹

›Hölzl hat keinen Bruder.‹

›Der Bruder von seinem Verwalter, Stephan Braum. Ich bin Manfred Braum!‹

›Tut mir leid. Kein Zutritt.‹

›Hören Sie, ich weiß da mehr als Sie! Mein Bruder ist der LEBENSMENSCH von Ihrem Boß!‹

Das Wort hatte er wohl gerade gelernt.

›Verschwinden Sie!‹

›Mein Bruder ist ein großer Mann! Sie werden Schwierigkeiten bekommen!‹

Draschan packte Manfred Braum und zerrte ihn zum Lift. Der junge Mann war größer und dreimal stärker als der feingekleidete Bruder, dem die Fliege verrutschte. Er mußte mit einer ehemaligen Wimbledon-Legende und einer ihm unbekannten Frau Bernhard am Katzentisch Platz nehmen. Deren

Mann befand sich übrigens gerade in Hölzls Suite und trank Champagner aus den Stilettoschuhen von Franziska Weisz. Das war es nämlich, was ich zu dem Zeitpunkt gerade beobachtete. Und Hölzl, der sich an einer Frau abarbeitete, die mir bekannt vorkam. Wer war es nur? Ich fragte ihn einfach.

›Hölzl-Schatzi, wen hast du denn da?‹

›Wos?‹

›Woher kennst du die Frau?‹

›Di hob i bei am Sechser kennenglernt!‹

›Was meinst du mit ›Sechser‹?‹

›No, a Sechser!‹

Ich kam nicht weiter. Wenn schon Orgie, dann richtig, dachte ich irgendwann. Sekttrinken aus Frauenschuhen, nein danke. Auch wurde es immer befremdlicher für mich, mit Leuten zu tun zu haben, die mehr und mehr ›zu‹ waren. Überall lagen drogenerschöpfte Gesellen herum. So machte ich mir schließlich selbst aus dem Rest von Hölzls Service-Koks eine fette *line* und ging in den Wellness-Bereich. Da gab es nämlich einen großen Unterschied: Dampfschwaden!

Hier war das Geschehen gnädig verhüllt und geheimnisvoll. Auch geschönt. Die Haut der nackten Menschen wirkte frisch und, ja, prickelnd, die Münder rot, die Augen strahlten wie Diamanten. Mal ragte ein Füßlein aus den sich ständig bewegenden Nebelschwaden, mal eine Brust, eine Hand, ein entzückender Rücken. Die Luft war geschwängert von allen möglichen Ölen und Substanzen, was meine Berauschtheit steigerte. Ein Mann, den ich erst für Gregor Gysi hielt, dann für Marcel Reich-Ranicki, deklamierte meinen gerade geäußerten Gedanken in Versform:

›In dieser Lebensfeuchte /

Erglänzt erst Deine Leuchte /

Mit herrlichem Getön.‹

Der war wohl Althumanist oder so was und konnte Gedichte aufsagen. Mir gefiel's, und ich bat ihn weiterzumachen.

»Welch feuchtes Wunder verklärt uns die Wellen /
Die gegeneinander sich stiebend zerschellen /
So leuchtets und schwanket und hellet hinan /
Die Körper, sie glühen auf nächtlicher Bahn /
Und ringsum ist alles von Wasser umronnen /
So herrsche denn Eros, der alles begonnen!«

Nicht übel, ich sagte es ihm: ›Hey Alter, das war ja fast schon wie bei Kubricks ›Wide Eyes shut‹ ... weiter so!‹ Aber er verzog sich unbeeindruckt. Leute mit Bildung reden nicht gern mit Kiffern.

Ich war jetzt richtig hinüber. Die viel zu große Koksmenge und die irreale Situation beeinflußten mich gleichzeitig in extremer Weise. Ob auch normale Hotelgäste in diese höllische Situation gerieten? Nein, sicher hatte Hölzl den ganzen Bereich pauschal gebucht. Andererseits ... was machte Thomas Middelhoff mitten in dieser Runde? Ein fahler Halogen-Scheinwerfer war von ganz oben auf ihn gerichtet, sonst hätte ich ihn nicht erkannt. Neben ihm stand Rainald Goetz und schrieb etwas in ein Notizblöckchen. Die Wände waren granitfarben. Oder war es sogar *echter* Granit? Aus der Ferne hörte ich grobes, brutales Wasserfallrauschen. Das war der sogenannte, mit infernalischer Energie laufende Jacuzzi. Auch der Fußboden war aus Granit. Das Ganze erinnerte an ein Atomkraftwerk. Ich habe einmal eine Führung im AKW Brokdorf gemacht. Auch da sind überall Schwaden und alles ist so unheimlich. Allerdings nicht so erotisch wie hier, wo jetzt ein paar Sklaven, also unsichere Hotelangestellte, aufgetürmte und zusammengefaltete Bademäntel und Handtücher, alle in Atomweiß, vor sich hertrugen. Die armen Arbeitnehmer ängstigten sich vor den enthemmten Gästen.

Ich legte meinen Körper in ein Ruhebecken. Die schwere, ölige Flüssigkeit der Wanne drückte ihn nach oben. Früher, als ich noch ein fetter Klops war, hätte mir das Spaß gemacht. Ich sah auf die ebenfalls granitfarbene, halbmeterbreite Rinne unter mir und mußte an einen gefluteten Sarg denken. Beleuchtet wurde das von einem Unterwasserscheinwerfer. Als ich nach rechts sah, erblickte ich den Körper eines ausgewachsenen Fotomodells, eine Frau, hingestreckt in einer zweiten Wanne, ebenfalls von unten beleuchtet. Es war wie eine Phantasie. Zu schön, um wahr zu sein. Aber es war wahr! Ich starrte auf den makellos schmalen Bauch, die Beine, die hochgereckten Brüste. Die kalten Unterwasserscheinwerfer prallten auf ihre Haut, ihre Schenkel, ihre strammen Pobacken. War das der Kapitalismus in seiner Endform?

Ich mußte wieder zu mir kommen. Zurück in den Nebel. Ich stieß die Glastür zu einer Saunazelle auf. Wirbelnde, aggressive Schwaden kamen mir entgegen, stürzten sich auf mich, als wären sie mit den nackten Frauen in der Saunazelle im Bunde. Das waren zwei junge Japanerinnen. Ich konnte sie eher hören als sehen, denn in diesem weiteren Granit-Raum gab es keinen Halogenstrahler. Die Decke konnte man nicht einmal ahnen. Die Mädchen redeten ernst und unfreundlich – vielleicht waren es einfach Chinesinnen. Ich hätte sie nicht anfassen mögen, obwohl sie ganz zarte Rücken hatten.

Nun sah ich, daß die Dachschräge der Wellness-Halle aus abgedunkeltem Glas bestand. Gaben die Dämpfe einmal den Blick frei, sah man auf die Lichter der Großstadt, Leuchtreklamen, die hellen Fenster der Wolkenkratzer. Ich verlor mich in ihrem Anblick.

»Sehen Sie etwas? Die pharsalischen Felder sind doch hier!«

Gregor Gysi war wieder da. Ich freute mich. Ich mochte Gregor Gysi schrecklich gern in dem Moment.

»Zwei, drei, ein Lied, Herr Oppositionsführer!« rief ich.

»Überlassen wir das den Sirenen, Sphinxen und Tritonen, mein lieber Freund.«

»Einen Vers will er mir doch noch sagen? Ich bitt' recht schön darum.«

»Nun denn:
Gesunde, junge Frauenglieder /
Vom feuchten Spiegel doppelt wieder /
Ergetztem Auge zugebracht! /
Gesellig dann und fröhlich badend /
Erdreistet schwimmend, furchtsam watend /
Geschrei zuletzt und Wasserschlacht /
Begnügen sollt' ich mich an diesen /
Mein Auge sollte hier genießen /
Doch immer weiter strebt mein Sinn.«

Dann war er weg. Ich merkte, daß mein Kreislauf die Hitze kaum aushielt. Also flüchtete ich in den *Relax Room*. Hier war es endlich wieder halbwegs normal. Die Liegesofas erinnerten an die altrömische Badetradition. Ein paar nackte Männer lagen auf diesen Pritschen mit Kopfstützen. Die Sklaven brachten Decken und Getränke. Natürlich war wieder alles schwarz und weiß. Die Pritschen in weißem Leder, Boden und Wände aus Granit, die Musik zeitlos blödes Saxophongesäusel. Seit fünfzig Jahren das gleiche depperte Jazzgeräusch in allen Nobelhotels der Welt. Ich sagte es dem Mann neben mir. Dann schlief ich ein.

Ein Escortmädchen weckte mich auf. Die Arme wollte wohl noch etwas tun für ihr Geld.

»Ist die Party zu Ende?« fragte ich irritiert.

»Sie beginnt gerade erst, Supermann.«

Ich sah den Mann neben mir einen iPad bedienen. Am anderen Ende des Relax Rooms saß eine Frau auf dem Künstler Jonathan Meese und spielte Cowgirl. Ich hatte immer gehört, er sei schwul. War also falsch. Er sah kindlich-freundlich zu mir herüber. Wenn ich nun nicht auch so etwas machte, also Cowgirl spielen mit dem weiblichen Menschen vor mir, würde bald ICH für schwul gelten. So ließ ich es zu und kam dabei wieder in Feierlaune. Ich wollte zurück ins Zentrum des Geschehens, die Hölzl-Suite.

Aber wie kam man dorthin? Es ging nur über den Wellness-Bereich, also wieder hindurch durch die Dämpfe, Schwaden und absonderlichen Gestalten. Ein drittes Mal traf ich auf den reimenden Gysi. Er – oder ich – war noch genauso voll wie beim ersten Mal. Ich wollte nichts mehr hören.

Dieses Adlon war eigentlich deprimierend häßlich. Man dachte bei dem Namen an kaiserlich-herrliche Zeiten und fand dann nur postmoderne Häßlichkeit. Glas, Stahl, Granit, alles eckig und brutal. Man mußte aufpassen, sich nicht an den vielen Stahlkanten zu verletzen. Der kleine aus Wuppertal zugezogene Berliner hielt das sicher für die große Welt. Und wenn er dann noch im Kunstzirkus irgendeine kleine Rolle spielen durfte, Koks nahm und von hier oben aus, von so einem seelenlosen Fünfsternehotel wie diesem aus, auf die ununterscheidbare Skyline einer Metropole blickte, wurscht ob nun Berlin, Sydney, Singapur oder Toronto, fand er das bestimmt megageil. Das Gefühl, das einen in dem Film ›Lost in Translation‹ sofort befällt, war ihm unbegreiflich. Kaum hatte ich das gedacht, sah ich den Galeristen Bruno Brunett auf mich zutorkeln.

Ich wollte lieber weg. In Hölzls Suite war die Lage gespenstisch unverändert. Die Leute vögelten, als gäbe es kein Morgen. Ich kam trotzdem mit Hölzl ins Gespräch. Zu meiner Überraschung erkannte er mich noch, und er konnte sogar noch zuhören und antworten. Ich sagte ihm, daß ich wegwollte.

›Mensch Braum, alter Freund, bleib doch noch. Jetzt fängt alles erst an. Ein echter Kerl hat seinen besten Fick im Morgengrauen!‹

›Nee, ich will nach Hause.‹

›Wieso denn? Was hast du? Gibt's ein Problem?‹

›Ich glaube, es gibt hier nichts mehr, was ich mitnehmen könnte. Ich habe alles gesehen.‹

›Wie, was?! Du hast alle Katzen schon gehabt?‹

›Nein, ich kenne das jetzt, gut so. Kein neues Erlebnis möglich.‹

›Du hast DOCH ein Problem, ich sehe es dir an. Rück raus damit, und dann nehmen wir noch ne Nase.‹

›Ein Problem … na ja, klar hat jeder ein Problem. Meines ist, glaube ich, daß ich Angst habe, wieder fett zu werden, wenn ich das Kokain absetze.‹

›Ehrlich? Junge, Mensch, Kleiner, da mach dir mal keine Sorgen. Wenn man das Zeug absetzt, hat man alles andere, aber bestimmt keinen Hunger. Da fällt man erst recht vom Fleisch. Schau dir doch die Typen auf Entzug an! Wandelnde Skelette!‹

›Ehrlich?‹

›Ganz ehrlich. Die können alle nichts essen. Der Körper nimmt das gar nicht an.‹

›Hölzl, du bist mein einziger Freund. Ehrlich. Ich …‹

›Schon gut.‹

Er blinzelte mir zu, als Verabschiedung. Er konnte mich ja nicht umarmen, da er bereits jemanden im Griff hatte.

Als ich die Straße betrat, nicht am Haupteingang ›Unter den Linden‹, sondern weiter hinten, wo einst Hitlers Bunker seinen Ausgang hatte, atmete ich die erste Morgenluft ein. Ich hatte wohl mehrere Stunden im Relax Room geschlafen. Die Luft war herrlich, silbern flirrend, verheißungsvoll, und die Welt, ja sogar der Teil, der Berlin hieß, kam mir schön vor.

So glücklich war ich!«

ENDE

Joachim Lottmann. Der Geldkomplex. Roman. Taschenbuch.
Verfügbar auch als eBook

Das Buch zur Krise: Der tragikomische Roman eines Lebens ohne Geld

»Neben allem anderen ist ›Der Geldkomplex‹ ein upgedatetes Who's who der Medien- und Politikgesellschaft des 21. Jahrhunderts.« *taz*

Leseproben und mehr unter www.kiwi-verlag.de

Joachim Lottmann. Auf der Borderline nachts um halb eins. Mein Leben als Deutschlandreporter. Taschenbuch. Verfügbar auch als eBook

Der Mann, der beim *Spiegel* Joachim Lottmann war

Als journalistischer Tarnkappenbomber hat Joachim Lottmann Deutschland inspiziert. Seine literarischen Reportagen über dieses Land sind allesamt Sternstunden der etwas anderen Wahrheitsfindung.

»Dieser neue Band des ›Borderliners‹ macht Lust auf mehr.«
Deutschlandradio Kultur

Leseproben und mehr unter www.kiwi-verlag.de

Joachim Lottmann. Die Jugend von heute. Roman.
Taschenbuch

Onkel Jolos unfreiwillige Feldforschung: genau beobachtet, voll daneben

»Wenn es ein Pendant zu Houellebecq in Deutschland gibt, ohne dessen gesamten Weltekel gleich mitzuschultern, dann ist es Lottmann. Sein Roman ist ein schwereloser Tanz durch die Luft. Eine Warterei in der Disco, auf den Dealer, aufs Leben, darauf, dass etwas passiert. Ein wundervolles Buch über das Nichts.« *Der Spiegel*

Leseproben und mehr unter www.kiwi-verlag.de

Joachim Lottmann. Mai, Juni, Juli. Ein Roman. Taschenbuch

Der namenlose Ich-Erzähler aus *Mai, Juni, Juli* streift durch eine deutsche Metropole, es ist Mitte der 80er-Jahre und alle reden von Pop, Sex und Seele.

»Das ist kein Buch, das ist das Leben.«
Frankfurter Allgemeine Sonntagszeitung

Leseproben und mehr unter www.kiwi-verlag.de